KB184158

외톨이

흡혈공주의

고뇌

9

Hikikomari
the Vampire Countess
no
Monmon

Illustrations copyright © riichu

"저, 저는 키르티 블랑…!"

"어? 누구?"

"코마리 씨,
코마리 씨."

Illustrations copyright © riichu

Illustrations copyright ⓒ riichu

Illustrations copyright©R

커버, 삽화, 본문 일러스트
리이츄

[6] 테러리스트의 목적은

〈뮬나이트를 잘 부탁할게. 세계는 네 가슴속에.〉

편지——.

흡혈 소란이 벌어지던 와중, 핵 영역에 있는 한 여관에서 카루라의 오빠한테 건네받은 유린 건데스블러드의 편지.

돌이켜 보면 수수께끼로 가득한 메시지다.

세계? 가슴? 어떤 비유 같은 걸까?

엄마는 종종 "네가 세계를 이끌 거야"라고 말했다.

하지만 그 말이 무슨 뜻인지는 여전히 잘 모르겠다.

낙타, 샤를로트 말로는, 지금 엄마는 용병단 '풀문'의 리더로서 세계를 평화롭게 만들기 위해 열심히 싸우는 중이라고 한다.

초저녁의 영웅.

정말 대단하다. 엄마처럼은 못 되겠다.

나는 이대로 뜻을 이루지 못한 채 목숨을 잃고 마는 것이다.

가슴이 욱신거렸다.

몸에서 느껴지는 고통보다, 마음의 아픔이 더욱 괴롭다.

빌과 코레트, 에스텔과 네리아, 그리고 뤼미에르 마을 사람들은 무사할까.

나는 물밀듯이 밀려오는 고독감을 느끼며 손을 뻗었다.

성채(星砦) 따위한테 지고 싶지 않아.

어서 빌과 친구들 곁으로 돌아가고 싶어.

그런데 몸이 움직이지 않는다.

엄마. 나는 어떻게 해야 하는 거야——.

"——그거야 쉽지! 나와 함께 방해하는 녀석들을 죽여버리면 돼!"

누군가가 내 손을 쥐었다.

엄마는 아니다.

더 사악하고, 차갑고, 천진난만하며 시니컬한 흡혈귀.

지금까지 몇 번이나 맞부딪혔던, 저 조그마한 테러리스트의 모습이 떠올랐다.

☆

깜빡.

눈꺼풀을 들어 올린 순간, 나는 믿기 힘든 광경을 보았다.

스피카 라 제미니의 미소가, 위아래가 거꾸로 뒤집힌 채 바로 눈앞에서 시야를 가득 메우고 있었다.

비명을 지를 뻔했지만 배에 힘을 주고 간신히 견뎌냈다.

아직 당황하기엔 일러.

저 흉포한 테러리스트가 내 방에 있을 리가 없으니까.

이런 건 분명 꿈이거나 환각에 불과할 게 뻔해. 눈앞에서 싱글 벙글 웃고 있는 저 얼굴도, 일정 시간이 지나면 자연스레 사라지는 타입이겠지.

"테 · 라 · 코 · 마 · 리!! 드디어 일어났구나!!"

"우와아아앗?!"

갑자기 몸이 휘릭 뒤집어졌다.

강제로 이불을 확 잡아당기는 바람에 내 몸은 베이컨에 돌돌 말린 아스파라거스처럼 회전했고, 그 상태로 '철푸덕!' 바닥에 내동댕이쳐지고 말았다.

아프다. 눈물이 나올 정도로 아팠다.

특히 복부 쪽이 장난 아니었다. 시선을 내려 보니 배에 칭칭 감겨 있는 붕대. 그 붕대 위로 피가 배어 나온 걸 볼 수 있었다.

"......윽!"

멈춰 있던 두뇌가 점점 회전하기 시작한다.

그랬다. 나는 트레몰로 파르코스텔라한테 죽을 뻔했었다.

그대로 죽는 줄 알았는데, 설마 살아남았을 줄이야.

아냐, 기다려 봐. 이미 천국에 와 있는 건 아니겠지⋯⋯?

조심스레 주변 상황을 확인해 보았다.

방 안은 어슴푸레했다. 조명이라곤 창문을 통해 새어 들어와 바닥을 비추는 뉘엿뉘엿 지고 있는 석양뿐.

짐작건대 창고 비슷한 곳으로 보였다.

곰팡내가 나는 방 안에는 용도를 알 수 없는 나무 상자나 망가진 술통들이 놓여 있었다.

그리고 무엇보다도 신경 쓰이는 점은——.

"이런 식으로 깨는 건 어때? 최악이야? 잘됐네!"

"······너, 환각이 아니었어?"

"글쎄? 환각일 수도 있고, 환각이 아닐 수도 있지."

스피카는 주머니에서 꺼낸 사탕을 입에 물면서, 마치 우연히 죽마고우랑 딱 마주쳤을 때만큼이나 우호적인 태도로 한 걸음 다가왔다.

"그래도 당신이 이렇게 살아 있는 건 현실이 맞아! 당신은 성채의 일원인 트레몰로 파르코스텔라한테 당해서 쓰러졌어. 조금만 늦었어도 살해당했을 상황이었지만, 내가 간발의 차이로 구해준 거야. 고마워하라고."

"거, 거짓말하지 마! 네가 나를 구해줄 이유가 없잖아?!"

"행동에 분명한 동기가 필요하다고 생각한다면 큰 착각이야! 인간의 마음은 종잡을 수 없이 돌아다니는 낙엽과도 같은 것이니까. 거기서 원인과 결과를 따지려는 것 자체가 넌센스야."

"더 쉬운 말로 얘기해! 무슨 뜻인지 모르겠다고!"

"동감이야! 그야 지금은 입에서 나오는 대로 말한 거거든!"

"너, 대화가 서툰 타입······?"

"염려하지 않아도 제대로 된 이유는 있어! 내가 당신을 구해준 이유는 간단해! 쉽게 말해, 당신이 배를 푹 찔려서 아파 보였으니까. 그래서 자비로운 나는 동정을 베풀기로 했어!"

"그거야말로 대충 나오는 대로 하는 소리야! 너 같은 초 위험한 테러리스트가 그런 기특한 생각을 할 리가 없어! 어차피 나를 냄비 요리 재료로 삼아 잡아먹을 생각이지?!"

"잡아먹어 주길 원해?"

"잡아먹히기 싫어!"

"그럼 잡아먹어 버려야지!"

"다가오지 마아아아아아!!"

스피카가 "아하핫!" 하고 웃으며 달려들었다.

나는 바닥을 기듯이 도망 다녔다.

대체 무슨 상황인지 도저히 모르겠다.

간신히 '7일 후에 죽는 코마리'의 미래를 회피했다고 생각했더니만, 그러자마자 결국 테러리스트한테 잡아먹힌다니 농담하지 말라고── 뭐, 그런 절박한 위기감도 있기야 있었지만, 결국 내 마음속을 가득 채웠던 건 '어째서'라는 의문부호였다.

부상을 치료해 준 사람은 정말로 스피카인 걸까.

트레몰로는, 뤼미에르 마을은, 동료들은 어떻게 됐을까.

"──코마리 씨!"

스피카가 내 팔뚝을 깨물려는 순간, 목소리가 들렸다.

헉, 하고 창고 입구 쪽으로 시선을 돌렸다.

공작 같은 옷을 입은 소녀가 생이별한 가족과 다시 만난 듯한 눈으로 나를 바라보고 있었다.

"리, 린즈……? 린즈 맞지?!"

"다행이야! 겨우 눈을 떴구나……!"

소녀── 아이란 린즈는 눈물이 그렁그렁 맺힌 채 달려왔다.

잘 보니 눈가에는 거뭇거뭇한 기미가 생겼고, 예쁜 녹색 머리카락은 자다 깬 것처럼 군데군데 새집이 지어져 있었다. 피로가 드러나는 모습과는 대조적으로 린즈의 미소는 한없이 밝았다.

"이제 괜찮아? 배는 아프지 않아? 코마리 씨, 정말로 살아있는 거지? 유령 같은 거 아니지……?!"

스피카가 몸을 날리며 가벼운 동작으로 나한테서 떨어졌다.

"테라코마리는 멀쩡해! 나랑 술래잡기를 할 수 있을 만큼 기운이 넘치는걸!"

"그럴 기운 없어, 위기 상황에서 젖 먹던 힘까지 짜낸 거라고!
──아, 아니 그런 것보다."

나는 녹색 머리카락을 가진 소녀를 바라보며,

"린즈가 무사해서 다행이야……! 여태까지 무슨 일이 있었어?
어떻게 여기 있는 거야? 그리고 그렇게 구석구석 만지면 곤란한데……."

"미, 미안해!"

린즈는 뺨을 빨갛게 물들이며 한 걸음 물러났다.

그리고 머뭇거리면서 "그래도" 하고, 잠긴 목소리를 흘린다.

"……그래도, 정말 다행이야. 피를 엄청 많이 흘려서 굉장히 불안했어. 코마리 씨가 죽는 건가 싶어서."

"내가 생각해도 신기하네……. 설마 살았을 줄이야."

"뒤집힌 달 덕분이야. 나도 스피카 씨가 구해줬어."

내가 깜짝 놀라 스피카를 보자, 그녀는 섬뜩한 미소로 내 시선을 마주 본다.

"그렇게 된 거야! 바싹 말라비틀어질 뻔한 린즈를 주워준 사람은 바로 나. 죽기 직전이었던 테라코마리를 구해준 것도 바로 나. ──다시 말해, 스피카 라 제미니는 두 사람의 은인이야!"

Illustrations copyright © riichu

선뜻 믿기는 힘들었다.

하지만 린즈의 말을 믿지 않을 수도 없다.

어째서 뒤집힌 달은 저세상에 있는 걸까?

어째서 내 목숨을 구해준 걸까?

이 녀석들은 침팬지보다도 흉포한 테러리스트일 텐데. 또 뭔가 터무니없는 나쁜 짓을 꾸미고 있는 게 아닐까. 방심했다간 살해당하는 게 아닐까── 스피카는 내 속마음을 꿰뚫어 본 것처럼 "바로 그거야!"라고 외쳤다.

"이건 작전의 일환이야. 당신은 내 목적 달성을 위한 도구. 그리고 나는 당신의 목적을 달성하기 위한 도구. 우리는 서로를 이용하면서 앞으로 나아가야 해."

"……뭘 꾸미는 건데? 대답 여하에 따라선 화낼 거야."

"협력하자는 뜻이야! 성채를 내버려 뒀다간 저세상은 만신창이가 되어 커다란 참극이 벌어지겠지. 당신도 패배한 채 끝내고 싶진 않잖아?"

예상치 못한 제안이었다.

성채. 스피카 말대로 그 녀석들은 바보라는 단어의 화신 같은 존재다.

절대로 그냥 내버려 둘 수는 없어──.

다만, 이 녀석도 그에 맞먹을 정도로 위험하다.

나는 뒤집힌 달 때문에 몇 번이나 죽을 뻔했으니까.

"……신용할 수 없는걸."

"상처를 치료해 줬는데? 말해 두겠는데 뤼미에르 마을을 구해

준 것도 뒤집힌 달이거든?"

"엥."

"당신 친구는 다──들 무사해. 우리가 구조 활동을 벌인 덕분
이지."

그렇다면 빌도, 네리아도, 에스텔도 무사하다는 걸까.

하지만 이 녀석이 하는 말을 곧이곧대로 믿을 수는 없었다.

나를 속이기 위해 아무 말이나 지껄이고 있을 가능성도 있으
니까.

"증거를 내놔. 동료들이 무사하다는 증거를."

"마법 같은 걸로 내 기억을 엿보면 되지 않을까?"

"못 믿겠어! 나는 지금 당장 뤼미에르 마을로 돌아가겠어!"

"자자, 기다려 보라니깐! 나랑 당신은 동맹을 맺어야 해! 이제부
터 협력해야 할 상대한테 어설픈 거짓말을 해 봤자 소용없잖아?"

"너는 나를 마구마구 괴롭혔던 적이잖아?! 다른 꿍꿍이가 있
을 게 틀림없어! 그치, 린즈. 너도 그렇게 생각하지?"

"어? 아, 그게……."

"꿍꿍이도 흉계도 없다구! 나를 믿지 않으면 배를 찢어서 죽
일 거야!"

"어쩌지, 린즈, 이 녀석 무서워!!"

"검은 고양이든, 하얀 고양이든, 쥐를 잘 잡는 고양이가 좋은
고양이야! 겁먹지 말고 나를 이용해보면 어때? 냥냥♪"

녀석은 양손으로 고양이 귀를 만들면서, "무섭지 않다냥♪"
하고 만면에 미소를 지었다.

괜히 더 무서워졌다.

아무튼 이래서는 끝이 안 난다.

얘기가 통할 만한 다른 사람은 없는 걸까──.

"──그만두라고. 그런 짓을 해 봤자 역효과야."

"에이."

스피카의 등 뒤에 누군가가 서 있었다.

팔랑팔랑한 기모노를 입은 예리하고 냉철한 화혼종.

카루라의 오빠, 아마츠 카쿠메이.

"뭐야, 아마츠! 그냥 분위기를 풀어보려고 했을 뿐이잖아?! 나처럼 나이 먹을 대로 먹은 흡혈귀가 내숭 떨어봤자 기분 나쁠 뿐이라고 말하고 싶은 거야?!"

"말하고 싶지 않지만, 말해야 할 때도 있지."

"그것도 그러네! 내 마음에 상처를 준 벌로 할복을 명령하겠어!"

"그래선 분위기가 풀리지 않잖아."

"그럼 용서해 줄게!"

여기서 나는 완전히 두 손 들고 말았다.

아마츠가 여기에 나타난 이유도 모르겠고, 나쁜 테러리스트와 친근하게 대화를 나누는 이유도 모르겠다.

두 사람은 설마 친구였나?

뇌의 용량이 한계에 다다랐을 때, 스피카가 "뭐, 됐어" 하고 차가운 눈빛으로 나를 내려다보았다.

"테라코마리가 내게 거부감을 품고 있는 이유는 명명백백── 내 사상을 이해하지 못했기 때문이야. 숨기는 거 없이 설명해 줄게."

스피카가 새빨간 사탕을 살랑살랑 흔든다.

푸른 별 같은 눈동자를 빛내면서 테러리스트 집안 아가씨는 위엄 있게 말했다.

"뒤집힌 달에 대해, 저세상에 대해, 성채에 대해. 요점을 알고 나면 협력하고 싶은 마음이 들 거라고 생각해. 당신은 나랑 비슷한 기질을 가지고 있으니까 말이지."

☆

린즈의 부축을 받으며 창고 밖으로 나왔다.

내 눈앞에는 노을빛으로 물든 폐허의 풍경이 펼쳐져 있었다.

아마츠의 설명으론, 이 마을은 전란에 휩싸여 멸망의 고통을 겪었다고 한다.

마을 사람은 더 이상 찾아볼 수 없고, 땅은 황폐해질 대로 황폐해졌다. 수탉 모양의 우그러진 풍향계가 쓸쓸히 불어오는 바람에 흔들리고 있었다.

저세상의 시골에선 이런 황량한 풍경을 자주 볼 수 있다나.

이것도 저것도 다 전란을 일으키고 있는 바보 녀석들 때문이다.

역시 성채는 반드시 막아야만 한다.

막아야 하지만, 그건 둘째치고서——.

"오늘 저녁은 스튜입니다. 아가씨가 좋아하시는 버섯을 듬뿍 넣었습니다."

"와아, 맛있어 보이네! 칭찬해 줄게, 트리폰!"

"분에 넘치는 영광입니다."

앞치마를 입은 창옥종이 공손하게 고개를 숙였다.

앞에 놓은 스튜는 확실히 맛있어 보였지만, 이걸 만든 남자의 얼굴을 떠올리면 순순히 "잘 먹겠습니다" 싶은 기분이 들지 않는다.

트리폰 크로스.

한때 뮬나이트 제국을 궁지에 몰아넣었던 초 위험한 살인귀는 생글생글 웃으며 스튜를 그릇에 담고 있다.

디잉.

뭔가가 바뀌는 기척을 느꼈다.

"──물이다. 마셔라."

"으엑."

테이블에 컵을 내려놓은 사람은 낯익은 여우 소녀였다.

후야오 메테오라이트.

지난 가을, 천조낙토에서 크게 날뛰었던 테러리스트다.

허리에는 예전에 나를 스플래터처럼 베어버렸던 흉흉한 긴 칼을 차고 있었다.

나는 가만히 컵을 응시하다 쭈뼛거리며 후야오 쪽으로 고개를 돌렸다.

"……겨자 같은 걸 넣은 건 아니지?"

디잉. 다시 한번 무언가가 바뀌었다.

"아이 참! 그런 시시한 장난은 안 한다고요! 이왕 넣을 거라면

독이겠지만, 독 같은 걸 탔다간 구해준 보람이 없잖습니까!"

디잉.

"구해줄 필요가 있었는지 의문이군. 가끔 아가씨의 생각은 이해가 가지 않아."

디잉.

"이해는 가지 않지만 지금 우리는 협력 관계입니다! 자자, 과거의 원한은 잊고 사이좋게 지내자고요!"

디잉.

"미리 말해두지만 나는 천조낙토에서 당한 처사를 잊지 않았어. 언젠간 반드시 죽여줄 테니 각오하도록."

디잉.

"라는 말은 농담입니다! 너무 분위기가 험악해졌다간 아가씨한테 혼나니까 화해의 악수를 나누도록 하죠!"

"…………."

뭐야 얘…….

말도 안 되게 무섭잖아…….

말투가 휙휙 달라지는 건 일부러 그러는 건가? 아니면 이중인격?

어느 쪽이든 위험해.

아니, 정확히 말하면 이 주변은 위험한 녀석들로만 꽉꽉 채워져 있다.

천장이 뻥 뚫린 식당, 우리는 그 한가운데서 저녁 식사를 하는 중이다.

한마디로 말해서 지옥.

살면서 이 정도로 냅다 도망치고 싶은 식사 자리가 있었을까? 당연히 없지.

죽을 가능성이 약 50% 정도 되는 제7부대 연회도 이것보단 좀 더 즐겁다.

"컨디션은 어때, 테라코마링."

맞은편에 앉은 백의 차림을 한 사람이 말을 걸었다.

안경 안쪽에서 나른해 보이는 눈동자가 빛나고 있다.

누군지는 모르지만 일단 처음은 허세로 시작하는 게 정석이다.

"머, 멀쩡해! 나는 세계를 오므라이스로 만들 칠홍천이니까!"

"그런가, 그거 다행이야. 치료는 내 전문이 아니라 좀 헤맸거든. 옛날에 쿠야 선생에게 이것저것 배워두지 않았더라면 너는 이미 죽었을지도 모르겠네."

"엇."

그렇다면 이 사람이 부상을 치료해준 건가?

게다가 쿠야 선생이라니.

"······혹시 당신도 의사 선생님?"

"아니. 나는 뒤집힌 달의 연구원, 로네 코르네리우스. 다양한 연구를 하고 있지만, 요즘 트렌드는 인체실험과 표고버섯 고속 재배야. 잘 부탁해, 테라코마링."

"그, 그래, 잘 부탁한다."

잘 부탁해도 좋을지 굉장히 고민이다.

뒤집힌 달에 소속되어 있는 시점에서 이미 돼먹지 못한 살인귀라는 사실은 명백하다.

아무렇지 않게 '인체실험' 같은 소리를 꺼내는 게 가장 큰 증거다.

그래도 은혜를 입은 건 사실이니까──.

"왜 그래 테라코마리?! 스튜 안 먹어?!"

"스피카…… 아니 먹긴 하겠지만."

"망설이는 거구나! 그 마음도 아주 잘 알아! 트리폰이 바늘을 넣었을 가능성도 있는걸."

"설마요."

트리폰이 어처구니없다는 듯 한숨을 내쉬며 말했다.

"당신을 여기서 암살해 봤자 아무런 의미도 없습니다. 이미 테라코마리 건데스블러드는 쓰러트려야 할 적이 아닌, 최대한 이용해 먹어야 할 도구니까요."

"믿을 수 있을 리가 없잖아. 너는 빌한테 지독한 짓을 했다고."

"그렇죠. 하지만 제 동료인 코르네리우스는 당신을 치료했는데요?"

"정말 제대로 된 치료였던 거 맞아? 내 몸에 폭탄 같은 걸 심어둔 거 아니겠지?"

"실례네. 그 실험은 이미 다른 인간으로 해봤다고."

"저거 봐! 역시 이 사람도 위험한 테러리스트였어!"

"아무래도 좋잖아요. 중요한 건 당신이 우리에게 빚을 졌다는 사실입니다. 뤼미에르 마을에서 민간인들을 구해낸 게 누구라고 생각하죠? 우리가 나서지 않았다면 마을의 피해는 더욱 심각했겠지요."

"뭣……, 그, 그렇지! 어서 빌과 동료들이 있는 곳으로 돌아가 야 해……!"

푸욱!!

자리에서 일어난 순간, 갑자기 눈앞에 포크가 날아와 꽂혔다.

린즈가 "꺄악" 하고 비명을 질렀다.

나는 너무 놀라서 등줄기가 꼿꼿해졌다.

"섣부른 짓은 용납 못 합니다."

트리폰의 눈이 새빨갛게 빛나고 있었다.

이 녀석이 한 짓이다.

물건을 원하는 장소로 순간이동시키는 마법, 아니 열핵해방.

"당신은 아가씨의 도구입니다. 은혜를 느끼고 순순히 따르는 게 좋겠죠."

"위, 위험하잖아?! 찔리기라도 하면 어쩌려고 그래?!"

"실제로 찌를 생각이었는데 말이죠. 제【대역신문(大逆神門)】은 별의 위치로 좌표를 특정하기 때문에, 별자리가 다른 저세상에 서는 손이 흔들리고 맙니다."

"야, 스피카?! 이 녀석들 제정신이 아니라고!"

"으음~. 이 스튜, 흡혈귀한테는 뭔가 부족하네. 있지, 테라코 마리, 피를 나눠주지 않을래? 냄비가 새빨개질 정도가 좋겠어!"

"너도 이상해! 서민적인 감각을 가진 녀석은 없는 거냐고?!"

"안심해, 코마리 씨…… 내가 곁에 있으니까."

린즈가 내 손을 잡으며 격려해 줬다.

어쩜 이렇게 상냥한지. 린즈가 없었다면 지금쯤 나는 창피고 체면이고 아랑곳없이 절규하면서 방에 틀어박혔겠지.

"고마워, 린즈. 너는 마치 황야에 피어난 한 떨기 꽃 같아……."

"과, 과장이 심해. ……그리고 있지, 이 사람들은 사악한 느낌이 나긴 해도, 지금은 코마리 씨에게 손을 대지는 않을 거라고 생각해."

"어째서? 방금 벌어진 일을 못 본 거야?"

"스피카 씨는 나를 구해줬으니까. 사막에서 탈진해서 쓰러져 있었던 걸 구해줬고, 물이랑 식량도 나눠줬어……."

린즈가 겪은 자세한 사정도 알고 싶던 참이었다.

종자인 메이파가 보이지 않는 것도 이상하고.

트리폰이 "어쨌든" 하고 크게 외쳤다.

"뤼미에르 마을의 안전은 보장되어 있습니다. 당신이 쓸데없는 일을 생각할 필요는 없어요."

"너희들, 대체 뭘 꾸미고 있는 거야."

"아가씨, 슬슬 설명해 보는 게 어때. 내버려 뒀다간 트리폰 저 바보가 망치고 말 거야."

옆에 있던 아마츠가 신문을 넘기면서 끼어들었다.

나는 핫, 하고 깨달았다.

그렇지, 이 사람도 아군이다.

왜냐하면 친구의 오빠인걸. 지금까지 여러 번 조언도 해줬고.

그렇게 판단을 내렸으니 아마츠 옆에 있기로 하자── 나는 린즈와 손을 맞잡은 채로 살짝 의자를 옮겨서 아마츠 근처로 다가갔다.

"…………."

"…………?"

의심스럽게 내려다본다.

묘한 거북함이 느껴지지만 그걸 신경 쓸 여유는 없었다.

무슨 일이 있으면 아마츠를 방패로 삼아 린즈와 함께 도망가기로 결심했으니까.

스피카가 "그러네!" 하고 기뻐 보이는 미소를 지으며 말했다.

"젠체해 봤자 소용없지! 본론으로 들어가자! 먼저 물어보겠는데, 내 최종적인 목적은 뭐라고 생각해? 테라코마리."

"살인."

"땡―! 정답은『세계 평화』!"

"뻥 치지 마!! 어이가 없어서 내 귀가 잘못된 줄 알았어!!"

"하긴, 그래도 당신이 상상할 법한 세계 평화와는 조금 달라. 나는『구원받기에 합당한 인간만이 구원받아야 한다』고 생각해. 뒤집힌 달에선 그런 사람들을 비유적으로 '은둔형 외톨이'라고 불러. 그 외의 사람은 얼마나 끔찍하고 참혹한 죽음을 맞이하든 개의치 않아."

스피카는 맛있게 스튜를 음미 & 삼켰다.

"나는 은둔형 외톨이로만 이루어진 세계, '낙원'을 만들고 싶었어. 마음씨 착한 인간들만이 거주할 수 있는 행복한 상자 속 정원. 누군가에게 살해당할 일도 없고, 모두가 값어치 있는 수명을 맞이할 수 있는 이상향. 뒤집힌 달의 슬로건인 '죽음이야말로 산 자의 숙원'은, 실제론 '유의미한 죽음이야말로 산 자의 숙원'이라고 표현해야겠네."

"그럼, 왜 너희들은 신나서 사람을 죽이는 건데."

"말했잖아? 나는 '구원받을 가치가 없는 인간'이라면 가차 없이 배제해. 내가 상냥함을 베풀어 줄 사람은 나와 마찬가지로 마음씨 착한 은둔형 외톨이뿐."

"그건 너무 독선적인 거 아닌가⋯⋯?"

그래도 이 녀석이 하려는 말이 점점 이해가 가는 것 같다.

요약하자면 자기가 인정하는 사람들로만 이루어진 세상에서 즐겁게 살아가고 싶다는 뜻이다.

그걸 '세계 평화'라고 표현하는 건 조금 뒤틀려 있다는 느낌이 들지만.

"뭐, 됐어. ⋯⋯그래서, 그 낙원은 어디에 만들 건데."

"여기야."

"여기? 이 폐허를 말하는 거야?"

"당신은 키만 작은 게 아니라 스케일도 작구나! 이 폐허뿐만이 아니라 이 저세상 자체가 낙원이 되기에 적합해!"

벌컥 화를 내려던 나를 린즈가 팔을 붙잡고 말렸다.

쿨해져라, 나. 지금은 스피카의 이야기를 곱씹어 봐야 할 차례야.

"⋯⋯왜 저세상이 적합한데? 이곳은 전쟁으로 가득한 세계라고."

"논리로 정한 게 아니야. 이곳이 추억의 땅이라서 그런 거야."

스피카는 그녀답지 않게 감상에 젖은 표정을 지었다.

나이 어린 소녀의 외모인데도 하늘을 올려다보는 눈빛만큼은 노련한 여행자처럼 애수에 잠겨 있었다.

"――먼 옛날, 나한텐 친구가 있었어. 그 친구와 함께 평화로운 낙원을 만들려고 했었지. 하지만 우자(愚者) 녀석들이 방해해서 말이야. 나는 저쪽 세계, 즉, 현세로 쫓겨나 친구와 헤어지고 말았어. 게다가 저세상으로 이어지는 입구는 마핵으로 봉인되고 말았던 거야."

"우자? 친구? 마핵……? 대체 뭐가 뭔지……."

"우자라는 건 나를 눈엣가시처럼 여기던 멍청한 6인조를 뜻해. 녀석들은 자신들을 '천문대'라고 불렀어."

"걔들은 지금 어디서 뭘 하고 있어?"

"죽은 거 아닐까? 벌써 600년도 더 지난 일이니."

"너는 어떻게 살아있는 건데."

"기합이야!"

"기합만으로 오래오래 살 수 있으면 아무도 고생하지 않겠지."

"아무튼 먼 옛날엔 저세상으로 통하는 '문'이 언제나 열려 있었는데 그 녀석들이 마핵을 이용해서 문을 닫아버리고 만 거야. 그래서 나는 저세상으로 가기 위해서 마핵을 노렸던 거지."

잘은 모르겠지만, 이 녀석은 처음부터 저세상 쪽으로 생각이 쏠려 있었던 모양이다.

멀리 헤어져 버린 친구와의 추억의 땅.

분명 마핵을 악용해서 세계 정복이라도 할 심산인 줄만 알았는데.

"당신도 경험했었잖아? 마핵이 부서지면 문이 열리거든. 그건 다시 말해, '천문대'의 우자들이 마핵에 『문을 봉인한다』는 역할을 부여했기 때문임이 틀림없어. 그리고 마핵은 저세상의 마력을 빨아들여 저쪽 세계, 현세에 공급하고 있는 거야. 그래서 저세상에는 마력도 마법도 없지. 그 대신 현세에선 저세상의 마력을 사용해 마음껏 마법을 쓸 수 있는 거고."

"뭐야 그게⋯⋯."

"그런 시스템인 거야. 전~부 나를 향한 괴롭힘. 낙원인 저세상을 바싹 말려버려서 철저하게 때려눕힐 작정이었던 것 같아."

스피카가 말하는 『먼 옛날』에 무슨 일이 있었는지는 잘 모른다.

하지만 나는 적지 않은 충격을 받았다.

마핵이 이런 역할을 짊어지고 있을 거라곤 상상도 못 했다.

그게 사실인지 아닌지 확인할 방법은 없겠지만.

"이야기를 정리하자면."

스피카가 항상 먹던 사탕을 스튜에 담그면서 말했다.

"나는 옛날에 좌절했던 낙원의 창조를 다시 시작하고 싶어. 그래서 이렇게 저세상을 찾아온 거야. 그치만 저세상은 내가 눈을 뗀 사이에 전란으로 가득 찬 세계가 되었어. 이건 전부 성채인가 뭔가 하는 괘씸한 녀석들 탓. 나는 녀석들을 깨끗하게 치워버려야 해."

"그런 거군⋯⋯?"

"가치 있는 죽음은 산 자의 숙원이야. 올바른 인간이 올바른 죽음을 이루고, 올바르지 못한 인간은 무가치한 죽음을 맞이할 수밖에 없는 세계. 그게 저세상이 갖춰야 할 낙원으로서의 모습. 그래서 나는 성채가 저지르는 학살이 싫어."

뚜껑을 열어보니 이 소녀한테도 일리 있게 들리는 이념과 행동 원리가 있었다.

거기에 공감할 수 있는지는 또 별개지만, 아무튼 '성채를 용서할 수 없다'는 점에선 우리와 일치하는 면도 있는 것처럼 느껴졌다.

하지만——.

"——어째서 나한테 손을 내민 거지? 계속 적이었는데."

"유세이가 아주 강력하기 때문이야. 네 힘을 빌리고 싶어. 뒤집힌 달만으론 맞서 싸울 수 없어."

"그러면 나 말고 더 죽이 잘 맞을 법한 녀석을 찾아. 저세상에는 너와 비슷한 야만인들이 수두룩하다고 빌도 그랬어."

"이 세상에서 나와 어깨를 견줄만한 사람은 유세이와 테라코마리 건데스블러드 뿐이야. ——너도 뤼미에르 마을의 참상을 봤잖아? 성채는 인간의 도리를 잊은 금수만도 못한 집단이야. 그런 걸 내버려 둬도 괜찮다는 거야?"

괜찮을 리가 없다.

그 녀석들 때문에 많은 사람들이 슬퍼하고 있으니까.

"……역시 뤼미에르 마을로 돌아갈게. 친구들과 함께 싸우겠어."

"안 돼."

스피카는 스튜 범벅이 된 사탕을 덥석 입에 물며 말했다.

"그래선 테라코마리를 고립시킨 의미가 없어져. 빌헤이즈와 네리아 커닝엄은 뛰어나긴 해도, 나를 절대 받아들이지 않을 거잖아?"

"나는 널 받아들일 거라고 생각하고 있는 거야?"

"받아들이지 않으면 죽여서 스튜 재료로 삼을 거야."

"역시 너는 이상하다고!"

"이상한 사람은 어느 쪽일까? 죽인다 만다 하는 소리를 가볍게 주고받을 수 있다는 건 그만큼 평화롭다는 뜻이잖아? 난폭한 농담이 진심이 되어버린 세계라니, 숨이 막힌다고 생각 안 해?"

"알아듣기 힘든 소리 하지 마!"

"아하하! 그러니까 농담이라니깐! 걱정 마, 걱정 마, 당신은 그릇이 큰걸! 내 사악한 마음도 받아들일 수 있을 거야!"

그런 천진난만한 미소를 지으며 말해도 곤란한데…….

하긴 뭐, 스피카랑도 친해질 수만 있다면 친해지고 싶다.

하지만 이 녀석이 해온 짓들을 떠올리면 순순히 고개를 끄덕일 수도 없다.

그렇다고 거절했다간 "그럼 이제 볼일 없네!" 같은 느낌으로 냅다 살해당할 것 같으니까——.

"여기선 순순히 협력하는 편이 나아."

아마츠가 타이르는 듯한 어조로 끼어들었다.

"성채는 위험해. 가차 없이 군다는 점에서 비교하면 녀석들은 뒤집힌 달보다 훨씬 더 날뛰고 있어. 그런 녀석들과 싸우는 곳에 소중한 친구들을 데리고 갈 생각인가?"

"아……."

"빌헤이즈와 네리아 커닝엄을 싸움에 말려들게 하고 싶지 않다면 아가씨를 이용하는 게 좋겠지."

빌도, 에스텔도, 부상을 입었다.

하물며 코레트는 팔을 끔찍하게 다쳤던 것 같은 느낌이 든다.

거기서 더 무리를 시킬 수는 없다.

스피카와 트리폰의 말로 미루어 짐작해 볼 때, 이제 뤼미에르 마을은 어느 정도 안전이 확보된 상태겠지.

그리고 그건 아마도, 내가 지불해야만 하는 대가가 생겼다는 말이나 마찬가지일 거다.

즉──『동료들을 구해줬으니까 대신 힘을 빌려줘.』

"코마리 씨, 어떡할 거야……?"

린즈가 걱정스럽게 내 얼굴을 들여다보았다.

망설임은 있지만, 내 선택은 명확해지고 있었다.

"……빌과 친구들은 무사한 거지?"

"물론! 그치, 아마츠?"

"그래. 뤼미에르 마을은 걱정하지 않아도 돼."

아마츠의── 카루라의 오빠의 말이라면 조금은 믿어도 괜찮을지도 모른다.

나는 잠시 생각하고서 고개를 끄덕였다.

"알겠어, 일단 같이 행동하도록 할게."

"현명한 선택이야! 과연 희대의 현자네!"

스피카는 아주 기분 좋게 웃고 있었다.

새로운 장난감을 발견한 악동 같은 낯짝이다.

벌써부터 밀려오는 안 좋은 예감은 그냥 기분 탓이라고 여기고 싶다.

"이걸로 준비는 갖춰졌네. 우리가 힘을 합치면 메마른 밤하늘에 다리를 놓는 것도 가능해. 함께 훼방꾼들을 쫓아내 버리자, 테라코마리!"

"으, 응……."

스피카가 내미는 손을 잠깐 주저하다가 마주 잡았다.

냉혹한 테러리스트에게도 피가 흐르고 있는 모양이다. 의외로 말랑말랑하고 따뜻했다.

이 녀석은 나를 어떻게 생각하고 있는 걸까.

최소한 좋은 감정은 품고 있지 않을 텐데.

아냐, 어쩌면 이 소녀는 남과의 적절한 거리감을 잴 줄 모르는 타입의 흡혈귀일지도 몰라.

이렇게 직접 마주 앉아 대화해 보니, 어딘가 그리운 분위기를 느끼게 된다.

마치 과거의 나 같은——.

"자! 새로운 동료도 들어왔으니까, 앞으로의 예정을 설명해 줄게!"

그러면서 스피카는 의자 위에 둔 가방에 손을 집어넣었다.

잠시 가방 안을 뒤적이더니, 짜안!! 하고 테이블 위에 무언가를 올려놨다.

이건…… 무수히 많은 구체가 붙어있는 링, 일까?

팔찌라고 보기엔 너무 크고, 인테리어 소품으로 보기엔 기묘한 형태였다.

"이건 신구 《야천륜(夜天輪)》. 요선향의 성진청에 보관되어 있던 보물인데, 여러 세계의 밤하늘을 비출 수 있는 천구야."

"왜 요선향에 있던 보물을 네가 갖고 있는 거야?"

"훔쳤으니까!"

그런 소리를 당당하게 하지 마.

린즈가 미묘한 표정을 짓고 있잖아.

"이 《야천륜》은 별을 통해 다양한 은총을 내려받을 수 있어. 예를 들어…… 그렇지, 혈액이 등록된 사람의 위치정보를 알아낼 수도 있지. 사막에서 조난을 당했던 린즈를 찾을 수 있었던 것도 이 신구 덕분이야."

"린즈의 피도 등록되어 있어?"

"구도 시카이가 했던 거겠지. 랸 메이파를 포함해, 아이란조의 주요 인물은 거의 다 등록되어 있어. 그들을 자기 손으로 지배하려던 목적이었겠지만—— 뭐, 그건 제쳐두고서."

스피카는 《야천륜》의 구체를 가볍게 손으로 쓸었다.

지금까지 가만히 고정되어 있던 밤하늘의 한 점이 깜빡이듯이 희미하게 빛을 내기 시작한다.

"이게 위치정보? 누군데?"

"'해주(骸奏)' 트레몰로 파르코스텔라야."

철렁했다.

머릿속에 되살아나는, '디잉, 디잉' 하는 불길한 비파 소리.

그 녀석은 아직도 세상 어딘가에서 나쁜 짓을 꾸미고 있구나——.

"——어라? 그런데 위치를 알기 위해선 피가 필요한 거 아니었나?"

"때렸을 때 피를 채취했거든! 왜 그대로 죽이지 않냐고? 둔하네, 테라코마리! 일부러 놓아줘서 성채의 본거지를 알아내는 쪽이 더 유익하잖아?!"

"그렇다는 말은…… 본거지의 위치를 알아낸 거야?"

스피카는 "물론이지!"라며 크게 웃었다.

"여기서 한참 남쪽에 있는 광산 도시, 투모루 공화국 관할인 '네오플러스'야. 최근엔 골드 러시로 인구가 급격히 늘어나는 중이래. 정말 부러운걸."

"참고로 채굴하는 건 금이 아니야."

코르네리우스가 팔짱을 끼면서 입을 열었다.

"금보다도 더욱 희소가치가 높은 '만다라 광석'이야. 이건 사람의 의지력에 반응하는 특별한 돌인데 저세상에선 무기를 만들 때 몹시 요긴하게 사용된다고 하지. 그러니 골드 러시가 아니라 '만다라 러시'라고 부르는 게 맞는 표현이고——."

"어떻게 부르든 아무래도 좋지만 주의해야 할 점이 있어. 만다라 광석은 고농도의 마력이 존재하는 곳에서 발생하거든. 이게 뭘 의미하는지 알겠어?"

"어라……? 저세상에는 마력이 존재하지 않는 거 아니었나?"

"즉, 네오플러스에는 '마핵'이 잠들어 있다는 뜻이야!"

"·········뭐?"

마핵? 마핵이라니, 그 마핵?

세상에 여섯 개가 존재하고, 각각의 종족에게 무한한 마력과 회복력을 부여하는 그 무지막지 중요한 신구?

"마핵은 마력의 덩어리야. 정도의 차이는 있어도, 그저 존재하는 것만으로도 마력을 퍼뜨리거든."

"자, 잠깐만 기다려 봐?! 왜 저세상에 마핵이 있는 거야?!"

"저세상에도 마핵이 존재하니까 그렇지. 저쪽 세계에도 여섯 개가 있지만, 이쪽 세계에도 여섯 개가 있다는 뜻. ──그 증거로, 이걸 봐."

스피카가 주머니에서 무언가를 꺼냈다.

그건 한마디로 표현하자면 '반짝반짝 빛나는 별 같은 구체'였다. 네르잔피가 갖고 있던 탄환과 닮았지만, 그것보다 훨씬 강력한 에너지를 뿜어내고 있었다.

"이게 저세상의 마핵 중 하나. 성채의 괴뢰국에 몰래 숨어들어서 빼앗아 왔어. 저쪽 세상의 마핵과는 담겨있는 소원이 달라서 원초의 형태를 간직하고 있지만──."

머릿속이 점점 혼란스러워지기 시작했다.

스피카는 지고의 신구를 손장난하듯 가지고 놀면서 싱긋 웃었다.

"만다라 광석이 샘솟는 장소에는 마핵이 있어. 그리고 마핵이 있는 장소에 성채가 잠복하고 있지── 이건 중대한 사태라고 생각하지 않아?"

"그 녀석들, 이쪽 세계에서도 마핵을 수집하고 있다는 뜻이야……? 그보다 그거, 네가 갖고 있어도 돼……?"

"지금 이걸 부술 생각은 없는 데다, 내가 갖고 있는 편이 일억 배는 나아. 마핵에는 『여섯 개를 모으면 소유자의 의지를 세계에 반영시킨다』는 힘이 존재해── 녀석들의 손에 여섯 마핵이 넘어간다면 수많은 사람이 죽을 테니까."

"…………."

성채의 목적은 잘 모르겠다.

그럼에도 세계에 위기가 닥쳐오고 있다는 사실은 알 수 있었다.

일단은 불이 뿜어져 나올 것 같은 머리를 식히기 위해서 스푼을 잡고 스튜를 떠서 입에 넣었다. 의외로 맛은 괜찮았다.

☆

이야기가 복잡해지긴 했지만, 쉽게 말해 성채를 막으면 된다.

《야천륜》이 가리키는 바로는 녀석들은 남쪽의 광산 도시 '네오플러스'를 본거지로 삼아, 그곳에 묻혀 있는(걸로 짐작되는) 마핵을 파내려고 하는 중이다.

마핵이 녀석들의 손에 들어가면 세계는 더욱 거센 전화에 휩싸이겠지.

어떻게든 저지해야 하지만──.

"……스피카는 스피카대로 믿기가 힘들단 말이지."

"확실히 스피카 씨는 조금 무섭지……."

"린즈, 녀석들한테 무슨 짓이라도 당했어?"

"몇 번인가…… 그게, 피를 빨렸어."

"용서 못 해!! 그 녀석한테 유감의 뜻을 마구 퍼붓고 올게!!"

"자, 잠깐만! 갑자기 뛰면 상처가 벌어지니까……!"

"……………으윽. 린즈 말이 맞네…… 배가 아파……."

나는 눈에 눈물이 맺힌 채로 주저앉았다.

밤. 폐허에 남은 방들 중 한 곳에서, 나와 린즈는 잘 준비를 하는 중이다.

내일은 남쪽을 향해 출발한다고 하니까 지금은 휴식을 취해 둬야 한다.

그런데 아무리 해도 정신이 말똥말똥해서 잠이 오지 않았다.

뒤집힌 달에 대해, 성채에 대해, 그리고 뤼미에르 마을에 두고 온 동료들에 대해.

고민거리가 너무 많아서 두통이 한계를 넘어서고 있었다.

나는 침대로 돌아가, 최대한 상처를 달래면서 조심스레 누웠다.

천장을 올려다보며 옆에 있는 침대를 향해 "저기, 린즈" 하고 말을 걸었다.

"메이파는 어떻게 됐어? 물어봐도 괜찮을지 고민했지만……"

"메이파는……."

린즈는 잠깐 멈칫하고 나서 말했다.

"메이파는 네오플러스에 있는 모양이야. 《야천륜》이 그곳을 가리키고 있대."

"어째서……? 아니, 그렇구나."

마핵의 붕괴로 인한 전송 위치는 무작위적이라고 한다.

다시 말해, 모두가 같은 장소에 떨어질 거라고는 보장할 수 없다는 뜻이다.

"스피카 씨 말로는 적어도 최악의 사태는 아니라고 해. 《야천륜》으로 찾아낼 수 있는 건, 살아있는 사람뿐이니까…… 그래도 역시 걱정이야."

"과연…… 네오플러스로 갈 수밖에 없다는 뜻이구나……."

린즈는 불안한 듯이 표정을 찌푸리고 있었다.

내가 태평하게 여행하는 동안, 린즈는 이런저런 마음고생을 했던 거겠지.

테러리스트 그룹의 공주라니, 생각하는 것만으로도 탐탁지 않았다.

"……메이파도 걱정이지만, 요선향도 걱정이 돼."

린즈가 혼잣말처럼 중얼거렸다.

"《유화도(柳華刀)》가 부서져 버려서, 아마 온갖 곳에 많은 영향을 끼치고 있을 거야. 세계는 점점 변해갈 거라고 생각해…… 돌이킬 수 없을 정도로."

"그렇지……."

"있지, 코마리 씨. '문'이 열렸을 때, 목소리가 들리지 않았어?"

"목소리? 누구 목소리?"

"그렇구나. 그럼 내 착각이었던 걸까."

"……아니, 기다려 봐, 그 목소리는 뭐라고 말했어?"

"『질서를 바로잡는다』라고 말했던 것 같아. 또, 『죽인다』라고 들렸던 것 같기도…… 그리고 머릿속에 영상이 흘러들어 왔어. 누군가가 포박에서 풀려나는 듯한 영상이…….”

의미 불명이다. 무엇보다 ‘죽인다’라는 소리를 할 만한 녀석은 짐작 가는 사람이 너무 많다.

하지만 기분 탓이라고 그냥 넘길 수도 없었다.

“……걱정하지 마. 린즈는 내가 지킬 테니까.”

“어?”

“확실히 세계는 점점 변해갈지도 모르지만, 내가 린즈와 함께 있고 싶다는 마음은 변하지 않아.”

“코마리 씨, 나랑 함께 있으면 즐거워……?”

“응. 그리고 힐링이 돼. 린즈에겐 특별한 느낌이 있단 말이지.”

린즈는 상식인의 범주에 들어가는 몹시 귀중한 사람이니까. 말이 통하는 사람은 특별한 존재다.

린즈가 얼굴을 빨갛게 물들이면서 “나도 그래”라며 수줍게 말했다.

“……나한테도 코마리 씨는 특별한 사람이니까. 보호받기만 하는 게 아니라 당신의 힘이 될 수 있도록 노력하고 싶어.”

“그, 그래?”

“나는 특별한 사람이 되기를 포기한 소인배지만, 그게 싸우지 않아도 되는 이유가 될 순 없어. 내가 할 수 있는 일은 하고 싶어. 그래서 코마리 씨를 받쳐주고 싶다고…… 생각합니다.”

아이란 린즈는 요선향의 공주(公主)가 되기를 포기했다.

하지만 이 아이에게도 세계를 바꾸고 싶다는 의지는 깃들어 있었던 것이다.

그 마음이 분명하게 전해져 왔다.

나는 마음이 든든해지는 걸 느끼며, 린즈의 손을 마주 잡았다.

"고마워! 서로를 받쳐주는 거야 당연하지! 우리는 친구니까!"

"응. 그리고 나는 코마리 씨의 신부니까."

"…………."

어떻게 린즈는 여유롭게 저런 부끄러운 말을 할 수 있는 거지?

저러면서도 빌 같은 변태성은 눈곱만큼도 느껴지지 않는 게 신기했다.

대답할 말이 궁해서 머릿속이 얼어붙어 있었을 때——.

어디선가 무언가 폭발하는 소리가 들렸다.

아니, 정확히는 바로 옆에서 대폭발이 일어났다.

나와 린즈는 비명을 지르며 훅 날아갔다.

벽과 천장이 날아가고, 침대가 부서지고, 눈앞이 빙글빙글 회전하는 바람에 토할 것 같았다. 휘몰아치는 열풍은 지옥을 방불케 할 정도로 격렬했고, 울퉁불퉁한 돌조각들이 비처럼 주변을 휩쓸고 있었다.

디잉. 뭔가가 바뀌는 기적.

"——적습! 적습입니다! 녀석들은 마침내 기다리다 지친 모양입니다! 지금 당장 《막야도(莫夜刀)》의 먹이로 삼아 주자고요!"

밖에서 후야오가 큰 소리로 웃고 있었다.

다른 방에서 자고 있던 스피카와 트리폰도 황급히 밖으로 뛰쳐나온다.

……뭐야 이거? 꿈? 나는 계속 자도 되는 거야?

그런 식으로 현실 도피를 하는 사이에 뒤이어 날아온 공격이 근처에 있던 건물에 작렬했다.

여기 있다간 죽을 가능성이 높다.

나는 배에서 전해지는 고통을 참으면서, 린즈를 지키고자 필사적으로 그녀를 감싸 안았다.

"코, 코마리 씨, 괜찮아?!"

"린즈야말로 괜찮은 거야?! 젠장, 또 내 주변에 있는 건물이 폭발했어! 어이, 스피카, 이건 어떻게 된 일이야?!"

"으~음."

스피카는 태연하게 사탕을 깨물면서,

"사실은 사흘 전부터 적군한테 포위당해 있었거든!"

"엥?"

"상대는 알카 왕국의 군대네! 우여곡절이 있어서 죽일 듯이 싸우는 사이가 됐어!"

"우여곡절이 뭔데?!"

"내가 갖고 있는 저세상의 마핵은 알카에서 훔친 거야!"

"그야 화내는 게 당연하겠지!"

"계~속 쫓겨 다니고 있었어. 이 폐허도 들켜버린 모양이야. 녀석들, 성벽 밖에서 낌새를 살피고 있었는데, 우리가 잠든 틈을 노리고 공격해 온 거구나!"

바로 동맹을 끊고 싶어졌다.

스피카한테 온갖 불평을 폭풍처럼 쏟아내 주고 싶은 심정이다.

하지만 불평을 쏟아내 봤자 사태가 호전되지는 않는다는 사실은 잘 알고 있다.

"——린즈, 도망치자! 이 녀석들을 미끼로 삼아 달아나자고!"

"앗, 야! 도망치면 죽일 거거든?!"

나는 린즈의 팔을 붙잡고서 눈길조차 주지 않고 도망치기 시작했다.

배가 욱신욱신 아파와서 죽을 것 같았지만, 우는소리를 할 상황이 아니다.

역시 뒤집힌 달 같은 녀석들과 얽혀 있으면 목숨이 몇 개라도 부족하다.

"자자, 알카의 녹슨 고철 여러분! 죽을 각오는 되셨을까요?!"

"이런 이런. 피비린내 나는 운동은 하고 싶지 않습니다만……【대역신문】을 조정할 좋은 기회인 셈 치기로 하죠."

살인귀 녀석들이 날뛸 준비를 하기 시작했다.

가차 없이 포격이 쏟아져서 폐허는 더더욱 파괴되어 간다.

스피카가 "어~쩔 수가 없네~" 하고 한숨을 내쉬며 몸을 일으켰다.

그녀는 새로운 사탕을 주머니에서 꺼내고선 그걸 하늘을 향해 높이 치켜들며,

"후야오, 아마츠, 트리폰, 코르네리우스! 당장 녀석들을 쓰러트리고 테라코마리를 붙잡는 거야! 도망친 벌로 뼈와 가죽만 남을 때까지 피를 빨아주겠어!"

뼈와 가죽만 남을 수는 없지.

나와 린즈는 폭풍 탓에 몇 번이나 넘어질 뻔하면서도, 페허 바
깥쪽을 향해 일직선으로 달려갔다.

"하아아아아아아아아아아아아아아⋯⋯⋯⋯⋯⋯⋯ 죽는 줄 알았어요⋯⋯."

천장을 올려다보며 아마츠 카루라는 연체동물처럼 축 늘어졌다.

그러자 눈앞에서 딸기 파르페를 마구 퍼먹고 있던 닌자 소녀, 코하루가 감정이 담기지 않은 목소리로 "수고했어"라며 노고를 치하해 주었다.

"카루라 님이 없었다면 지금쯤 창옥들의 저녁 식사가 되었겠지."

"코하루 때문이거든요?! 갑자기 달려들다니 제정신이 아니에요! 저는 그런 아이로 키운 적이 없어요!"

"미안. 그치만 카루라 님이 위험하다는 생각이 들어서⋯⋯."

"윽."

"그리고 왠지 사쿠나 메모아 씨가 살기등등했으니까 싸움은 피할 수 없겠다는 확신이 들었어. 저건 장난 아니야, 진심으로."

"⋯⋯⋯⋯⋯."

저세상의 카페.

가게 구석으로 시선을 돌리자 백은의 소녀—— 사쿠나 메모아가 포크로 모나카를 푹푹 찌르며 뭔가 저주와도 같은 말을 계속해서 중얼중얼 읊조리고 있었다.

"용서 못 해 용서 못 해 용서 못 해 용서 못 해 용서 못 해 용

서 못 해 용서 못 해 용서 못 해 용서 못 해."

카루라는 저건 지나치잖아, 싶었다.

저 소녀 탓에 험한 꼴을 겪었기 때문이다.

'문'을 넘어온 수색대는 '백극 제국'이라는 나라로 전이했다. '그림자'—— 키르티 블랑의 말로는 저세상에는 현세에 존재하는 국가와 닮은 나라들이 있다고 한다. 그렇다면 백극 제국은 즉, 거울에 비친 백극연방이라고 할 수 있는 장소겠지.

그런데 그건 둘째치고, 시작부터 말다툼이 벌어졌다.

백극 제국의 창옥들은 갑자기 나타난 수수께끼의 침입자를 보고 경계심을 끌어올렸고, 수색대 멤버 중 무투파(주로 사쿠나 메모아)는 처음부터 전부 죽일 각오를 다지고 있었다.

다시 말해 싸움이 시작된 것이다. 망설임 없이 지팡이를 휘두르는 사쿠나, 선수 필승이라는 듯이 돌격하는 코하루, 다급하게 맞서 싸우는 창옥들——.

정말로 죽는 줄 알았다.

카루라의 필사적인 설득으로 어떻게든 죽지 않고 살았지만, 한 발짝만 삐끗했더라도 시작부터 전멸당했을 가능성도 있었다.

"……사쿠나 씨도 곤란하신 분이에요. 마음은 이해하지만요."

"저 사람, 표정이 무서워. 웃으면 좋을 텐데."

"웃고 있을 상황은 아니니까 말이죠."

"간질간질 해볼까?"

"그만두세요, 죽는다고요."

코하루는 "농담"이라고 툭 말하고선 파르페를 입에 넣었다.

그러는 한편, 사쿠나는 변함없이 시꺼먼 오오라를 두른 채, "코마리 씨 코마리 씨 코마리 씨" 하고 주문을 읊는 중이다. 그녀의 정신 상태가 위험한 수준에 이른 건 확실해 보인다.

하지만 사쿠나 메모아만 그러는 게 아니다.

수색대의 멤버는 누구 하나 빠짐없이 비슷비슷한 상황이었다.

네리아와 린즈, 리오나에 프로헤리야── 이번 사고로 자취를 감춘 소녀들은 각 나라에서 둘도 없는 소중한 인물들이었으니까.

"사쿠나 씨는 가만히 내버려 두기로 하죠. 섣불리 자극했다간 무슨 짓을 저지를지 모르니까요. 솔직히 말해서 저도 무서우니까 조금 거리를──."

"카루라 씨."

"히약?!"

사쿠나가 몹시 진지한 얼굴로 이쪽을 바라보고 있었다.

싸늘한 눈동자. 2, 3백 명쯤 살해한 살인마의 오오라를 두르고 있다.

"네, 넷. 왜 그러세요?"

"늦지 않나요?"

"네?"

"언제까지 카페에 있어야 되는 건가요? 벌써 33분 58초가 지났는데요? 아아, 지금 막 34분이 되고 말았어요. 시간이 아까워…… 코마리 씨가 외로워하고 있을지도 모르는데…… 아아…….."

큰일이야. 격노하고 계셔.

코하루가 재빠르게 일어나더니 볼이 빵빵하도록 딸기를 입안에 넣고서 카루라의 등 뒤에 숨었다.

"카루라 님, 무서워."

"당신은 제 호위잖아요?! 무슨 일이 있어도 주인을 지켜야 한다는 의무가 있을 거예요!"

"일시적으로 의무를 포기할 권리를 행사할게."

"그런 권리는 없어요!"

"뭘 속닥속닥거리시는 건가요?"

"흐엑?! 이, 이 파르페가 굉장히 맛있어서 풍전정의 메뉴에 한번 참고해 볼까~ 해서요."

"코마리 씨는 지금 어디선가 구조를 기다리고 있어요. 저를 기다리고 있다고요. 어째서 신은 제 앞길을 가로막는 걸까요…… 역시 죽여야…….."

사쿠나의 몸에서 냉기가 흘러나오기 시작했다.

저세상에는 마력도 마핵도 없다. 그러니 마법은 꼭 필요할 때만 쓰는 게 좋다.

하지만 그런 충고를 할 만한 여유는 없었다.

왜냐하면 엄청 무서우니까.

이젠 끝장이다. 나는 이대로 얼음 조각상이 되겠구나── 그렇게 삶을 포기하기 직전이었을 때,

"──저, 저저, 저저저, 저기요!!"

긴장으로 상기된 목소리가 가게 안에 울려 퍼졌다.

그림자처럼 새까만 옷차림.

옷 색깔과는 대조적으로 피부는 백극연방에 내린 눈보다도 새하얗다.

하얀 피부긴 한데, 긴장과 불안감에 시달리고 있는 탓일까, 지금은 뺨이 사과만큼이나 붉게 상기되어 있었다.

눈언저리까지 후드를 뒤집어쓰고 있어서, 생김새는 잘 알아보기 힘들었다.

그건 그렇고 종족은 뭘까?

화혼종은 아니고, 전류종도 아니고, 수인이 아닌 건 확실한데──.

일단 카루라는 상냥한 마음씨를 발휘해 애써 미소를 지었다.

"무슨 일이죠? 엄마는 어디 계시나요?"

"웃………?!?!?!?!"

그 순간 검은 소녀가 울컥했다.

다른 나라에 침략을 당해 인질이 되어 치욕을 감내하는 공주도 이 정도는 아니겠지, 싶을 정도로 뚜렷한 굴욕감을 느끼는 표정이었다.

주먹을 꾹 쥐고 부들부들 떨면서, 스읍─ 하아─ 스읍─ 하아─, 열심히 숨을 가다듬더니,

"저, 저는, 키르티 블랑……!"

어? 뭐라고 했지? ──머리 위에 물음표가 떠오르는 걸 느끼고 있자, 소녀가 확! 하고 기세 좋게 후드를 벗었다.

검은 머리카락, 하얀 피부, 상기된 뺨, 눈물이 그렁그렁 맺힌 눈동자.

열 명이 있으면 열 명 다 "예쁘다"고 말할 법한 외모의 소녀였다.

심호흡하고 나서 소녀가 입을 열었다.

"야, 약속했으니까, 왔습니다……! 저, 저세상에 대해 설명드리기 위해서……."

"""………""""

수색대가 카페에 머무르고 있던 이유.

그건…… 저세상의 안내인을 맡은 '그림자', 키르티 블랑과 이곳에서 만나기로 했기 때문이었다.

그런데 뭐라고 해야 할까.

……상상했던 이미지와 상당히 다른데??

"'포영종'은…… 자신의 그림자를 조작해서 다른 세계로 보낼 수 있지만…… 제 역할은 연락책이라서, 그다지 직접 나서는 일이 없어서, 직접 얼굴을 마주하는 게 익숙하지 않아서…… 그, 그러니까 상상한 이미지와 다르다면 죄송해요……."

이쪽과 눈을 마주치려 하지 않는다.

잔뜩 수그린 고개, 굽은 등, 양 손가락을 꼼지락거리면서 의자에 앉아 있다.

"그림자일 땐, 또 다른 내가 된 느낌이라, 대담해져서…… 하지만 이렇게 마주 보고 대화하는 건 서툴러서…… 그림자일 때처럼 멋진 말투로 말하고 싶지만, 저처럼 쪼끄만 애가 잘난 척 얘기하는 모습을 객관적으로 상상해 봤더니 우스꽝스럽다는 생각이 들어서 주저하게 된다고 해야 하나, 뭐라고 해야 하나……

Illustrations copyright © riichu

저, 저기. 제 머리카락에 뭐라도 묻어 있나요……?"

"아니. 착하지, 착해."

코하루가 키르티 바로 옆에 앉아 머리를 토닥토닥 쓰다듬어 주고 있었다.

조금 의외긴 했지만, 뭐, 누구에게나 콤플렉스 한두 개 정돈 있는 법이다.

너무 깊게 파고들지 말자, 불쌍하니까.

"키르티, 아싸 캐릭터였구나. 역시 그림자야."

"윽…….”

"코하루! 이상한 소리 하지 마세요! 미, 미안해요, 키르티 씨."

"괜찮아요, 어차피 전 음침하니까…….”

키르티는 메마른 웃음소리를 냈다.

사쿠나가 "저기" 하고 조심스럽게 말을 꺼냈다.

"가능하다면 코마리 씨의 정보를 가르쳐 주실 수 있나요……? 키르티 씨는 뭔가 정보를 가지고 계시죠?"

"그, 그러네요. 그게 목적이었죠, 제가 얼마나 소심한지는 중요한 게 아니었어요…… 이걸 봐주세요."

키르티는 가방을 뒤적뒤적거리더니, 오래된 양피지를 꺼냈다.

카루라는 테이블에 펼쳐진 양피지를 들여다보았다.

아무래도 저세상의 지도인 모양이었다.

"본 적 없는 나라도 많이 있네요. 천조낙토나 뮬나이트도 우리가 아는 것과 위치가 조금 달라요…… 아니, 그보다 육지의 모양이 다르군요."

"네. 전승에 의하면 제2세계는 거의 사람이 살지 않는 황폐한 땅이었는데, 제1세계를 카피해서 지금의 형태가 됐다나요……."

"제1세계? 카피?"

"앗, 아뇨. 지금은 그것보다 중요한 사실이 있어요……."

키르티는 지도의 한 지점을 가리켰다.

"이곳에 빌헤이즈와 에스텔 클레르, 네리아 커닝엄이 있을 거라고 짐작해요."

"무슨……."

커다란 충격에 잠시 생각이 멈췄다.

코마리 일행을 벌써 찾아냈던 걸까……?

"정확히는 '줄 마을'이 아닌 이 근처에 있는 숨겨진 마을—— '뤼미에르 마을'인데요. 이 마을은 최근에 전투가 벌어져서 마을 복구를 위해 뮬나이트 병사들이 파견됐어요. 잠입해 있던 동료의 말로는…… 세 사람은 무사한 것 같다고 해요."

"세 사람?"

사쿠나가 다급하게 끼어들었다.

"다른 사람들은…… 코마리 씨는 어떻게 된 건가요……?!"

"프로헤리야 즈타즈타스키와 리오나 플랫의 상황은 아직 불명이에요. 그리고 테라코마리는…… 스피카 라 제미니에게 납치되었다는 보고가 있었어요."

"네에……?!"

도무지 영문을 알 수 없어서 머릿속이 정리가 되지 않았다.

키르티는 어째서인지 면목 없어하는 기색으로 눈을 내리깔았다.

"동료인 낙타의 말로는 테라코마리, 네리아, 빌헤이즈, 에스텔, 네 사람은 같은 장소로 전이되어 함께 여행하고 있었다고 해요. 사막을 건너 뮬나이트 제국으로 향했던 모양인데, 도중에 뤼미에르 마을에서 성채와 전투가 있었고…… 테라코마리만 그 '신을 죽이는 사악'에게 납치되어 버렸다고…….."

'신을 죽이는 사악'── 스피카 라 제미니.

과거 여섯 나라에 혼란을 불러온 테러리스트가 어째서 저세상에 있는 걸까.

"……뒤집힌 달은 제 가족을 엉망으로 만들었죠."

사쿠나였다. 영혼까지 얼어붙을 것 같은 목소리.

"그들은 코마리 씨와…… 빌헤이즈 씨한테도 지독한 짓을 했어요. 타인을 도구로밖에 보지 않는 녀석들을 내버려 둘 순 없어요."

사쿠나는 키르티를 똑바로 마주 보며 물었다.

"키르티 씨, 왜 코마리 씨가 납치당한 거죠? 뒤집힌 달은 또 코마리 씨를 해치려고 하는 건가요?"

"모르겠어요…… 스피카 라 제미니가 무슨 생각을 하고 있는 건지…… 일단 뒤집힌 달에 스파이를 심어뒀습니다만, 아직 진의를 알아내지 못한 모양이라…… 게다가 적은 뒤집힌 달만 있는 게 아니에요. 오히려 성채 쪽이 더 위험하다는 게 제 생각인데요…….."

"네? 지금 무슨 소릴 하시는 건가요?"

"히익?!"

자신을 노려보는 예리한 눈빛에, 키르티가 비명을 질렀다.

사쿠나의 표정이 험악해지는 것도 그야 당연하겠지.

이 소녀는 뒤집힌 달 때문에 가족을 잃고, 피로 점철된 인생을 살아왔으니까.

"저는 그 조직에 있었기 때문에 잘 알아요. 위험한 쪽은 뒤집힌 달이에요. ⋯⋯카루라 씨, 지금 당장 출발해서 코마리 씨를 찾죠."

"그렇게 말씀하셔도. 단서가 없어서야⋯⋯."

"일단 단서는 있어요."

키르티가 쭈뼛쭈뼛 말을 꺼냈다.

"방금도 말씀드렸지만, 우리는 뒤집힌 달에 스파이를 보내놨어요. 그 사람은 정말로 변덕스러워서 정보를 줬다가, 안 줬다가, 어쩌면 상대편에 붙었을지도 모르는 사람이긴 한데요."

카루라는 가볍게 한숨을 내쉬었다.

"그걸 스파이로 봐야 할지는 문제가 있네요. 만약 정보를 건네주더라도 순순히 믿지 않는 편이 좋겠죠."

"어, 어라? 선대 오오미카미에게 전해 듣지 못한 건가요⋯⋯?"

"? 뭘 말인가요?"

"당신의 사촌 오빠인 아마츠 카쿠메이인데요⋯⋯ 그 스파이가."

"   "

아마 머릿속에서 무언가가 몇 개쯤 쨍그랑 부서졌을 거다.

⋯⋯네? 카쿠메이 오라버니요?

지금까지 쭉 행방불명이었던 그 카쿠메이 오라버니?

"그래서, 요전에 웬일로 아마츠가 보낸 까마귀가 왔는데…… 오긴 왔지만, 『달은 금의 바다에』라는 암호 같은 내용이었거든요."

"──자, 잠깐만 기다려 보세요?! 오라버니도 저세상에 있는 거예요?! 당신은 오라버니를 만났던 건가요?!"

"네? 마, 만났다고 해야 하나, 저기, 같은 용병단 '풀문' 소속이라서요…… 아마츠에겐 항상 신세를 지고 있어요……."

선대 오오미카미가 사라진 후──.

카루라는 마지막으로 남긴 편지를 통해 세계에 숨겨진 커다란 비밀을 알게 됐다.

선대가 시공을 뛰어넘어 온 미래의 자신이었다는 사실.

뒤집힌 달을 내버려 뒀다간 세계가 파멸한다는 사실.

코마리가 사라져 버리지 않도록 잘 지켜볼 필요가 있다는 사실.

하지만 그 편지에 아마츠 카쿠메이에 관한 정보는 쓰여있지 않았다. 키르티의 말투로 보건대, 미래의 자신은 오빠가 있는 곳을 알고 있었을 텐데.

어째서?

어째서 가르쳐주지 않은 거야, 나??

뇌가 혼란스러워서 죽을 것 같은 카루라였다.

"『항상 신세를 지고 있어요』라는데. 키르티한테 오라버니를 빼앗긴 걸지도 모르겠네."

뇌가 파괴당해서 죽을 것 같은 카루라였다.

"저기, 다시 본론으로 돌아가겠는데요."

키르티가 미안해하는 말투로 말했다.

"덧붙여 확정은 아니지만 스피카 라 제미니로 짐작되는 사람을 봤다는 정보가 몇 건쯤 들어와서요…… 아무래도 인상착의가 인상착의다 보니, 눈에 띈다고 생각해요."

"어디인가요?"

"나, 남쪽이에요…… 이 지도의 한가운데에 있는 '신을 죽이는 탑'보다 훨씬 남쪽인데, 목격 정보를 종합해 보면 아마 뒤집힌 달은 남쪽으로 내려가는 중이고…… 그러네요, 『달은 금의 바다에』라는 말까지 고려해서 생각해 보면, 아마 뒤집힌 달은 이 근처로 향하고 있지 않나 싶은데요……."

그녀가 손가락으로 가리킨 곳은——.

라페리코 왕국과 투모루 공화국이라는 나라의 딱 경계에 있는 지역.

나중에 덧붙인 듯한 거친 글씨로 '광산 도시 네오플러스'라고 적혀 있었다.

"요 몇 년 사이에 세워진 인공 도시이자 사람들의 욕망이 소용돌이치는 마경…… 최근엔 골드 러시 열풍이 불고 있어서 많은 용병이 모여드는 모양이에요. ……저는 바쁜 보스 대신에 여러분과 함께 테라코마리를 되찾으라는 명령을 받았습니다."

"…………!"

목적지는 정해졌다.

성채, 뒤집힌 달, 코마리——.

그리고 오랜 옛날, 어린 카루라를 남겨두고 사라졌던 그리운 오라버니.

해야 할 일들은 산더미 같지만, 남쪽으로 가면 틀림없이 모두 해결될 것이다── 카루라는 그런 느낌이 들었다.

☆

세계의 남쪽, 그 마을은 투모루 공화국 끄트머리에 있었다.

광산 도시, 네오플러스.

정부 주도하에 개발이 진행된 지 8년, 옛날엔 한가로운 농촌 마을에 지나지 않았던 땅은 욕망으로 점철된 인간들이 모여드는 마경으로 변했다.

폭력 사태는 일상다반사나 마찬가지라, 도시에 붙은 별명은 '전장보다 더 위험한 도시'.

유일하게 질서다운 질서가 유지되는 장소를 꼽는다면, 지사(知事)의 공관이겠지.

네오플러스의 노른자 땅, 두터운 담벼락이 둘러싸고 있는 호화로운 네오플러스 지사부(知事府)──그곳 집무실에서 두 사람이 마주 앉아 있었다.

한 사람은 금으로 된 머리 장식을 단 소녀.

노출이 많은 이국적인 의상을 입고, 마찬가지로 휘황찬란하게 빛나는 황금 의자에 깊이 허리를 묻고 있다. 옷 아래로 드러난 부드러운 피부는 단순히 햇볕으로 그을리는 것으론 불가능한 밀알 같은 갈색을 띠고 있어서, 그녀가 '흔히 있는 여섯 종족' 중 어디에도 해당하지 않는다는 걸 보여주고 있었다.

"──그래서? 진 거야?"

그녀가 다리를 꼬고 앉아 발끝을 빙글빙글 돌리며 물었다.

"아뇨, 지지는 않았습니다."

대답하는 사람은 간신히 살아남은 병사처럼 너덜너덜 엉망이 된 소녀였다.

옷에는 해진 실밥이 보이고, 얻어맞은 상처가 낫지 않았는지 얼굴이 부어 있었다.

성채의 일원, '해주' 트레몰로 파르코스텔라── 떠돌이 비파 법사는 갈색 맨발을 응시하면서 변명처럼 말을 이었다.

"애초에 말이죠, 네프티 씨. 자잘한 승패를 따질 필요가 없습니다. 잘 생각해 보면 우리 성채의 비원 성취는 확정적이고, 남의 눈에는 패퇴한 것처럼 비치겠지만 실제론──."

"시끄러워!!"

"아윽."

화려한 페디큐어가 칠해진 발가락 끝에 쿡 찔린 탓에 트레몰로는 비틀거렸다.

갈색 소녀── 네프티는 짜증을 있는 대로 드러내며 일어나더니 말했다.

"너, 할 마음이 있긴 해? 네르잔피도 그랬지만 꼴사납게 진 다음 나한테 매달리러 오다니 한심하지도 않아?"

"다시 한번 말씀드리지만 지고 이기고의 문제가 아닙니다. 우리가 고민해야 할 문제는 오로지 비원을 달성할 수 있는가, 없는가입니다."

"하~ 싫다 진짜! 변명이나 내뱉는 어른은 참 꼴불견이지! 자꾸 웃기지도 않는 소리를 하면 관에 가둬서 미이라로 만들어 버린다?"

"제 얘기에 귀를 기울여 주세요. 전략적 후퇴였다고요. 그대로 계속 싸워봤자 승산은 없었어요. 신을 죽이는 사악이 얼마나 까다로운 상대인지 모를 당신이 아니잖아요?"

"알고는 있지만 그 태도가 열받는다고. 내 힘을 빌리고 싶다면 바닥에 납작 엎드려서 애원해 보든가? 겸사겸사 밟아 줄 수도 있는데?"

"아뇨, 우리는 동료니까……."

"모르는 거야? 친한 사이라도 예의라는 게 있는 법이잖아?"

"당신과 연을 맺고 있다는 사실은 기적이라고 생각합니다. 우리는 이렇게나 물과 기름 같은 성격인데도 유세이라는 사상을 기둥 삼아 손을 잡고 있습니다. 그분은 그야말로 융화라는 단어를 그대로 옮겨 놓은 듯한 존재지요."

"어물쩍 넘기지 마! 이제 됐어—— 귀찮아."

네프티는 옷을 펄럭이며 털썩! 의자에 등을 기댔다.

그리고 날카로운 눈으로 트레몰로를 내려다보며, "그래서?" 하고 주제를 바꿨다.

"어쩔 거야? 유세이, 화났거든?"

"얼마만큼 화가 났을까요."

"으음~ 그렇지~."

네프티는 비스듬히 시선을 내렸다.

Illustrations copyright © riichu

시선 끝에는 토끼처럼 생긴 생물을 모티브로 한 기묘한 인형이 앉아 있었다.

잠깐 인형과 시선을 나눈 뒤, 갈색 소녀는 "아, 그래" 하고 고개를 끄덕였다.

그러고서 트레몰로를 돌아보며 짓궂은 미소를 짓더니,

"유감입니다! 트레몰로는 죽어줬음 좋겠대!"

"그럼 오명을 회복하도록 하죠."

"……칫, 놀리는 보람이 없는 녀석이야."

집무실에는 희미하게 석양이 비치고 있었다.

네프티는 재미없다는 듯이 한숨을 토하고서 토끼 인형을 품에 안았다.

귀를 잡아당기기도 하고, 배를 주무르기도 하고, 맨손으로 아무렇게나 가지고 놀면서 "있지" 하고 트레몰로에게 말을 걸었다.

"마핵은 어떻게 됐어?"

"새로운 마핵은 찾지 못했습니다. 참고로 알카군에 대여해 줬던 마핵은 스피카 라 제미니에게 빼앗겼습니다."

"최악이잖아—!!"

인형을 트레몰로에게 냅다 던졌다.

트레몰로는 화려하게 인형을 붙잡은 다음, 비웃듯이 입꼬리를 말아올렸다.

"피차 마찬가지라고요. 당신은 8년 넘게 성동(星洞)을 파고 있는데 아직 마핵을 채굴하지 못했잖습니까."

"그거랑 이건 다른 얘기잖아—! 나는 반대했었거든?! 아무리 알카의 군대가 강화된다고 해도, 마핵을 그대로 맡겨두는 건 무방비하기 짝이 없어!"

"그건 유세이가 정한 일이니 어쩔 수 없어요."

"윽…… 그건 그렇지만……."

"아무튼 작전은 다음 단계로 넘어갔습니다. 당신은 제가 울며불며 애원하러 온 거라고 생각하는 모양입니다만 계책은 직접 준비해 뒀지요."

트레몰로가 인형을 도로 던졌다. 네프티는 그걸 허둥지둥 받으면서 물었다.

"……그럼 왜 나를 찾아온 거야."

"네오플러스의 '성동'이 결전의 땅으로 삼기에 어울린다고 생각했기 때문입니다. 비수(匪獸)의 힘을 빌리면 녀석들도 적수가 되지 못해요. 임대료라고 하기는 뭣하지만 마핵의 수색도 도와드리죠."

"스피카가 여기로 온다는 거야?"

"'신을 죽이는 사악'은 저를 일부러 놔줬습니다. 추적해 올 준비가 되어 있다는 뜻입니다. 녀석들은 반드시 여기로 오겠죠. 아니, 스피카와 테라코마리만 오는 게 아닙니다── 8년 전에 뿌려뒀던 비극의 씨앗이 아름답게 꽃을 피워 돌아왔습니다."

"뭔 소린지 모르겠어."

디잉. 뭔가가 휘어지는 소리가 들렸다.

손가락에 현을 장착하면서 트레몰로는 빙글 발걸음을 돌렸다.

"그리고 돌아온 이유는 한 가지 더 있습니다. 당신 얼굴이 보고 싶어졌거든요."

"뭐야 그게? 기분 나쁘거든?"

"비원 달성을 위한 동료니까요. 건강히 잘 지내고 있는지 걱정입니다."

"…………."

"후후…… 적을 해치우는 데 성공했을 땐 제1세계로 가서 네르잔피 경을 함께 구출하도록 하죠. 아직 죽지는 않은 모양이니까요."

"글쎄, 어떨까. 걔는 멘탈이 유리니까 지금쯤 자살했을지도 모르는데?"

"설마요. ──그럼 저는 이만."

떠돌이 비파 법사는 '디잉, 디잉' 하고 비파 소리를 울리며 자리를 떠났다.

집무실에 남겨진 네프티는 인형을 품에 안으며 천장을 올려다보았다.

그녀 주변에는 수많은 관이 장식되어 있었다.

시신만 남아있다면 사람은 두 번째 삶을 맞이할 수 있다──그게 네프티의 고향에서 내려오는 가르침이다.

성채의 멤버들은 저마다 죽음에 대해서 독특한 감성을 지니고 있다.

설령 인류가 멸망한다 해도, 구원받을 수 있는 방법은 남아 있다.

"유세이. 우리는 올바른 길을 걷고 있는 거 맞지."

네프티의 중얼거림은 노을이 진 고요 속에 허무하게 울려 퍼졌다.

　인형에 말을 걸어본 것이지만, 대답은 돌아오지 않았다.

폐허 마을에서 남쪽으로 일주일 정도 걸어가자 목적지인 광산 도시—— '네오플러스'에 도착했다.

사방이 산으로 둘러싸인 떠들썩한 마을이었다.

스피카 설명으로는 지금 네오플러스에선 일찍이 없었던 골드 러시 붐이 일어났다고 한다.

명칭은 골드지만 사람들의 목적은 금이 아닌 '만다라 광석'인가 하는 뭔지 모를 돌멩이다.

마핵이 있는 곳에서 발생한다는 희한한 보석.

그 만다라 광석의 광맥이 십몇 년쯤 전에 발견됐다나.

그전까지만 해도 네오플러스는 아무것도 없는 농촌이었다고 하는데, 8년 정도 전부터 급속히 개발이 진척된 덕분에 지금은 인구가 수만 명에 달하는 대도시로 발전했다고 한다.

전국에서 일확천금을 꿈꾸는 용병들이 도시로 모여들고 있다.

번들거리는 욕망과 열의로 가득한 질척질척한 분위기.

이렇게 잠깐 길만 걸었는데도 속 쓰림이 생길 정도다.

"——드디어 도착했네! 자아, 다들 즉시 선량한 일반 시민을 협박해서 오늘의 숙박비를 벌어보자!"

"잠깐잠깐잠깐! 너는 갑자기 무슨 소릴 꺼내는 거야?!"

"농담이야!"

"농담으로 안 들려!"

"뭐어? 거짓말하는 거지?! 이게 농담으로 안 들린다고?! 역시 당신은 살육의 패자라고 불릴 만도 하구나! 하지만 냉정하게 생각해 보면 알 수 있지 않을까? 만약 죄 없는 사람을 죽여서 돈을 빼앗으면 군과 경찰이 움직일 거야. 그러면 행동에 지장이 생기잖아?"

"………………."

왜 내가 이상한 사람 취급을 당하는 거지……?

이 녀석, 역시 괴짜인가……?

"……저기, 스피카. 너랑 잘 지낼 수 있을 것 같은 느낌이 안 드는데."

"그렇지 않아. 서로를 미워하는 원수라고 해도, 폭풍을 만나 배가 침몰할 것 같을 때는 같이 힘을 합치잖아?"

"진짜 힘을 합칠 생각이 있는 거야?"

"물론이지! 그러니까 당신을 붙잡은 거잖아? 다음에 또 도망치면 그대로 튀겨서 잡아먹을 테니까!"

린즈가 깜짝 놀라 몸을 떨면서 내 등 뒤로 숨었다.

마음은 이해가 간다. 누구든 이런 녀석한테 잡아먹히고 싶진 않겠지.

폐허에서 소동이 벌어진 다음——.

도망쳤던 나와 린즈는 순식간에 스피카에게 붙잡혔다.

이렇게 말하긴 뭐하지만, 『그야 그렇겠지』싶은 느낌이다.

나 같은 게 날렵한 테러리스트 일당의 손아귀에서 도망칠 수 있을 리가 없었다.

그리하여 나와 린즈는 강제로 '여행 파티'에 끼여서 네오플러스를 향해 일주일 가까이 걸어야 하는 신세가 되었다.

뭐, 그래도 살해당하지는 않았으니 다행이라고 해야겠지.

이렇게 됐으니 뒤집힌 달에 협력할 수밖에 없다.

스피카가 린즈의 얼굴을 들여다보며 "어라라?" 하고 웃었다.

"왜 그래? 내가 무서워?"

"무, 무섭지 않아요……."

"무서운 거구나! 도망치지 못하도록 이 개 목걸이를 걸어줄게!"

"하지 마! 린즈가 이상한 취향에 눈을 뜨면 어쩌려고 그래!"

"당신도 차고 싶어? 좋아, 둘 다 내 애완동물이 되도록 해!"

"되겠냐아아아아!!"

스피카가 웃음을 터트리며 달려들었다.

이런 녀석한테 길러졌다간 목숨이 몇 개라도 부족하다고──엄습하는 위기감을 느끼며 열심히 뛰어다니고 있었더니, 바로 옆에서 누군가가 "하아" 하고 한숨을 쉬었다.

"……아가씨. 눈에 띄는 행동은 자제하는 편이 좋아."

나는 깜짝 놀라 돌아보았다.

여우 수인── 후야오 메테오라이트.

그녀가 귀찮음이 묻어 나오는 눈으로 신을 죽이는 사악을 바라보고 있었다.

"뭐어? 후야오. 나한테 반항할 셈?"

"얘들이 이제 와서 도망칠 이유가 없잖아."

"하지만 네오플러스에는 어린 여자애를 노린 흉악 범죄가 횡행하고 있다는 모양이야. 내가 목줄을 단단히 쥐고 있어야지!"

"그 녀석들이 평범한 여자애라고 생각하는 거야? 게다가——동맹은 대등한 관계일 때 성립하는 법이야."

"…………일리가 있는걸!"

빠직.

스피카가 들고 있던 개 목걸이가 손안에서 찌그러졌다.

대체 무슨 악력…… 아니, 그런 것보다.

"후야오…… 너에게도 그런 똑바로 박힌 감성이 있었던 거야……?"

디잉.

뭔가가 바뀌는 기척을 느꼈다.

"저는 똑바른 사람이라고요! 볼품없는 펫을 두 마리나 데리고 다니면 아가씨의 품격에 흠집이 나지 않을까 싶어서요!"

"뭐어?! 볼품없어……?!"

디잉.

"……아가씨의 품격 같은 건 아무래도 좋지만, 동맹을 맺은 이상 지나치게 험한 대우는 현명하지 못해. 애완동물도 너무 괴롭히면 반감을 품고서 주인의 손을 물겠지?"

"코마리 씨. 이 사람 이중인격이야……?"

"그, 글쎄……? 의외로 이중인격인 척 연기하고 있는 중2병일 가능성도 있겠지만……."

어느 쪽이든 꺼림칙하다.

상사도 상사지만, 부하도 못지않다.

"그런 건 됐어—! 작전회의를 시작할게!"

스피카가 희희낙락한 얼굴로 후야오의 팔을 잡으며 물었다.

"우선 가게에 들어가고 싶은데 추천하는 곳은 없어? 후야오."

"있을 리가 없잖아. 나는 여기에 처음 왔다고——."

그때, 후야오가 부자연스럽게 말을 끊었다.

귀를 쫑긋 세우고서 주변을 두리번두리번 둘러본다.

그러다 시선이 어떤 곳에 멈췄다.

골목 끄트머리. 저건…… 오래된 우물인 걸까?

"왜 그래?"

"아니——."

디잉.

뭔가가 바뀌는 기척이 났다.

그리고 나는 기묘한 광경을 보았다.

후야오는 두 가지 인격 중 어느 쪽도 아닌, 마치 유령을 보고 겁을 먹은 어린아이 같은 표정을 짓고 있었다.

"……아무것도, 아닙니다. ……어서, 가게를, 찾죠."

너무나 후야오답지 않은 말에 분위기가 묘해졌다.

얘는 누구세요—— 나도, 린즈도 놀라서 우두커니 멈춰 섰고, 스피카는 눈까지 휘둥그레져서는 여우 소녀의 얼굴을 바라봤다.

"아무 일도 없을 리가 없지? 이상한 거라도 먹었어?"

"괜찮습니다…… 아침 식사는 평범한 메뉴였어요…….."

"누가 봐도 상태가 이상해. 저 성격은 '이면'도 '표면'도 아니야."

디잉.

또다시 무언가 바뀌는 기척이 났다.

"──아무것도 아니라고 하잖아. 신경 쓰지 마."

이번엔 평소 보던, 살인귀 같은 후야오였다.

그녀는 관자놀이를 손으로 누르며 걸어갔다.

뭐였지? 아무리 봐도 상태가 이상해 보였는데── 뭐, 됐나.

지금은 깊이 생각하지 말고 레스토랑을 찾기로 하자.

☆

뒤집힌 달은 두 그룹으로 나뉘게 되었다.

간단히 말하면 『메인』과 『지원팀』이다.

성채와 직접 맞서 싸우고, 메이파를 구출하는 게 『메인』이 할일. 나와 린즈, 스피카, 후야오가 이쪽에 속해있다.

그리고 『메인』의 일을 보조하고, 뒤에서 이런저런 네오플러스의 정보를 모으는 게 『지원팀』의 일. 아마츠, 트리폰, 코르네리우스가 담당자다.

매번 항상, 어째서 나는 공격조에 속하게 되는 걸까.

뭐, 불평을 할 수 있는 상황도 아니니 입 다물고 있기로 했다.

그렇게 돼서──.

우리는 네오플러스의 술집에서 속닥속닥 회의를 나누기 시작했다.

"만다라 광석 채굴장── 이른바 '성동'. 《야천륜》으로 보면 트레몰로와 메이파는 여기에 있는 모양이네!"

가게는 한낮인데도 굉장히 북적거렸다.

손님들 대부분은 우락부락한 용병. 우리 같은 여자애 그룹은 누가 봐도 가게에 잘못 들어온 사람 같았지만, 스피카도 후야오도 신경 쓰지 않는 기색이었다.

"즉! 녀석들은 성동 지하에 있는 마핵을 노리고 있다는 거지! 내버려 두면 세계가 멸망할 거야!"

"그 성동이라는 건 어디에 있는 건가요……?"

"네오플러스 중심부입니다."

린즈의 질문에 대답한 사람은 트리폰이었다.

트리폰은 술집에서 합류했다. 참고로 아마츠와 코르네리우스는 다른 장소에서 암약 중이라고 한다.

"방금 확인하고 왔습니다만, 입구 근처는 용병들로 심하게 붐비고 있더군요. 하지만 들어가기 위해선 채굴권이 필요하다나요."

"……귀찮은걸. 힘으로 돌파해 버리면 돼."

"후야오, 당신은 너무 폭력적이군요. 억지로 침입하려고 하면 다른 용병들에게 뭇매를 맞게 된다는 멋진 룰이 있답니다. 소동을 일으키면 유세이가 눈치챌 가능성도 있으니 지금은 신중하게 움직여야 하지 않을까요."

의외였다. 나는 당연히 『알 바냐! 돌격이다!』라는 소리를 하며 폭주할 줄 알았는데.

최소한 제7부대였다면 무조건 그렇게 됐겠지.

어라? 그렇게 치면 그 녀석들은 테러리스트보다 야만적이라는 거야?

"채굴권은 지사에게 인정받은 용병들에게만 부여된다고 합니다. 덧붙여 지사란 투모루 공화국의 행정 단위인 '현'의 장관을 말하죠. 이 네오플러스현에는 지사부가 존재하고, 그곳에서 도시의 행정을 관리하고 처리한다나요."

트리폰이 호주머니에서 종이를 꺼냈다.

네오플러스의 지도인가 보다. 그가 손가락으로 가리킨 곳에 '지사부'라고 적혀 있었다.

"······지사는 어떤 사람이야?"

"현재 지사는 샌드베리 백작이라는 인물이군요. 이 지사가 부임한 뒤부터 채굴에 관한 규제가 대폭 완화되어서 용병들에게 절대적인 지지를 받고 있다고 합니다."

"흐응──."

토마토 주스를 마시며 몸을 움츠렸다.

높으신 분은 왠지 거북하단 말이지. 무례를 저지르는 바람에 화나게 만드는 일이 잦으니까── 그렇게 내심 답답한 기분을 느끼고 있었을 때, 트리폰이 "아아, 그렇죠"라며 알 수 없는 표정과 함께 덧붙였다.

"무사히 채굴권을 손에 넣는다고 해도, 성동을 탐색할 때는 주의해야 합니다. 성채에게 들키지 않도록── 그 점에 대해선 두말할 필요도 없겠습니다만, 길드에 모여 있던 용병들의 말로는 요즘 들어 '비수'라는 괴물이 나온다나요."

"뭐야 그게?"

"자세한 건 아마츠와 코르네리우스가 조사 중입니다. 생김새는 새까만 그림자 같은 맹수──라는 모양인데, 이게 여러 마리가 성동을 보금자리로 삼고 있다고 합니다. 가끔 사람을 덮치기 때문에 요즘은 만다라 광석 채굴도 지지부진하다더군요."

왠지 불안한 정보다.

라페리코 동물 군단보다 흉폭하려나?

"그렇구나, 그건 성채가 구축한 방어 시스템일지도 모르겠어."

"그럴 가능성도 고려하고 있습니다."

스피카는 "웅!" 하고 고개를 크게 끄덕인 뒤 말했다.

"한마디로 조심하라는 거구나! 고마워, 트리폰! 덕분에 앞으로의 방침이 정해졌어! 비수인가 뭔가는 나중에 생각하기로 하고, 우선은 어쩌고베리 지사를 만나서 채굴권을 강탈하면 되는 거지?"

"아뇨, 되도록 평화적인 방향으로."

"나만큼 평화주의적인 흡혈귀가 어디 있다고 그래!"

스피카는 만족스럽게 웃으며, 후야오가 주문한 유부를 집었다.

"정보 수집하느라 수고했어. 뭔가 포상을 내려줄게."

"감사합니다. 하지만 그저 부여받은 일을 수행했을 뿐입니다."

"내 사탕은 어때?! 당신도 이거 좋아하지?!"

"사양하도록 하겠습니다."

"사양할 거 없어!"

"구엑."

트리폰의 입에 사탕이 처박혔다.

"우에에에엑!!" 하는 단말마가 메아리처럼 울려 퍼진다.

어렴풋이 깨닫고 있었지만, 뒤집힌 달은 사내 괴롭힘이 만연하는 블랙 기업일지도 모른다.

스피카가 "자, 그럼!" 하고 손뼉을 쳤다.

"첫 목적지는 지사부야! 바로 채굴권을 받으러 가보자!"

그렇게 간단히 얻을 수 있을 것 같진 않다.

나는 앞날이 막막함을 느끼면서 토마토 주스를 단숨에 들이켰다.

☆

"좋아, 원한다면 줄게."

지사의 공관.

높은 담벼락에 둘러싸인 성 같은 건물이다.

『관계자 외 출입금지』 같은 패기 넘치는 분위기가 물씬 느껴졌지만, 접수처에 채굴권 교부를 신청하자 의외로 바로 지사의 사무실로 들어올 수 있었다.

그리고 선뜻 채굴권을 교부받았다.

아니, 너무 시원스레 내줘서 오히려 걱정이 드는데——.

"——의심스러워하는 표정이네? 하지만 괜찮아, 직접 내 눈으로 보고 심사했으니까. 당신들은 눈에 욕심이 그득한 용병들과는 조금 달라."

집무실에는 금으로 번쩍이는 관들이 줄지어 놓여 있었다.

그리고 그 관에 둘러싸인 한 소녀가 거만한 태도로 의자에 앉아 있다.

샌드베리 지사── 한마디로 네오플러스에서 가장 높은 사람이다.

대체 어떤 호걸일지 싶었는데 실제로 만난 지사는 '지사'라는 명함이 어울리지 않는 조그만 소녀였다. 몸에 걸친 옷은 하늘하늘하고 반짝반짝한 천 조각이고, 늘씬하게 뻗은 팔다리는 멋진 갈색빛. 옆에는 어째서인지 토끼 인형이 놓여 있었다.

내 주변에선 찾아보기 힘든 타입이다.

무엇보다 종족을 잘 모르겠다.

"왜? 내 얼굴에 뭐라도 묻었어?"

"어? 아니 딱히……."

"모쪼록 불쾌하게 여기지 말아주시길, 지사님. 저 테라코마리는 당신의 관대한 마음씨에 감사를 바치고 있는 겁니다."

나는 "으겍" 하는 소리를 내고 말았다.

지금 말하고 있는 사람은 스피카 라 제미니── 일 텐데, 평소의 술 취한 사람 같은 떠들썩한 목소리와는 전혀 다른, 달 같은 차분한 목소리였다.

성도(聖都) 레하이시아에서 교황으로 있었을 때의 인격이다.

아니, 다른 인격이라기보단 그냥 내숭을 떨고 있을 뿐이겠지만.

그렇다 쳐도 기분 나쁘다.

본인 말로는 "높은 사람과 만날 때는 정체를 숨겨야 해!"라는데, 태도를 바꿔도 인상착의가 그대로여서야 머리만 숨기고 꽁

무늬는 드러나 있는 꼬락서니다.

"아, 그래. 뭐— 고맙다니 기분이 나쁘진 않네."

샌드베리 지사는 의자 옆에 놓인 캐비닛을 열더니, 〈채굴 허가증〉이라고 적힌 양피지를 꺼내 스피카에게 내밀었다.

스피카는 "정말 감사합니다"라고 인사하며 양피지를 받았다.

"얘기가 통하는 분이라 살았습니다. 과연 치안이 최악이라고 일컬어지는 이 지역을 통솔하고 계시는 분이로군요."

"뭐야, 비꼬는 거야? 재미있는걸, 너."

지사는 어딘가 가학적인 웃음을 지었다.

"채굴자 명부 등록 같은 건 우리 쪽에서 해둘게. 너희들은 아무것도 할 필요 없이 마음껏 성동을 탐험하도록 해. 단, 비수는 조심해야 해?"

"비수인가요? 성동에 나오는 괴물이라고 들어 본 적이 있군요."

"괴물이라면 괴물이긴 하지. 녀석들은 서슴없이 사람을 덮쳐. 무서워지면 바로 도망쳐야 한다? 특히 거기 있는 약해 보이는 흡혈귀."

지목당해서 화들짝 놀랐다.

나는 조건반사적으로 허세를 부리기로 했다.

"야, 약할 리가 있겠냐?! 나는 1억이 넘는 인간을 새끼손가락 하나로 꼬치로 만든 최강의 흡혈귀거든?!"

"푸흡── 아하하하하하하하하하하!!"

지사는 폭소했다.

그야 『1억 명을 꼬치』는 너무 우스갯소리처럼 들렸을지도 모른다. 새끼손가락이 얼마나 긴 거야.

"아하, 아하하, 아하하하하…… 정말, 너무 웃기지 말라고! 그치만 그렇게 열심히 허세를 부리는 애는 마음에 쏙 들어."

"허어……."

"짓밟고, 무릎 꿇려서 현실을 깨닫게 만드는 거야── 지금까지 자기가 우물 안 개구리였다는 사실을 똑똑히 깨닫게 해주고 싶어지거든. 그런 다음 관에 가둬 길러줄게."

"저기, 린즈, 무서운데 숨어도 될까?"

"코, 코마리 씨한텐 새끼손가락 하나 댈 수 없어요!"

린즈가 양팔을 펼치며 내 앞으로 나섰다.

진지한 느낌이 귀여워. 사쿠나에게선 이제 찾아볼 수 없게 된 무언가를 살짝 엿본 느낌이다.

……어라? 사쿠나도 린즈랑 마찬가지로 분명 청순한 느낌이 었지?

윽, 머리가…….

뭐, 됐어.

아무튼 이 샌드베리 지사라는 사람, 단순한 극 새디스트는 아니라는 느낌이 든다.

왜냐하면 내 전투력이 달팽이 이하라는 사실을 간파했으니까.

스피카의 징그러운 연기가 들통나는 것도 시간문제겠는걸.

지사는 "뭐, 어쨌든"이라며 이야기를 정리했다.

"이제 당신들도 골드 러시의 파도에 탄 채굴꾼이라는 거네. 경고해 두겠는데 채굴세를 속였다간 용서 안 할 거다?"

"물론 그런 짓은 하지 않습니다. 신께 맹세코."

"아, 그래. 그리고 또 한 가지 유의 사항이 있는데."

지사는 캐비닛에서 또 다른 종이를 꺼낸 다음 그걸 우리에게 보여줬다.

묘한 그림이 그려져 있었다. 한마디로 표현하자면 '반짝반짝 빛나는 별 같은 구체'다.

어라? 왠지 어디선가 본 적 있는 것 같은데——.

"이건 지사부에서 찾고 있는 폭탄이야. 아주 옛날에 전쟁에서 사용된 불발탄인데 성동 안에 묻혀 있을 가능성이 있어. 혹시 발견한다면 절대로 만지지 말고, 나한테 연락해 줘야 해."

아니, 저건 마핵 아니야?

지사는 대체 뭘 꾸미고 있는 거지?

스피카가 "알겠습니다" 하고 끄덕였다.

"폭발하면 큰일이지요. 발견했을 땐 신속하게 연락을 드리겠습니다."

"정말로?"

"정말입니다."

"흐~~~~응……."

지사와 스피카의 시선이 교차한다.

나로선 이해할 수 없는 밀고 당기기가 오가고 있는 모양이다.

이윽고 갈색 소녀는 "고마워" 하고 대답하며 다리를 꼬았다.

"그럼 죽지 않을 정도로 열심히 해! 네오플러스의 발전은 당신들 같은 채굴꾼의 마음이 얼마만큼 깎여 나가느냐에 달려 있으니까."

우리는 채굴 허가증을 손에 쥐고 지사부를 나왔다.

이걸로 성채가 숨어 있을 걸로 추측되는 채굴장, '성동'에 들어갈 수 있게 됐다.

왠지 긴장되기 시작했는걸.

트레몰로는 내가 아는 살인귀 중에서도 톱클래스로 위험한 초살인귀다.

살아서 돌아올 수 있으면 좋겠는데—— 으으. 갑자기 화장실이 가고 싶어졌어.

"독특한 분이셨네요. 샌드베리라는 지사는."

스피카가 붉은색 사탕을 손에 쥐고서 중얼거렸다.

"뱃속에 능구렁이를 품고 있는 사람의 행동거지였어요. 겉으로는 선량한 통치자지만, 무언가 커다란 음모를 가슴에 품고 있다는 기척을 느꼈어요."

"동감이야. 나를 관에 가두고 싶다는 소리를 꺼내지를 않나."

"그것도 그렇지만…… 스피카 씨, 방금 그건 마핵이었죠……?"

린즈가 조심스럽게 얘기를 꺼냈다.

스피카는 "그렇죠"라고 대답하며 사악하게 웃더니,

"지사는 성채의 활동에 관여하고 있을 가능성이 높아요. 성채의 멤버인지, 아니면 그저 이용당하고 있을 뿐인지는 잘 모르겠지만—— 용병들은 광산 채굴과 함께 마핵 탐색에도 동원되고 있는 거겠죠. 한마디로 마핵은 아직 성채의 손에 넘어가지 않았어요."

"그런 거야······? 그럼 지사를 좀 더 조사하는 편이 낫지 않나?"

"아마츠와 트리폰에게 명령해 두도록 하죠."

저 소녀는 트레몰로 같은 살인귀처럼 보이진 않았다.

하지만 나는 사물의 표면적인 인상만으로 판단을 내리곤 하는 경향이 있으니까, 스피카 같은 관찰력을 키우는 게 좋을지도 모른다.

"혹은 뭔가 대책을 강구해 둘 필요가 있겠네요. 지사가 성채 소속일 경우 우리의 네오플러스 잠입 작전을 이미 적에게 들켰다는 뜻일 테니까요."

"아무래도 좋긴 한데, 그 연기는 언제까지 할 거야?"

"──다시 말해! 샌드베리 지사는 조심해야 한다는 뜻이야! 그 자리에서 죽여버리는 것도 괜찮았겠네!"

갑자기 시끄러워지다니.

린즈가 "저기" 하고 주저하는 기색으로 입을 열었다.

"혹시 스피카 씨도 이중인격인가요?"

"설마! 나는 후야오처럼 기분 나쁘지 않아!"

아무 말 없이 걷고 있던 후야오의 귀가 쫑긋 움직였다. 지사의 방에선 지장보살처럼 묵묵히 있던 여우 소녀다. 스피카는 그런 부하의 기색을 무시하고서 푸른 하늘을 올려다보며 입을 열었다.

"나는 그냥 연기에 불과해. 동경에서 파생된 연기── 그래서 교황 시절엔 몇 번인가 들킬 뻔해서 고생했는걸."

"······아가씨. 기분 나쁘니까 관두는 편이 나아."

"너무하네, 후야오! 사람한테 기분 나쁘다니! 내가 차분한 인격을 연기하는 건 타인을 속이기 위한 작전── 이라는 이유도 있지만 율리우스 6세처럼 차분한 분위기를 가진 사람이 되고 싶었기 때문이야. 그 아이는 나랑 정반대로 쿨한 성격이었으니까."

"너, 4차원이야?"

"이상한 점은 하나도 없어. 다른 사람이 되고 싶다는 바람은 누구에게나 있으니까. 그걸 열핵해방으로까지 승화시킨 사람은 내가 알기론 후야오밖에 없지만 말이야."

뭔 소린지 하나도 모르겠어서 마구 소리를 지르고 싶어졌다.

게다가 슬슬 요의가 한계다.

나는 모퉁이에 있는 공중화장실을 가리키면서 말했다.

"……잠깐 화장실 좀 다녀와도 돼?"

"내 얘기가 지루한 거구나! 5초 이내로 다녀오지 않으면 개 목걸이를 채울 거야!"

"싫어! 5분 정돈 기다려 줘!"

스피카가 깔깔 웃었다.

나는 도망치듯이 화장실로 달려갔다.

☆

"성동에는 비수가 우글거려서 말이지. 이래선 채굴도 시원치 않겠네."

"나도 들었다 아이가, 요즘은 구멍 밖으로도 튀어나온다꼬 안

카나."

"사람이 습격당했다며?"

"어떻게든 근절할 수는 없는 기가."

──벽이 얇다.

벽 너머, 즉, 남자 화장실에서 나누는 대화까지 귀에 들어온다.

그건 그렇고 대화 내용이 신경 쓰인다. 익숙하지 않은 단어도 섞여 있지만, '사람이 습격당했다'는 둥, '근절한다'는 둥, 내용이 흉흉하기 그지없다.

게다가── '비수'.

트리폰도, 샌드베리 지사도 언급했지만 정말로 그런 짐승이 존재하는 걸까? 그림자를 닮은 맹수? 검은 고양이를 잘못 본 거 아니야?

"뭐, 됐나."

생각해 봤자 별수 없다.

나는 물을 내리고 개인 칸에서 나왔다.

이제 다음으론 아마 성동으로 향하겠지. 일단은 심호흡이라도 하면서 마음의 준비를 해둘 필요가 있겠는걸── 그랬을 때 있어선 안 될 무언가가 내 눈에 들어와 굳어버렸다.

눈앞에 남자 세 사람이 서 있었다.

응? 남자……? 잠깐 기다려 봐.

"──저, 저기?! 여기는 여자 화장실인데요?!"

"나는 여자다만?"

"앗……."

터무니없는 실례를 저지른 걸지도 모른다.

엄청 우락부락한 근육을 가지고 있어서 무심코 남자라고 지레
짐작했지만, 목소리도 톤이 높고 복장으로 보건대 눈앞에 서 있
는 이 전류는 여성이 틀림없었다.

그렇다면 그녀의 부하로 보이는 두 사람도 여자겠지.

오른쪽 사람은 수염이 숭숭 났고, 왼쪽 사람은 웃통을 벗고 있
지만──.

"아니아니?! 저 두 사람은 어딜 봐도 남자지?!"

"남자가 여자 화장실에 들어온 게 뭐 잘못됐냐!!"

"끄엑."

갑자기 멱살을 잡혔다.

너무 뜬금없어서 상황이 이해가 가지 않았다.

뭐야 이거? 공갈 협박? 돈은 전부 스피카가 들고 있는데?

──그런데 전류종 여성이 예상치 못한 말을 꺼냈다.

"너, 테라코마리 건데스블러드지?"

"…………."

내 생존 본능이 경보를 울리고 있었다.

실수로 떨어트린 손수건을 전해주러 온 듯한 분위기는 아니
다. 이 상황에서 "네 맞아요!"라고 정직하기 짝이 없는 대답을
했다간 아마 나는 먼지 나도록 두들겨 맞겠지.

"누, 누군데? 그 테라 어쩌고라는 사람이……."

"현상범이야. 이거 보라고."

여성이 종이를 팔랑 펼치며 보여줬다.

거기에는 나랑 닮은 몽타주(완전 똑같음)와 함께 이런 글귀가 적혀 있었다.

〈WANTED──이 두 사람을 쳐 죽이면 100만 누코!〉

눈앞이 빙글빙글 돌아가는 기분.

게다가 나만 있는 게 아니다. '이 두 사람'이다. 수배서에는 나 말고 또 한 명, 익숙한 면상이 그려져 있었다. 기묘한 모자를 쓰고 있는 금발머리 소녀── 스피카. 마찬가지로 쏙 빼닮게 그린 그림이었다. 실물과 어찌나 닮았는지 그린 사람한테 박수를 쳐 주고 싶을 정도였다.

나는 시치미를 떼기로 했다.

"아, 아하하하…… 엄청 무서워 보이는 사람들인걸. 범죄라도 저질렀어?"

"몰라. 하지만 이 녀석들을 쳐 죽이면 100만 누코를 받을 수 있어."

"누코가 뭐야?"

"누코는 누코지. ──너, 테라코마리 건데스블러드 맞지? 같이 다니던 이상한 차림의 계집이 스피카 라 제미니인가?"

"아, 아니야! 나는 기가코마리다!"

콰앙──!!

내 옆에서 무언가가 부서지는 소리가 들렸다.

뒤에 서 있던 남자(수염)가 화장실 벽을 맨손으로 박살 낸 거였다.

엄청난 완력이었다. 사쿠나와 맞먹을 정도로 힘이 셀지도 몰라──.

여성이 굶주린 전갈 같은 눈빛을 보내며 위협했다.

"쓸데없는 거짓말은 질색이라고. 당장 죽여서 의뢰인한테 전달해 볼까."

"기다려기다려기다려! 킬러의 표적이 될 만한 짓을 저지른 기억은 없는데?! 애초에 이 수배서는 누가 발행한 거야?!"

"그런 건 중요하지 않잖아── 야, 너희들."

""알겠습니다, 누님!""

남자가 톱처럼 생긴 무기를 꺼내 들었다.

저런 거에 썰렸다간 무조건 죽겠지.

도저히 이해가 안 간다. 왜 바로 생명의 위협을 당하는 거야. 지금까지 만났던 킬러들은 다들 이유나 동기를 좀 더 중요하게 여겼다고── 그렇게 절망감에 딱딱하게 굳어 있었을 때.

"뒈져라."

톱이 일직선으로 내 목덜미를 향해 날아든다.

죽었다. 그렇게 생각한 순간이었다.

디잉.

뭔가가 바뀌는 기척이 났다.

"엥."

정신을 차렸을 땐 남자(반라)의 몸이 풀썩 쓰러져 있었다.

상황을 파악하기도 전에 기절해 버린 모양이었다. 의문과 당혹감으로 가득 물든 표정을 짓고서, 비명조차 지르지 못한 채 더러운 바닥을 뒹굴고 있었다. 다른 남자(수염)가 무슨 일인가 하고 뒤를 돌아봤을 때는 이미 늦었다. 두꺼운 목덜미를 노린 칼등이 쭉 뻗어오는 중이었다.

"꾸엑."

남자(수염)가 허공에서 회전하며 기절했다.

경악한 여자가 내 멱살을 쥔 손을 풀면서 뒤를 돌아봤다.

그녀의 등 뒤에 서 있는 사람은——.

"이, 이 자식…… 뭐 하는 짓이야?!"

"그건 내가 할 말이다. 늦는다 싶어서 와봤더니—— 너는 왜 이런 곳에서 노닥거리고 있는 거냐."

전반부는 여자한테 하는 말이고, 후반부는 나를 향해 하는 말이었다.

쫑긋쫑긋 움직이는 여우 귀, 살랑살랑 흔들리는 여우 꼬리.

칼집에서 빼든 칼을 겨눈 후야오가 어처구니없어하는 시선으로 내려다보고 있었다.

여자가 마술처럼 품속에서 단검을 꺼냈다.

"핫, 테라코마리의 동료냐! 일부러 놔줬더니 멍청한 놈! 참고로 알려주는 거다만, 우리는 목급(木級) 용병단 '검은 전갈'이다! 여우는 굴로 돌아가서 유부나 먹——."

칼자루가 콧등을 때렸다.

'검은 전갈'이라던 여자는 코피를 뿜으며 날아가, '저거 죽은 거 아냐?' 싶을 정도의 기세로 벽에 처박혔다. 잠시 움찔움찔 몸을 떨더니 이내 기절해 버린 모양이다. 다시 달려들 기색은 없었다.

눈 깜짝할 사이에 악당 셋이 퇴치당했다.

나는 몸에 힘이 쭉 빠져 자리에 주저앉았다.

아무래도 간발의 차이로 목숨을 건진 것 같다.

이 여우 소녀 덕분에━━.

감사 인사를 해야겠지.

하지만 예전에 저 손에 죽을 뻔했던 트라우마 탓에 선뜻 말이 나오지 않았다.

그런데 후야오가 칼을 쥐고서 기절해 있는 '검은 전갈'에게 다가가는 모습을 보고, 곤약으로 머리를 얻어맞은 듯한 충격이 엄습했다.

"자, 잠깐! 죽이면 안 돼!"

나는 후야오를 붙잡아 말리려고 했다.

그리고 내가 붙잡은 곳은 그녀의 몸이 아니라 커다란 꼬리였다.

폭신!! ━━기분 좋은 보드라움을 온몸으로 끌어안았다.

"캐앵?!"

동시에 후야오의 입에서 신기한 비명소리가 나왔던 것 같은 느낌이 든다.

물론 지금은 그런 걸 신경 쓸 여유가 없었다.

"이 녀석들은 확실히 나쁜 녀석들이지만 죽이는 건 잘못된 선택이야! 이것저것 캐물어야 하니까 경찰한테 넘기는 게 제일이야! 그러니까 칼을 거둬!"

Illustrations copyright © riichu

"무, 무, 무, 무슨…… 무슨 착각을 하는 거냐!"

"으와앗?!"

부웅! ──힘차게 꼬리를 휘두른다. 나는 그 기세를 못 이기고 손을 놓치고 말았다.

후야오가 머리끝까지 화가 난 기색으로 돌아보았다.

큰일이다. 죽을지도 몰라.

그런데 후야오는 예상 밖의 말을 던졌다.

"……죽일 리가 없잖아. 이 녀석들은 죽을 각오도 안 된 잔챙이다. 《막야도》로 벨 가치가 없어."

"각오……? 하지만 너는 무턱대고 사람을 죽여대던 테러리스트였잖아."

후야오는 기분이 상한 것처럼 입을 꾹 다물고서 등을 돌렸다.

내가 말리는 걸 무시하고 검은 전갈 패거리에게 다가가, 서슴없이 품속을 뒤지기 시작했다. 품속에서 나온 건 지갑과 길드 카드였다. 후야오는 그걸 만지작거리면서 "흥" 하고 시시하다는 듯 콧방귀를 뀌었다.

"용병이라는 말은 사실인 것 같군. 셋 다 전류. 여자의 이름은 유지나 스콜핀, 남자 쪽은 힐게 헷지, 한라 헷지…… 이 두 녀석은 형제였나."

단순히 적의 신원을 확인하고 싶었을 뿐이었던 걸까.

내가 지레짐작했던 모양이다.

"미, 미안. 죽일 셈인 줄 알고."

"……살고 싶어 하는 인간을 죽인 적은 한 번도 없어."

"어?"

그녀가 칼집에 칼을 넣고 팔짱을 낀다.

"나한테도 신조가 있다. 너 따위가 이해할 수는 없겠지만——."

"코마리 씨, 무슨 일이야?! 다친 데는 없어?!"

"어머나! 그새 깡패들한테 습격당했던 모양이네! 역시 네오플러스, 치안이 나쁘기론 정평이 난 동네다워!"

린즈와 스피카가 허둥지둥 달려왔다.

나는 그제야 상황을 둘러볼 여유가 생겼다.

후야오의 말이 마음에 걸렸지만, 그보다 먼저 신경 써야 할 일이 있다. 갑자기 목숨을 위협당한 이유부터 알아내야 한다. 검은 전갈 여자의 말로는 나와 스피카가 킬러들의 표적이 됐다고 하던데——.

스피카가 "그렇구나, 그렇구나" 하고 히죽히죽 웃으며 바닥에 떨어져 있던 종이를 주웠다.

그건 방금 내가 본 〈WANTED〉라고 쓰인 몽타주였다.

"이래서 그런 거였구나! 아까부터 살기등등한 녀석들이 우리를 미행하던 이유를 알았어!"

"눈치채고 있었어?! 그럼 알려달라고!"

"눈치챈 건 저쪽이야! 이런 수배서가 돌아다니는 이유는 한가지밖에 없어—— 성채는 우리가 네오플러스로 올 걸 예측하고 준비한 거지."

어? 그거 위험한 거 아닌가?

우리 작전은 『몰래 성동으로 잠입해서 성채를 기습하기』였을 텐데.

이래선 시작부터 실패한 거나 마찬가지다.

"——아가씨. 새로운 적이다."

후야오가 살기를 풍기며 말했다.

"그래. 이제 살금살금 다닐 필요는 없어진 거네."

"새로운 적? 설마."

불길한 예감을 느끼고 화장실 입구로 시선을 돌렸다.

입구에는 남자들 몇 명이 서 있었다. 그들이 손에 쥐고 있는 건—— 총? 프로헤리야가 들고 다니던 무기보다 훨씬 투박한 느낌인데.

"죽어라."

일제히 방아쇠를 당긴다.

그러자—— 마치 땅을 마구 때리는 우박 같은 기세로 탄환이 빗발쳤다.

"우와아아아아아아아아아악?!"

투다다다다다!! ——무시무시한 소리와 함께 여자 화장실이 벌집이 되어갔다. 나는 체면도 부끄러움도 내던지고 그 자리에 엎드렸다. 창문이 깨져 유리 파편이 흩날린다. 밖을 지나다니던 사람들이 비명을 지르며 도망치는 기척. 뭐야 이거. 너무 막무가내잖아——.

"아가씨! 화장실 밖에 적들이 진을 치고 있어!"

후야오가 《막야도》로 탄환을 튕겨내면서 외쳤다.

린즈가 "코마리 씨, 괜찮아?!" 하고 다급히 외치며 철선을 펼쳤다. 솜씨 좋게 나에게 날아오는 탄환을 쳐낸다. 이제는 억 소리조차 안 나온다.

스피카가 품속에서 수수께끼의 구체를 꺼내며 말했다.

"물러나자! 여기는 좁아서 손 쓸 도리가 없어!"

그러면서 손에 든 구체를 가볍게 던졌다.

후야오와 린즈는 스피카가 뭘 하려는 건지 알아챈 것 같았다.

갑자기 린즈가 나를 끌어안았다. 시야가 단숨에 하얗게 물든다. 스피카가 던진 건 바로 연막탄이었다── 그 사실을 깨달았을 땐 이미 난 창문 밖에 있었다.

린즈가 나를 안아서 옮겨준 모양이다.

스피카와 후야오도 가볍게 창문을 뛰어넘어 밖으로 나왔다.

화장실 내부에선 "이 자식!" "웃기는 짓거리를!" 하고 킬러들이 노성을 지르고 있다.

나는 린즈의 부축을 받으며 비틀비틀 몸을 일으켰다.

"무, 무슨 일이 일어난 거야?! 난폭한 짓에도 정도가 있지?!"

네오플러스 뒷골목. 길고양이가 깜짝 놀라 도망쳤다. 게다가 지나다니던 사람들도 무슨 일인가 살피는 기색으로 우리를 응시하고 있었다.

스피카가 "무슨 일이긴!" 하고 기뻐하듯 웃었다.

"나랑 테라코마리를 죽이러 자객이 온 거야! 녀석들의 머릿속에는 돈밖에 없어! 돈에 이끌린 어리석은 무리── 그야말로 골드 러시네! 천박하기 짝이 없어!"

"태평하게 웃고 있을 상황이 아니잖아!"

"그 말대로다. 포위당했어."

후야오가 《막야도》를 겨누며 낮게 깔린 목소리로 말했다.

어느새 뒷골목에 수많은 남자들이 모여 있었다.

린즈가 "힉" 하고 겁에 질린 비명을 흘렸다── 당연한 일이다. 이 녀석이고 저 녀석이고 돈에 눈이 돌아간 살인귀들이니까.

"환영 인사가 아주 극진한걸! 누구의 의뢰를 받고 온 거야?!"

얼굴에 문신을 새긴 남자가 "헤헷" 웃었다.

"네년들을 죽이면 돈을 받을 수 있다고! 미안하지만 여기서 죽어줘야겠어!"

여럿이 검을 꼬나쥐고 돌격해 온다. 먼저 스피카부터 없앨 생각이겠지.

나도 모르게 뛰쳐나가려고 했다. 스피카는 극악무도한 테러리스트── 하지만 그렇다고 이런 곳에서 불합리한 죽음을 맞이해야 한다는 건 아니니까.

"스피카──!"

그러나 그런 걱정은 전부 기우에 불과하다는 듯이.

스피카는 주머니에서 꺼낸 사탕을 까득, 입에 물었다.

주먹을 쥐고, 자세를 낮추고, 달려드는 살인마들을 똑바로 노려보면서── 그들이 무기를 내려치기 직전, 몸을 비틀며 주먹을 곧게 뻗었다.

충격.

세상이 박살 난 줄 알았다.

남자들은 비명을 지르며 공중으로 휙 날아갔다. 무시무시한 돌풍이 인다. 주변 건물의 유리창이 일제히 박살 나고, 도로의 보도블록이 산산이 부서져 휴지 조각처럼 허공으로 비산했다.

나와 린즈는 넋이 나가 그 자리에 우두커니 서 있었다.

마법도 아니다. 열핵해방도 아니다.

단순한 주먹질로 이런 위력── 고릴라도 이런 짓은 불가능하다.

"아가씨의 무기는 주먹입니다."

어느새 나타난 트리폰이 옆에 섰다.

아니 정말 언제부터 있었던 거야── 내 놀라움은 아랑곳하지 않고, 창옥종 테러리스트는 마치 자기 딸을 자랑하는 아빠 같은 표정으로 주절주절 떠들었다.

"저분은 마법도 열핵해방도 범상치 않은 분이지만, 그중에서도 가장 내세울 수 있는 장기는 '완력'과 '악력'이죠. 수많은 장애물을 타고난 신체 능력만으로 깨부수는 궁극의 격투가── 그것이 바로 스피카 라 제미니의 전투 스타일입니다."

뭐야 그게. 파워 캐릭터에도 정도란 게 있잖아.

스피카는 동요하는 킬러들을 응시하며 "아하하핫!" 하고 큰소리로 웃음을 터트리고 있었다.

"아직도 우글우글 몰려드네! 얼마나 욕심이 많은 걸까?!"

"무슨……."

안심할 때가 아니었다.

건물의 골목골목마다 새로운 적들이 모습을 드러냈다.

큰일이다. 적들이 너무 많아──.

"테라코마리! 그쪽은 맡기겠어! 나는 눈앞에 있는 녀석들을 상대할 테니까."

"어⋯⋯?『그쪽』이 어느 쪽인데?"

나는 생각 없이 뒤를 돌아보았다.

그리고 죽는 줄 알았다.

반대편에서 킬러들이 마구 달려드는 광경이 눈에 들어왔기 때문이다.

"죽어라 짜샤━━━━━━━━━!!"

"와아아아아아아아아아아아아악!!"

"위험해, 코마리 씨!"

철선이 남자의 안면에 박혔다. 기절한 몸뚱이가 지면에 풀썩 쓰러진다.

어느새 린즈가 나를 지키듯 당당히 앞에 서 있었다.

"린즈?! 너 싸울 줄 알았어?!"

"으, 응, 어렸을 때부터 단련했으니까⋯⋯!"

그러고 보니 얘도 요선향의 장군이었지.

물론 감탄하고 있을 여유는 없었다.

킬러들이 사방팔방에서 달려들었다.

린즈가 허겁지겁 철선을 휘둘렀다. 그 철선의 방위망을 잽싸게 뚫고 들어온 한 사람이 검을 겨누고 나를 찌르려 들다가━━후야오의 칼등에 얻어맞고 기절했다.

"성가시군요. 얌전히 있도록 하세요."

트리폰이 열핵해방을 발동.

전송된 바늘이 그들의 발등을 꿰뚫자, 뒷골목에 비명이 울려 퍼진다.

그럼에도 그들의 기세는 꺾이지 않았다.

등 뒤로 스피카가 사람을 쥐어패는 소리가 연이어 들려온다. 이젠 정말 뭐가 뭔지 모르겠다. 사람은 어째서 서로 다투는 가── 그런 철학적인 질문이 머릿속을 스칠 정도로 난장판이 었다.

이대로라면 머릿수에 떠밀려 결국 죽겠지.

뭔가 결정적인 한 방이 있으면 좋겠는데──.

"그런 거였구나! 수배서를 낸 사람은 지사였대!"

스피카가 외쳤다.

그녀는 한 남자의 목을 틀어쥔 채 싱글벙글 웃고 있었다.

"어떻게 된 건데?! 지사는 역시 성채의 하수인이었어?!"

"모르겠어── 하지만 가만 내버려 두면 네오플러스 안에 있는 킬러들이 전부 우리를 노릴 거야! 이건 조금 귀찮다는 생각 안 들어?"

"조금 수준이 아니라고!! 엄청 무섭단 말이야!!"

"얕보이니까 그렇게 되는 거야! 압도적인 힘을 보여주면 전부 해결되겠지── 테라코마리! 봐주지 말고 날려버리도록 해!"

"뭐? 엇──."

스피카가 피에 젖은 오른팔을 휙 휘둘렀다.

핏물이 허공에 뿌려진다.

핏방울이 된 피가 나에게 날아와──.

그대로 내 입속에 들어갔다.

"코마리 씨!"

린즈가 깜짝 놀라 외쳤다. 하지만 이미 모든 게 늦었다.

피를 마신 시점에서 모든 각본이 새로 쓰인 것이다.

고동이 빨라진다. 기분이 고양된다.

저세상에 존재할 리 없는 마력이 넘쳐흐른다.

점차 세상이 붉은빛으로 물들기 시작했다.

☆

킬러들은 『식은 죽 먹기』라고 생각했다.

지사부가 네오플러스의 뒷세계에 직접 내린 지명수배── 계집
애 둘을 죽이기만 하면 거금이 굴러들어 온다는 달콤한 일거리.

였을 텐데, 뚜껑을 열어보니 어라?

둘 다 터무니없는 괴물들이 아닌가.

스피카 라 제미니는 범상치 않은 힘을 자랑하며, 주먹 하나로
우락부락한 용병들을 우스꽝스럽게 날려버린다. 월급(月級) 용병
이 온다고 해도 이런 걸 맞상대할 수 있을까.

그리고 또 한 명── 테라코마리 건데스블러드는.

"아아……."

킬러들은 절망하며 하늘을 우러러보았다.

진홍빛 살기를 두른 흡혈귀가 하늘에 둥실 떠올라 있다.

그렇다, 신선종도 아닌데 공중에 떠 있는 것이다. 대체 어떤 요

술을 썼단 말인가. 게다가 그녀 주변에는 파직거리며 빛나는 붉은색 에너지 덩어리가 맴돌고 있었다. 그저 서 있는 것만으로도 피부를 태우는 듯한 고통이 엄습한다. 그 정도로 강력한 살기.

어떻게 저런 게 가능한지 조금도 이해할 수 없었다.

그저 알 수 있는 건—— 지금 이 순간 사냥하는 측과 사냥당하는 측이 역전되었다는 사실뿐.

"말도 안 돼…… 능력자인가?!"

"후, 후퇴다! 이 녀석들 비수 같은 건 상대도 안 되는 괴물이야!"

킬러들이 거미 새끼처럼 이리저리 흩어지며 도망쳤다.

싸움을 걸 상대를 잘못 골랐다. 이건 인간 따위가 맞설 수 있는 상대가 아니다.

하지만 괴물이 그냥 놓아줄 리가 없었다.

"멈춰."

그녀가 손가락을 아래로 그었다.

그러자 붉은 벼락이 세상을 유린했다. 킬러들은 기절하며 날아갔다.

주변 건물이 파괴되고, 지나가던 사람들이 꺄악꺄악 소리를 지르며 달아났다.

하지만 벼락이 내려치는 건 살의를 품고 덤빈 용병들뿐이었다. 습격자들은 반쯤 기어가듯 황급히 꽁무니를 뺐다. 이런 건 인간으로서 가능한 짓이 아니야——!

"테라코마리! 모든 원흉은 지사야! 지사는 저쪽에 있다구~!"

트윈테일을 한 흡혈귀가 기뻐하며 외치고 있었다.

테라코마리의 살기가 방향을 바꿨다.

두 눈동자가 포착한 곳은 네오플러스의 상징인 지사부. 그녀의 팔이 천천히 하늘로 올라갔다. 붉은 벼락이 작은 손가락 끝에 점차 응축되더니——.

——설마, 이 녀석.

살아남은 킬러들은 소름이 돋는 걸 느꼈다.

기대를 배신하지 않고, 테라코마리는 작게 읊조렸다.

"반성해."

세계가 무너지는 굉음이 울린다.

그 손끝에서 지사부를 향해 어처구니없을 정도로 거대한 빔이 발사됐다.

☆

"피자피자~♪ 너무 맛있엉~♪ 치즈에 양파 베이컨을 듬뿍~♪"

그 시각, 샌드베리 백작. 다시 말해 네프티 스트로베리는 지사부 집무실에서 피자를 먹는 중이었다.

점심 식사다. 귀찮은 하루 일을 마치고 먹는 피자는 별미지—— 더할 나위 없는 행복한 기분을 만끽하며 쭉~ 늘어나는 치즈에 입맛을 다셨다.

'구인(柩人)' 네프티 스트로베리.

성채의 멤버로서 맹주의 호위를 맡고 있는 사막의 공주다.

하지만 지금 맡고 있는 주요 업무는 지사로서 광산 도시 네오플러스를 관리하는 일이다.

그 목적은 바로 『만다라 광석을 미끼로 용병들을 모아서 마핵을 수색하도록 만드는 것.』

또한 『도시의 법률로 정한 '체굴세'를 거둬 성채의 운영 자금을 조달하는 것.』

네프티는 자기가 생각해도 참 열심히 일했구나, 싶었다.

무엇보다 고생했던 건 지사가 되는 일이었다. 빌어먹게 어려웠던 공무원 시험에 합격하고, 치열한 출세 경쟁에서 승리한 끝에 간신히 광산 도시에 부임할 수 있었다. 네프티의 피땀 어린 노력 덕분에 성채의 기반은 점차 단단해지고 있었다.

트레몰로와 네르잔피는 자신한테 좀 더 감사의 마음을 가져야 한다.

누구 덕분에 돈에 쪼들리는 일 없이 테러 활동을 할 수 있었는지 알기는 할까.

"내가 없으면 성채는 완전 끝장이네. 냠냠."

특히 트레몰로 걔는 손이 많이 간다.

그 녀석은 성동에 함정을 파서 스피카와 테라코마리를 맞이할 속셈인가 본데, 그렇게 태평한 짓이나 하고 있으니까 일이 지지부진하지.

그래서 자객을 보내 놓았다── 둘에게 지명수배를 걸어서.

지금쯤 두 녀석은 돈에 눈이 먼 망자들에게 습격당했겠지.

이걸로 죽일 수 있을 거라는 기대는 안 하지만 팔 한 짝이라도 가져온다면 수지맞는 장사다.

"네오플러스는 전부 무사태평. 성채의 작전도 순조로워."

관건은 어떻게 마핵을 찾아낼 것인가다.

용병 놈들은 의외로 영 쓸모가 없다. 트레몰로가 도와준다는 소리를 하긴 했지만── 네프티가 몇 년씩 찾았는데도 성과가 제로인 상황이다. 이제 막 이 도시에 온 트레몰로가 뭘 할 수 있을 것 같지는 않다.

뭐, 피자를 먹으며 고민해 보자.

우물우물. 꿀꺽.

"──응?"

창문 바깥이 반짝였다.

네프티는 다음 피자 조각으로 손을 뻗으며 창문을 돌아보았다.

아니, 반짝인다기보다는 창문 바깥이 피처럼 빨갛게 물들어 있었다.

그건 막대한 마력 반응이었다.

대체 무슨 일이 일어난 거지? ──그렇게 고개를 갸웃거리며 피자를 입으로 옮긴 순간,

창문이 깨졌다. 벽이 박살 난다.

스모 선수조차 날려버릴 듯한 돌풍이 밀려들었다.

쿠콰아아아아아아아아아앙!! 뇌까지 뒤흔드는 듯한 충격.

발밑이 무너지고 피자가 바닥에 떨어졌다. 비바람이 몰아치는 것처럼 깨진 돌조각이 마구 몸을 때렸다.

"느와아아아아아아아앗?!"

네프티는 의자에서 떨어져 바닥을 데굴데굴 굴렀다.

너무 갑작스러워서 방어조차 못 했다. 집무실을 집어삼킨 붉은색 빛기둥은 방 안의 온갖 가구들을 도려내며 반대편 벽을 뚫고 지나갔다. 이건 위험하다. 진짜 장난 아니다. 이러다 죽겠다. 어떻게 해서든 자세를 바로잡아야 해.

"흐갹?!"

돌덩이가 뒤통수를 강타했다.

눈앞이 빙글빙글 돈다. 시야가 붉게 물들기 시작했다.

무슨 이런. 말도 안 돼——.

풀썩.

네프티는 무슨 일이 벌어졌는지 까맣게 모른 채 기절했다.

☆

정신을 차리고 보니 시가지가 난장판이 되어 있었다.

주변엔 기절한 용병들이 산더미처럼 쌓여 있고.

공포에 물든 시선으로 나를 보는 주민들까지——.

아하, 그렇구나.

지금까지 몇 번이나 열핵해방을 발동해 봤던 나로서는 금방 알 수 있었다.

이건 그거다. 언제나처럼 이래저래 골치 아픈 일이 벌어졌다는 뜻이다.

"아하하하하! 아주 잘했어, 테라코마리! 역시 그래야 '살육의 패자'지!"

스피카가 깔깔 웃으면서 내 등을 찰싹찰싹 두드렸다.

현실 도피하고 싶어진다. 아마 죽은 사람은 없겠지. 사망자가 나오지 않도록 조절했던 건 기억나니까. 하지만 파괴한 건물은 대체 몇 개인지 셀 수도 없다. 이걸 전부 나보고 책임지라고 한다면 바로 원양 어선을 타고 참치잡이를 하러 가야 할지도 모른다.

"으아아아아아아?! 어쩌지어쩌지?! 변상할 수 있을 만한 금액이 아니라고!"

"그런 건 됐어—! 바로 지사부로 가는 거야!"

"지금 그럴 때가—— 우와앗, 잡아당기지 마!"

나는 스피카 손에 이끌려 네오플러스의 뒷골목을 달렸다.

멀리서 사이렌 소리가 들린다. 경찰이 나서기 시작한 걸지도 모른다.

지나다니는 사람들은 악마라도 마주친 것처럼 비명을 지르며 도망치고 있었다.

이제 지명수배야 아무래도 좋아질 정도의 대형 사고였다.

"저기, 린즈…… 나는 체포당하는 걸까…….'

"괘, 괜찮아! 코마리 씨한테 죄가 없다는 걸 내가 증명할 테니까……!"

나란히 달리던 린즈가 씩씩하게 용기를 북돋아 주었다.

린즈의 반대쪽 옆에서 후야오가 "무죄는 무리겠지"라고 딴죽을 걸었다. 테러리스트 주제에 팩트를 말하다니.

"괜찮아! 세계가 뒤집어질 테니까! 자, 저것 좀 봐—— 지사부야."

목적지에 다다른 모양이다.

그리고 나는 눈알이 튀어나오는 줄 알았다.

방금 막 다녀온 웅장했던 건물이 보기에도 처참하게 파괴되어 있었다.

시원하게 날아가 버린 지붕. 훤히 들여다보이는 실내── 주변은 온통 무너진 건물의 파편으로 뒤덮여 있었고, 지사부에서 일하던 사람들이 당황하여 어쩔 줄 몰라 우왕좌왕하는 모습이 보였다.

"스피카……? 이거 내가 한 짓이야……?"

"맞아! 하지만 당신이 죄를 추궁당할 일은 없어."

스피카는 사탕을 핥으면서 가벼운 발걸음으로 걸어갔다.

파편 너머── 비싸 보이는 가구들의 잔해가 어지러이 널린 공간.

아마 샌드베리 지사의 집무실이었던 곳이겠지.

그 한가운데에는 의자가 놓여 있었다.

갈색의 소녀가 앉아 있던 화려한 의자다. 아슬아슬하게 피해 없이 멀쩡했던 모양이다── 라고 생각했더니, 스피카가 "웃차" 하고 의자에 턱 걸터앉는 게 아닌가.

"야, 스피카! 뭘 하는──."

"오늘부터 내가 지사야!"

"엥?"

내 귀가 잘못된 줄 알았다. 그런데 아니었다.

스피카는 얼굴 가득 웃음을 지으며 이렇게 선언했다.

"그—러—니—까! 내가 샌드베리 백작을 대신해서 네오플러스 현의 지사를 맡겠어! 이 광산 도시는 전—부 내 거야! 테라코마리의 초 흉악한 범죄도 용서해 줄게!"

""........................"

나도, 린즈도, 후야오도 석상처럼 굳었다.

어느새 나타난 트리폰만이 "아주 훌륭하군요!"라며 박수를 보내고 있었다.

네오플러스에 도착하고서 약 몇 시간——.

우리는 어쩌다 보니 도시를 제압하는 데 성공했다.

☆

"——헉?!"

네프티 스트로베리는 눈을 떴다.

악몽을 꾼 듯한 느낌이 든다. 거대한 회오리에 휘말려서 하늘 저 높이 날아가 버리는 꿈. 너무나 생생했다. 아직도 눈앞이 어지럽고, 기분 탓인지 뒤통수까지 욱신욱신 아플 정도로.

물이라도 마시면서 마음을 가라앉히자—— 그렇게 생각하며 몸을 일으키려던 순간이었다.

"어, 어라?"

몸이 생각한 대로 움직이지 않는다.

팔다리가 밧줄에 묶여 있었다. 이리저리 비틀어 봐도 풀릴 것 같지가 않다. 아무래도 만다라 광석으로 엮은 튼튼한 밧줄인 것 같다. 네프티의 힘으론 도저히 끊을 엄두도 안 나는 물건이다.

영문을 모르겠다.

게다가 지금 자신은 차가운 바닥 위에 방치된 상태인 모양이다.

대체 무슨 일이 일어난 걸까. 테라코마리와 스피카를 만났고, 점심 식사로 피자를 먹었고, 붉은 마력이 눈앞을 가득 메웠고, 그리고,

"──그리고 성채의 야망은 박살이 나고 말았답니다! 경사로세, 경사로세!"

"윽──?!"

머리 위에서 앳된 소녀의 명랑한 목소리가 들렸다.

네프티는 튕겨 오르듯 고개를 들었다.

너덜너덜하게 망가진 집무실. 그 중앙에 놓인 의자── 네프티가 평소에 앉는 지사 전용 의자였다──에 트윈테일로 머리를 묶은 흡혈귀가 뽐내듯이 몸을 젖히고 있었다.

스피카 라 제미니.

다리를 꼬고서 붉은색 사탕을 핥으며, 굴러다니는 쓰레기라도 보는 듯한 시선으로 네프티를 내려다보고 있었다.

"무, 무슨 일이 일어난 거야?! 여긴 내 방일 텐데……."

"『내 방』? 틀렸어! 오늘부터는『내』방이야!"

재빠르게 머리를 굴렸다.

세계를 부수는 붉은 빛. 의자에 앉아 있는 스피카. 그 옆에는 아이란 린즈, 후야오 메테오라이트, 트리폰 크로스, 그리고── 몹시 켕기는 구석이 있는 표정을 짓고서 쩔쩔매는 테라코마리

건데스블러드.

모든 걸 깨달았다.

그건, 그 빛은, 테라코마리의 마법이었다.

그리고 네프티는 감쪽같이 녀석들한테 붙잡혀 버린 것이다.

굴욕. 이 무슨 굴욕.

하지만── 애초에 왜 지사부를 노린 거지? 내가 성채라는 사실을 간파한 건가? 게다가 『오늘부터는 내 방』이라니? 상황이 하나도 이해가 안 된다── 그래도 여기선 허세를 부려야 한다. 지금 자신에겐 관이 없다. 즉, 이 녀석들을 죽이는 건 불가능하다.

"흐, 흐응~. 이거 너희들이 한 짓이야? 이런 짓을 하고도 멀쩡할 줄 알아?"

"당연히 멀쩡하겠지? 그야 당신은 나쁜 테러리스트인걸!"

"무슨 소리래? 말해두겠는데 쿠데타는 엄청 큰 죄거든? 지사부 경비병한테 들켰다간 어떻게 될 것 같아? 산 채로 피부를 벗겨지는 정도론 끝나지── 으젝?!"

다짜고짜 머리를 짓밟혔다. 신발에 밟혀서 아프다.

건방진 흡혈귀는 "아하하!" 하고 바보처럼 큰 소리로 웃었다.

"오늘부터는 내가 지사야! 네오플러스의 법률은 내가 정할 거야!"

"뭣…… 지, 지사는 난데? 너무 건방진 소리를 지껄이면 감옥에──."

"후야오! 당신의 힘을 보여주도록 해!"

"이런이런……."

스피카 옆에 있던 여우의 눈동자가 붉게 빛났다.

포옹! 하고 연기가 주변을 가득 메웠다.

잠시 후 그 연기 안쪽에서 나타난 모습은── 사막풍 의상을 입고 있는 갈색의 소녀. 매일 아침 거울로 보던 '네프티 스트로베리'가 거울도 아닌데 연기 너머에 서 있었다. 게다가 그 녀석은 네프티랑 똑 닮은 말투로 이렇게 선언했다.

"나는 샌드베리 백작! 이 네오플러스의 지사야!"

"잠깐…… 이게 무스으으으으으으으으으으은?!"

네프티는 짓밟힌 채로 절규했다.

짐짓 여유로운 척하던 가면은 곧바로 박살 났다.

스피카와 테라코마리의 악랄한 꿍꿍이를 이해하고 말았으니까.

"후야오의 열핵해방은 【수경 이나리 권화】라고 하는데, 다른 사람의 모습을 그대로 복사하는 능력이야. 당신의 지위와 권력은 모두 뒤집힌 달이 받아 갈게!"

"이, 이게, 그런 짓이……!"

"당신은 감옥행이네! 하지만 안심하도록 해, 아직 죽이지는 않을게! 고문해서 유세이의 정보를 캐내야 하는걸!"

"유세이 같은 건 몰라! 나는 청렴결백한 지사라니깐!"

"그것도 고문해 보면 알 수 있겠지?"

해맑은 미소.

그야말로 악마의 미소였다.

악마는 네프티의 이마를 신발 끝으로 찌르면서 말했다.

"나를 위해 네오플러스를 발전시켜 줘서 고마워! 이 풍요로운 도시는 전~~~부 내 것이야! 여태까지 수고했어 ♪"

"…………."

네프티의 머릿속에 주마등이 스쳐 지나갔다.

매일 밤늦게까지 공무원 시험공부를 했던 것. 합격 발표 게시판에서 자기 이름을 찾았을 때 뛸 듯이 기뻐했던 것. 인맥을 만들기 위해서 상사와 동료들에게 과자를 돌리며 돌아다녔던 것. 네오플러스를 발전시키기 위해 땀 흘려 열심히 일했던 것. 열심히 일을 마친 다음 집무실에서 볼이 미어지게 먹던 피자의 맛은 최고였어——.

결국 멘탈이 한계를 맞이했다.

"아아아아아아아아아아아아아!! 스피카 라 제미니이이이이이이이이이!! 반드시 죽여 버릴 거야아아아아아아아아아!!"

"아하하하하!! 패배한 개가 울부짖는 것만큼 감미로운 멜로디가 없어~!! 자, 트리폰. 시끄러우니까 어서 데리고 가도록 해!!"

"분부대로."

네프티는 트리폰의 손에 붙들려 집무실에서 끌려 나왔다.

이 자식들은 악마다. 사람이 열심히 노력해서 얻은 성과를 태연하게 빼앗다니.

아니, 그보다 트레몰로를 도울 생각이었는데 이래서야 오히려 폐만 끼치는 꼴 아닌가.

성채는 이제부터 어떻게 되는 거지?

네프티는 스스로의 한심함을 곱씹으며 감옥에 갇히고 말았다.

※

며칠 뒤, 네오플러스 지사부에서 정식으로 포고령을 내렸다.
내용은 대충 요약하면 다음과 같았다.

- 채굴세 철폐
- 채굴량 제한 철폐
- 아니, 정확히는 온갖 세금과 규제를 전부 철폐

시민들이 기뻐했음은 두말할 필요도 없었다.

그 대신이라고 하기는 뭐하지만, 지사는 『지사부를 박살 낸 자들의 무죄방면』을 선언. 이 발표는 별다른 반발도 없이 그대로 받아들여졌다.

게다가 네오플러스의 뒷세계에 유포되었던 지명수배를 철회했기 때문에 스피카와 테라코마리가 킬러들의 표적이 될 가능성도 사라졌다.

이리하여 샌드베리 지사(가짜)를 꼭두각시로 삼아 뒤집힌 달 정권이 탄생했다.

스피카 라 제미니의 주먹구구식 계획은 순조롭다고 할 수 있으리라.

다음은 유세이인가 트레몰로인가 하는 녀석들만 때려잡으면 그만이었다.

네오플러스가 스피카의 수중에 넘어간 지 며칠이 지났다.

도시의 주민들은 입을 모아 샌드베리 지사의 선정을 칭송했다.

그들은 내막을 모른다—— 바로 며칠 전에 진짜 샌드베리 지사가 감옥에 투옥됐다는 사실을. 그리고 누군지 모를 흡혈귀가 지사 자리를 날름 강탈했다는 사실을.

정말 어처구니없는 이야기다.

지사부를 박살 낸 나도 나지만, 그걸 이용해서 국가 찬탈을 성공시킨 스피카도 스피카다. 그나저나 후야오의 능력은 너무 흉악하잖아. 그 녀석이 지사로 위장해 지시를 내리는 것만으로도, 모든 일들이 우리에게 편리한 방향으로 돌아가고 있었다.

"으음~ 도저히 못 쓰겠네!"

엉망이 된 집무실—— 방 한가운데, 지사 전용 의자에 앉은 스피카가 쭉 기지개를 켰다.

린즈가 "드세요"라면서 테이블에 홍차가 담긴 컵을 놓았다. 감사 인사 한마디 없이 그걸 꿀꺽꿀꺽 들이킨 다음, 네오플러스의 새로운 지배자는 "곤란하게 됐는걸"이라며 기뻐하는 미소를 지었다.

"지사부에는 성채에 관한 자료가 하나도 남아 있지 않아. 어딘가에는 분명히 있겠지만—— 테라코마리가 건물째로 파괴해

버렸는걸! 벌로 내 애완견이 되도록 해!"

"될 리가 없잖아."

"하지만 자료가 없는 건 뼈 아픈 일이야! 이렇게 된 이상 샌드
베리 지사의 입을 열게 만들 수밖에 없겠네. 트리폰, 그쪽 상황
은 어때?"

"시원치 않군요."

트리폰이 홍차를 홀짝이며 미간을 찌푸렸다.

"바늘을 찌르며 고문하고 있습니다만, 뚜렷한 반응을 보이지
않습니다. 그녀가 성채의 '네프티 스트로베리'라는 사실은 상황
증거로 볼 때 확실합니다만……."

참고로 네프티라는 이름은 트레몰로가 흘린 정보라고 한다.

그 비파 법사도 의외로 입이 가벼운 모양이다.

"그냥 머리가 나쁜 애라고만 생각했었는데 말이야."

"무슨 수단을 써서라도 토해내게 만들겠습니다. 시간은 좀 걸
릴지도 모르지만요."

"그러네! 그 계집애한텐 무슨 짓을 해도 괜찮으니까 반드시
정보를 불게 해!"

유세이가 있는 곳은 여전히 파악할 수 없었다.

구름 같은 존재다. 대체 어떤 사람인 걸까?

보나 마나 제대로 된 사람이 아니라, 흉악한 살인귀일 게 틀림
없겠지만.

"아가씨. 앞으로는 어쩔 거야."

후야오가 물었다. 스피카는 힘차게 의자에서 일어나면서 외

쳤다.

"어쩌고 자시고! 이렇게 된 이상 직접 들어가 볼 수밖에 없어!"

"들어가? 어디에……?"

그녀의 푸른 눈동자가 별처럼 반짝였다.

"그야 물론 이매망량이 판을 치는 '성동'이야!"

☆

성동이란 네오플러스 중심부에 뻥 뚫려 있는 구멍을 말한다.

구멍을 파기 시작한 뒤로 아직 8년밖에 안 지났다고 한다.

그런데 용병들이 바글바글 몰려들어 밤낮을 가리지 않고 개발한 결과, 지금은 '지하 대미궁'이라고 불릴 정도로 광대한 넓이가 되었다. 최근에는 지반 침하가 우려되고 있어서, 마구잡이식 확장에 경종을 울리고 있다나.

아무튼 그렇게 우리는 대미궁 입구까지 왔다.

나는 "가기 싫어 가기 싫어!"를 연거푸 외쳤지만, 스피카가 "죽일 거야"라고 협박했기 때문에 저항해봤자 무의미하다는 걸 깨달았다. 어차피 뒤집힌 달에 협력할 수밖에 없는 신세다. 지사부를 박살 낸 시점에서 나는 이 테러리스트들과 공범이 된 거니까——.

"엄청난 열기네…… 천조낙토의 천무제 같아."

린즈가 감탄 어린 목소리로 중얼거렸다.

입구 근처에는 수많은 용병들이 몰려있었고, 그런 용병들을 타깃으로 장사하는 노점들도 줄줄이 늘어서 있어서 마치 축제 같은 광경을 보여주고 있었다. 스피카의 방종에 가까운 정책으로 인해 유례를 찾아볼 수 없는 채굴 붐이 일어났다나 뭐라나.

"······응?"

문득 후야오가 노점 앞에 우두커니 서 있는 모습이 보였다.

왜 저러지? 후야오가 보고 있는 건······『유부초밥』?

"왜 그래? 그거 먹고 싶어?"

"············필요 없어."

"그래도 유부초밥 좋아하지? 가게에서도 유부를 먹었잖아."

"유부초밥과 유부를 똑같이 취급하지 마. 죽인다."

진심 무섭다.

물론 내 대화 방식이 서투른 것도 이유겠지만, 이 여우 소녀의 정신상태가 너무 살인귀 쪽으로 치우쳐져 있는 게 더 큰 문제라고 생각한다.

역시 친해지는 건 힘들지도 모르겠네.

내 생존 본능이『그냥 관둬』라며 비명을 질러내고 있는걸.

일단 후야오는 내버려 두기로 하자.

"굉장해 굉장해! 사람으로 넘쳐나고 있어! 게다가 이 녀석들 전부 돈밖에 머릿속에 없는 모양이야! 이래서야 인간으로서 끝장이네!"

"큰 소리로 그런 말 하지 마! 저쪽에 얼굴이 무서운 사람이 엄청 노려보고 있다고!"

"마주 노려봐 주도록 해! 자, 탐험 출발이야!"

나는 저도 모르게 한숨을 내쉬고 말았다.

"어이, 설마 갑자기 본격적인 조사를 시작할 생각은 아니지? 아직 마음의 준비가 안 됐거든?"

"지금처럼 소풍 가는 기분으로 유세이랑 트레몰로를 잡아 죽이는 것도 무모해서 재미있겠지만 이번엔 살짝 떠보는 정도겠네. 성동은 어떤 곳인가, 비수가 어떤 녀석인가, 마핵은 정말로 여기 묻혀 있는가── 직접 눈으로 확인해 보는 게 중요하다고 생각하지 않아?"

스피카는 그렇게 말하며 느긋하게 걸어갔다.

한술 더 떠서 접수처에 "어린이 네 명!!"이라며 자신만만하게 외치는 중이다.

여기는 놀이동산이 아니라고.

접수처에 앉은 아저씨가 수상쩍어하는 표정을 짓고 있잖아.

"……채굴 허가증은 갖고 있지만, 너희들 정말로 괜찮은 거냐."

"괜찮아! 여기 테라코마리라는 애는 겉보기엔 약해 보이지만 새끼손가락 하나로 1억 명을 꼬치로 만든 최강의 흡혈귀야!"

"하지 마. 창피하니까 진심으로 하지 마."

"덧붙여 세계를 정복해서 전 인류를 살해할 예정이래!"

"네가 무슨 육국신문이냐!"

"……그거참 대단하긴 한데, 마침 지금은 좀 혼잡한 상황이거든."

스피카의 농담을 가볍게 흘려넘기고서 접수처 아저씨가 눈썹을 찌푸리며 신음했다.

"무슨 일 있었어?"

"비수가 나왔어."

린즈가 옷을 꾹꾹 잡아당겼다.

잘 보니 광장에는 묘하게 사람들이 모여 있는 곳이 있었다.

하나 같이 얼굴에는 난처한 표정. 인파 한가운데에선 한층 비통한 분위기가 감돌고 있었다. 한 여성이 용병들에게 매달려 무언가를 호소하는 중이었다.

"……저건 뭐야?"

"요샌 비수들이 성동 밖으로도 나오는데, 바로 조금 전에도 이 광장에서 날뛰었거든. 용병들 몇몇이 다쳤고, 결국 놓치고 말았지. 게다가 어린애 한 명이 성동으로 끌려가 버렸어."

"무슨……."

"저쪽에 용병들한테 매달려 있는 사람은 납치된 어린아이의 엄마야. 우리 애를 제발 구해달라고 용병들한테 돌아다니며 부탁하는 중이지만……."

용병들은 움직일 기색이 아니었다.

딱하게 여기면서도 『나랑은 상관없는 일』이라는 태도를 고수하고 있다.

"비수한테 납치된 사람은, 이렇게 말하긴 뭐하지만, 무사히 돌아온 사례가 없어. 용병들도 피곤하기만 하고 아무 소득도 없는 일은 꺼리는 거야."

"뭐냐고 그게……."

비수라는 괴물이 실제로 날뛰고 있다는 사실도 놀랍고, 어린

애가 납치됐는데 나 몰라라 하는 어른들의 태도에도 벌어진 입을 다물 수 없었다.

"저 용병들은."

후야오가 무표정한 얼굴로 광장을 응시했다.

"어린애를 죽게 내버려 두려는 건가? 아직 죽었는지 살았는지도 모르는데."

"듣는 입장에선 거슬리겠지만 직설적으로 말하면 그렇게 되겠지. 하지만 용병의 일은 비즈니스라고. 수지가 안 맞는 의뢰를 넙죽넙죽 받아들였다간 장사가 안 되잖아."

"…………."

"아무튼 그래서 지금은 비수가 어슬렁거리고 있을 가능성이 높으니까 성동에 들어가는 건 추천하지 않는다는 뜻이야. 용병들도 신경이 곤두선 모양인걸? 모처럼 채굴하기 좋은 날인데 헛수고가 됐으니까. 너희들도 얌전히 집으로—— 앗, 어이."

나는 아저씨의 말을 끝까지 듣지 않고서 사람들이 모여 있는 곳으로 걸어갔다.

용병들이 『뭐야 얘는』 하는 눈으로 노려보는 것도 무시.

필사적으로 애원하고 있는 여성에게 다가가, 주먹을 꾹 쥐고서 그녀를 올려다보았다.

"자녀분의 인상착의가 어떻게 되나요……?"

"어……."

마치 꿈이라도 꾸는 듯한 시선이 나에게 날아와 꽂혔다.

나도 안다. 칠홍천으로서 명성이 알려지지 않은 저세상에선 테라코마리 건데스블러드는 '그저 1억 년에 한 번 태어날 미소녀'에 불과하다는걸.

"가르쳐주세요. 제가 성동에 들어가겠습니다."

"무슨…… 무슨 말을 하는 거야? 너도 어린아이잖아……?"

"어리긴 해도! 그래도 저는 장군이고, 용병이니까요."

주머니에서 길드 카드를 꺼냈다.

길드 카드를 본 순간, 여성이 숨을 삼키며 몸을 굳혔다.

"정말로, 가 줄 거야……?"

"네."

나 같은 게 도움이 될지는 모르겠지만.

그래도 있는 힘껏 노력할 수밖에 없다.

"──저것 좀 봐. 믿을 수가 없네."

누군가가 비웃듯이 휘파람을 불었다.

주변에 있던 용병들이 나를 손가락질하며 웃고 있었다.

"목숨 아까운 줄 모르네" "정의의 히어로 놀이?" "저 꼬맹이 죽는 거 아냐?" ──어렴풋이 느끼고는 있었지만, 이 도시는 탁하고 흐리멍덩한 분위기가 감돈다.

사람의 마음이 고여서 썩어가는 듯한 공기가 맴돌고 있다.

돈에 눈이 멀어 있는 탓일까, 아니면 원래부터 그랬을까.

까딱했다간 그대로 마음이 꺾일 것 같은 악의.

"──어이. 쓸데없는 일거리를 맡아왔군."

눈앞에 후야오가 서 있었다.

그녀는 불쾌한 듯이 나를 흘끗 본 다음,

"빨리 가자. 느긋하게 굴 여유는 없어."

"아, 응."

꼬리를 흔들며 성동 쪽으로 걸어갔다.

뭘까. 이 녀석, 사실은 좋은 녀석이었던 걸까……?

그치만 카루라를 다치게 만든 극악무도한 테러리스트고, 흡혈 소란 때도 마구 날뛰었다고 들었는데…… 모르겠다. 뒤집힌 달 은 대체 뭐지?

"코마리 씨. 스피카 씨는 벌써 성동에 들어갔어."

린즈가 황급히 내 곁으로 다가왔다.

"『성채가 한 짓일지도 몰라!』라며 펄펄 화를 냈어. 그 사람, 꽤 정의감이 강한 사람일지도 모르겠네."

정말로 그런 걸까. 스피카는 또 스피카대로 잘 이해가 가지 않 는다.

저 녀석한테 항상 휘둘리는 후야오랑 트리폰은 참 고생이 많 겠네—— 아니 잠깐. 테러리스트를 걱정해서 뭘 어쩌자는 거야. 나도 좀 피곤한 모양이네.

"……후후, 코마리 씨는 정말 올곧네."

"올곧아? 무슨 뜻이야?"

"나를 구해줬을 때랑 마찬가지로 곤경에 빠진 사람을 돕고 싶 다는 마음을 항상 갖고 있어. 그래서 코마리 씨랑 같이 있으면 나도 용기가 샘솟는 거야."

"칭찬이 너무 과해. 지금은 한시라도 빨리 납치된 애를 구해 야지."

"그러네. 나도 열심히 할게."

나는 린즈와 함께 스피카와 후야오의 뒤를 따라갔다.

무슨 일이 있어도 성동을 공략해야 한다.

성채, 메이파, 비수, 납치된 아이—— 불안 요소는 산더미처럼 쌓여 있지만, 겁먹고 있을 틈은 없으니까.

☆

커다랗게 뚫린 구멍으로 들어가자, 그곳엔 보라색 이세계가 펼쳐져 있었다.

피부를 훑고 지나가는 듯한 서늘한 공기.

사람들의 발소리가 수없이 겹쳐서 울리고, 생물이 내는 신음과도 같은 진동이 귓가를 때린다.

의외로 통로는 넓었다. 우리가 옆으로 나란히 서서 걸어도 넉넉할 정도였다.

이 부근은 입구로 통하는 통로이니만큼 정비가 잘 되어 있다고 한다.

평소엔 용병들로 우글거리는 곳이라고 하는데, 지금은 비수 소동 탓에 인적이 드물었다.

"……생각했던 것보다 밝은걸."

"만다라 광석이 빛을 내는 거구나. 예쁘다……."

린즈가 황홀한 듯 감탄의 목소리를 냈다.

성동 안쪽은 반짝반짝 보랏빛으로 빛나고 있었다.

벽면에 박혀있는 만다라 광석이 내는 빛이다.

이러면 굳이 횃불을 준비할 필요도 없을 것 같다.

"이 주변은 광석 채굴이 금지되어 있어. 쉽게 말해 조명이지. 어차피 순도도 낮아서 대박을 노리는 용병들은 눈길조차 주지 않는다더라."

백의를 입은 소녀── 로네 코르네리우스가 성동의 지도를 열심히 들여다보며 설명해 줬다.

그녀는 한발 앞서 성동에 잠입해 정보를 수집하는 역할이었다.

"참고로 만다라 광석이 내는 빛은 마력으로 인한 빛이야. 저 세상의 인간들은 마법을 쓰는 방법을 모르니까 말이지. 보물을 가지고도 썩힌다는 표현이 딱 어울리는걸."

"무지란 참 가여운 일이네. 그건 그렇고, 코르네리우스. 그 피켈은 뭐야?"

"응? 채굴을 해볼까 해서."

"이 주변에선 채굴하면 안 된다고 그러지 않았어?"

까앙!! 까앙!!

주저 없이 피켈을 벽에 내려치면서 코르네리우스는 음흉한 미소를 지었다.

"네오플러스는 뒤집힌 달의 소유가 됐으니까, 새삼 규칙을 지켜야 할 이유는 없거든── 옷, 하나 캤다! 대단한걸!"

이 사람, 괜찮은 건가?

나중에 다른 용병들한테 먼지 나게 두들겨 맞는 거 아냐?

"후후후…… 이것 좀 봐, 이 근사한 광채! 이걸 잘 이용하면

새로운 연구에 착수할 수 있어! 빛나는 표고버섯 같은 것도 재
밌겠는데."

"저기요—! 여기 불법 채굴을 하는 도둑놈이 있는데요—?!"

"으아아아앗?! 아가씨, 고자질하면 안 된다고!!"

스피카가 깔깔거리며 웃었다.

후야오는 질린 표정으로 노려보며 "어이" 하고 말을 걸었다.

"노닥거릴 때가 아니잖아. 비수의 정보를 가르쳐줘."

"으윽……."

이 백의를 입은 소녀는 평소 동료들한테 얕보이는 걸지도 모
르겠다.

뒤집힌 달 내부의 역학 관계를 살짝 엿본 듯한 느낌이다.

코르네리우스는 "알고 있다고"라고 대답하며 불만스럽게 수
첩을 넘겼다.

"광장에서 벌어진 소동은 나도 봤어. 어디선가 검은 짐승이 나
타났다 싶더니, 광장에 있던 사람을 차례차례 덮치더라. 용병들
도 지지 않고 맞서 싸웠지만 어찌나 날쌘지 잡지는 못했어. 팔짱
끼고 구경하던 사이에, 녀석은 어린애를 입에 물고선 성동 안으
로 도망쳐 버린 거야. 그건 그야말로 맹수라는 느낌이었지."

"평범한 동물이 아닌 거야?"

"좋은 질문인걸. 테라코마링."

안경 너머로 눈동자가 반짝인 것 같았다.

"실제로 보면 이해하리라 생각하지만, 그건 단언컨대 평범한
동물이라고 할 수 없어. 먹을 칠한 것처럼 새까맣고, 자유자재

로 형태를 바꿔대서 윤곽조차 일정하지 않아."

"역시 그냥 검은 고양이는 아닌가……."

"그래선 재미가 없겠지. 기본적인 형태는 동물이랑 닮았지만, 그건 생물이 아닌 마법적 현상에 가깝겠네. 어쩌면 누군가의 의지력이 작용한 결과일지도 몰라—— 어느 쪽이든 성채랑 관련이 있다는 점은 틀림없겠지만."

이론이나 이유엔 그다지 흥미가 없었다.

사람을 덮치는 괴물이 숨어 있다—— 그 사실이 내 심장 박동을 빠르게 만들었다.

"납치당한 애는 무사하려나……."

"글쎄! 지금쯤 벌써 잡아먹혔을지도 모르겠는데?"

"그런 불길한 소리 하지 마! 빨리 찾아내야지……."

"찾아낸 순간 테라코마리도 같이 잡아먹힐 것 같네!"

"으, 그건 맞아…… 우리 힘으로 해결할 수 있는 수준일까……?"

"그렇게 불안해하지 말라고, 테라코마링. 너에겐 열핵해방이 있잖아? 【고홍의 애도】를 쓰면 비수 정도야 한 방이야."

코르네리우스는 태평하게 웃었다.

"사실 【고홍의 애도】에는 관심이 있거든. 이왕 이렇게 됐으니 직접 눈으로 보고 싶은 참이야. 흡혈종, 전류종, 화혼종, 신선종—— 이 넷은 기록을 남겼으니까, 남은 건 완전 순혈 창옥종과 수인종이겠네. 마침 저기 여우도 있으니까, 피를 빨아보지 않을래?"

"어? 잠깐……."

코르네리우스한테 등을 떠밀려 강제로 후야오 앞에 섰다.

날카로운 눈빛으로 나를 노려본다.

나도 모르게 "윽" 하고 신음을 내고 말았다.

"…………."

"…………."

너무 어색하다. 여기서 『피를 빨 리가 없잖아』라고 하면 후야
오한테 실례일지도 모르고, 그렇다고 『피를 빨아도 돼?』라고 묻
는 것도 이상하다.

지켜보던 린즈가 내 등을 쿡쿡 찔렀다.

"……여차 싶을 땐 내 피를 빨아줘."

"그, 그렇지! 유비무환이라는 말도 있으니까!"

"……흥."

후야오가 꼬리를 흔들며 고개를 돌렸다.

스피카가 흥미롭다는 듯이 눈을 가늘게 뜨며 말했다.

"저기, 후야오. 당신, 요즘 조용하지 않아?"

"딱히."

"다른 쪽 애는 어떻게 됐어?"

"『이면』 말인가? 글쎄……."

잠시 반짝반짝 빛나는 천장을 올려다보던 후야오는 이윽고 작
게 탄식을 내뱉었다.

"……녀석은 잠들어 있는 모양이야. 아무래도 컨디션이 좋지
않아."

나는 알 수 없는 기분으로 여우 소녀를 관찰했다.

난처해하는 듯한, 두려워하는 듯한── 피도 눈물도 없는 살인귀치고는 묘하게 감정이 풍부한 표정을 짓고 있는 게 마음에 걸렸다.

☆

성동은 길이 하나가 아니었다.

수많은 갱도가 종횡무진 교차하고 있어서 처음 오는 사람이라면 미아가 되기 십상인 지하 미궁 같은 형태로 만들어져 있다. 이건 용병들이 '자신들만의 노다지'를 찾으려고 무작정 굴을 파 댄 결과라, 지금도 계속 새로운 길이 만들어지는 중이라고 한다.

상세한 형태는 성동을 관리하는 지사부조차 전부 파악하지 못한 모양이다.

지도에 그려진 길은 메인 루트뿐인데, 그 밖의 곁가지들── 용병들이 멋대로 만든 수많은 샛길──을 전부 지도에 담는 건 구조적으로 불가능하기 때문이다.

"우오오오오오오옷?! 굉장해, 굉장해!! 고순도 만다라 광석이 이렇게 많이!! 이거 전부 훔쳐 가도 될까?! 되겠지?!"

코르네리우스가 신이 나서 어린아이처럼 폴짝폴짝 뛰었다.

성동을 탐색하기 시작한 지 약 한 시간, 우리는 탁 트인 공간에 도착했다.

메인 루트의 최전선이겠지.

여기저기 채굴 도구들이 나뒹굴고 있고, 휴식용 의자와 테이블도 놓여 있었다.

천장도 높아서, 라페리코 왕국의 기린도 여유롭게 드나들 수 있을 정도다.

우리는 깨닫지 못한 사이에 꽤 깊은 곳까지 내려온 것 같았다.

그리고── 무엇보다 시선을 잡아끄는 건 정면에 우뚝 서 있는 보라색 벽이다.

코르네리우스의 말로는 『고순도』 만다라 광석이 잔뜩 박혀있다는 벽. 눈을 가리고 싶을 정도로 강렬한 빛을 뿜어내고 있었다.

확실히 저렇게 예쁜 돌이면 비싸게 팔릴 만도 했다.

왠지 나도 갖고 싶어지네. 저걸로 목걸이나 펜던트를 만들면 빌한테 잘 어울릴 것 같은데── 아니, 지금은 그럴 때가 아니야.

"코르네리우스! 납치된 애가 어디 있는지 알겠어?!"

"무슨 소릴 하는 거야, 테라코마링. 그런 건 나중에 해도 되잖아?! 다른 용병들이 없는 이 틈에 전부 슬쩍해 버리자고!"

뭐야 얘…… 역시 뒤집힌 달은 뒤집힌 달이라는 건가.

저 연구 바보는 무시하기로 하자.

나는 린즈와 분담해서 광장을 조사하기로 했다.

이곳은 최전선, 다시 말해 막다른 길이니까, 어디 그늘에 숨어 있을 가능성도 있다.

"……없네. 역시 더 깊은 곳에 있을지도."

"끄으응……."

대충 수색을 마쳤지만 이렇다 할 그림자는 보이지 않았다.

이렇게 된 이상 다른 길도 샅샅이 뒤져볼 수밖에 없겠지.

스피카가 "곤란하게 됐네!"라고 외쳤다.

"마핵도 성채도 보이지 않아! 전부 폭파해 버릴까? 저기, 코르네리우스, 나라 하나를 날려버릴 만큼 위력 있는 폭탄은 없어~?!"

"이걸 폭파할 수 있겠냐고. 귀중한 광석들을 날려버리는 건 인류의 손실이야."

"이런 돌멩이가 뭐가 좋은 거야? 인류는 참 취향도 별나네. 으랏."

"인류에는 너도 포함되는데── 아니 손아귀로 으깨지 말라고! 그게 제일 큼지막한 덩어리였거든?!"

목소리가 동굴 안에 쩌렁쩌렁 울렸다.

광석이 내뿜는 빛으로 가득 찬 성동은 눈이 아플 정도로 반짝였다.

"……메이파도 비수한테 납치된 걸까."

린즈는 불안한 눈빛으로 보라색 벽을 바라보았다.

"모르겠어. ……하지만 가능성이 없진 않다고 생각해."

"그렇겠지. 다들 무사하면 좋겠는데……."

무책임하게 힘내라고 격려하는 건 망설여진다.

하지만 지나치게 비관적으로 생각하는 것도 좋은 일은 아니다.

우는 것도, 슬퍼하는 것도, 성동을 샅샅이 조사한 다음에 하면 된다.

"가자, 린즈."

"응……."

나는 린즈의 등에 손을 올리고서 다른 루트를 찾기 위해 발걸음을 돌렸다.

그랬을 때——.

"——잠깐. 뭔가 소리가 들려."

후야오는 칼자루에 손을 올린 채 움직이지 않았다.

표정에서 심상치 않은 무언가를 느낀 나는 멈칫했다.

"소리? 기분 탓 아니야?"

"공기가 묘하게 진동하고 있어."

긴장하며 귀를 기울여 보았다.

공기가 진동한다는 얘기를 들어도 잘 모르겠다.

들리는 건 우리의 발소리, 스피카와 코르네리우스가 왁자지껄 떠드는 소리, 누군가가 머리 위를 배회하는 기척——.

"그—러—니—까! 귀중한 만다라 광석을 으깨지 말라고!"

"그치만 이거, 악력 단련하기에 안성맞춤인데?"

"거기서 더 단련해서 어쩌게! 당신은 정말 하나도 몰라!"

"그것도 그러네! 하지만 아무것도 모르는 건 코르네리우스야."

"아니, 모르는 건 아가씨 쪽이라니까! 만다라 광석은 세계에 혁명을 가져올 에너지원이 될지도 모른다고?! 당신은 악력으로 혁명을 일으킬 수 있을 줄 알아?!"

"아니, 그거 말고. 당신은 죽음이 다가오는 줄도 몰라."

"뭐? 죽음——?"

스피카가 즐거운 기색으로 코르네리우스의 머리 위를 손가락으로 가리켰다.

백의의 소녀는 어리둥절한 기색으로 고개를 들어 천장 위를 보았다.

그리고—— 나는 거대한 '그림자'가 달려드는 모습을 목격했다.

"무슨."

경악에 몸이 움직여지지 않았다.

대신 후야오가 "칫" 하고 혀를 찬 다음 뛰쳐나갔다. 린즈도 황급히 소매에서 철선을 꺼냈고—— 그러나 이미 한참 늦었다.

그림자는 코르네리우스를 짓뭉갤 기세로 낙하했다.

쿠우우우우우우우웅!! ——무시무시한 충격이 성동을 흔든다.

나도, 린즈도, 비명을 지르며 넘어지고 말았다.

머리 위에서 부스스 모래가 떨어진다. 엉덩방아를 찧은 탓인지 허리가 얼얼했다.

나는 린즈를 부축하며 비틀비틀 몸을 일으켰다.

시야를 가로막는 것처럼 뿌옇게 일어난 모래 연기.

그 너머에 거대한 검은 그림자가 우뚝 서 있었다.

"그렇군…… 이게 비수인가."

후야오가 잘 만났다는 듯이 씩 웃음을 지었다.

실제로 보니 비수는 상상을 아득히 뛰어넘는 크기였다. 듬직한 대형견 정도 사이즈일 줄 알았는데, 덩치 큰 코끼리마저 능가할 정도로 키가 컸다.

앞다리가 두 개, 뒷다리가 두 개.

형태는 개를 닮았지만, 듣던 대로 몸은 새까맸고 그림자처럼 윤곽이 흐릿했다.

"히익……."

Illustrations copyright ©riichu

린즈가 입가를 가리고서 뒷걸음질 쳤다.

비수가 뭔가 우걱우걱 게걸스럽게 씹고 있었기 때문이다.

대체 뭘 먹고 있는 거지? 사료라도 땅에 떨어져 있었나? ——
충격이 너무나 컸던 탓에 반쯤 억지로 현실 도피를 하는 동안,
녀석은 '꿀꺽' 하고 씹던 무언가를 삼켜 버렸다.

스피카가 손뼉을 치며 웃었다.

"아하하하하! 코르네리우스 잡아먹혀 버렸네!"

야. 야야야야.

웃고 있을 때가 아니잖아……?!

억누를 수 없는 공포가 치밀어 오른 순간, 비수가 땅을 박찼다.

바람처럼 재빠르게 검은 덩어리가 다가왔다—— 나와 린즈를
향해.

"와아아아아아아악!!"

나는 다시 한번 그 자리에 엉덩방아를 찧었다.

코르네리우스 한 명으론 배가 차지 않았던 모양이다. 나도 이
대로 우걱우걱 잡아먹히겠지. 설마 첫 죽음이 맹수의 먹이가 될
거라곤 상상도 못 했다——.

아니, 잠깐만.

'첫 죽음' 같은 태평한 소리를 할 상황이 아니잖아.

여기는 저세상이잖아? 뮬나이트 마핵이 없는데? 죽으면 그대
로 죽는데?

이제 와서 새삼 그 사실을 깨닫고 정신이 아득해졌던 순간,

"코마리 씨!"

날카로운 외침이 성동에 울려 퍼졌다.

공작 같은 하늘하늘한 의상이 바람을 타고 나부낀다.

린즈가 비수의 얼굴을 철선으로 내리쳐 막아내고 있었다.

살았다── 하고 가슴을 쓸어내릴 틈은 없었다.

비수가 끔찍한 포효를 내뱉자, 린즈가 "히약" 하고 비명을 지르며 비틀거렸다. 한순간 균형을 잃은 탓에 린즈의 작은 몸이 공처럼 날아가 버리고 말았다.

"린즈──."

살기.

뒤로 날아간 동료를 돌아볼 여유조차 없었다.

내 눈앞에 새까만 눈동자를 빛내는 짐승이 떡하니 서 있었으니까.

분노와 슬픔, 괴로움 같은 부정적인 감정들이 강렬한 파도가 되어 내 피부를 쓸고 지나갔다.

나는 뱀 앞의 개구리처럼 꼼짝도 할 수 없었다.

뭐야 이 녀석.

풍기는 기운이 너무 사악하지 않아?

"기, 기다려……."

기다려 줄 리가 없었다.

비수의 앞다리가 천천히 공중으로 올라간다. 저런 앞발에 짓밟혔다간 골절로 끝나지 않겠지── 나는 덮쳐올 충격에 대비해 눈을 꽉 감았다.

그 순간.

"너는 죽고 싶은 거냐."

핑! 하고 무언가가 섬광처럼 번쩍이는 소리가 들렸다.

이어서 무시무시한 울부짖음이 동굴을 메웠다.

조심스럽게 눈을 뜨자, 비수가 고통에 물든 표정으로 마구 뒹굴고 있었다.

설마 싶어서 시선을 위로 올렸다. 절단당한 새까만 앞다리가 공중을 빙글빙글 회전하며 날아가는 게 보였다. 후야오는 칼날에 달라붙은 시꺼멓고 부정한 기운을 털어내고서, 만약 어린애가 봤다면 바로 울음을 터트릴 법한 사나운 눈으로 적을 노려보았다.

"죽을 각오는 되어 있는 모양이군."

후야오가 중심을 낮추고서 가속했다.

하지만 비수가 다시 몸을 일으키는 것도 빨랐다.

우득, 우드득, 하고 기분 나쁜 소리가 들린다 싶더니, 잘린 앞다리의 절단면에서 가마솥에 넣은 빵 반죽 같은 게 불룩 솟았다. 절단면에서부터 날붙이처럼 생긴 새로운 앞다리가 돋아난 거였다.

후야오가 칼날을 횡으로 휘둘렀다.

금속끼리(?) 맞부딪히자 엄청난 열풍이 소용돌이처럼 일어났다.

일격으로 부술 수 없다는 걸 깨달은 후야오는 일단 뒤로 물러나 태세를 정비했다. 그런 다음 다시 한번 돌격하며 이번엔 텅 빈 몸통을 노렸지만—— 비수도 상대의 노림수를 단번에 간파했는지 이번엔 몸통에서 우드득, 하고 다섯 번째 다리가 돋아나 공격을 막았다.

또다시 우레같은 포효소리가 터졌다.

후야오는 귀를 납작하게 눕혀서 쩌렁쩌렁한 소리를 흘려넘긴 다음 산더미처럼 쌓인 채굴 장비를 발판 삼아 도약.

새까만 등에 힘껏 칼날이 박혔다.

이번엔 고통 어린 울부짖음이 터져 나왔다.

후야오가 칼날로 휘적휘적 상처 안을 헤집어 놓을 때마다, 비수는 뭍으로 끌려 나온 물고기 마냥 몸을 뒤틀었다. 발을 동동 구르고, 벽에 몸통을 부딪치자, 지진이 난 게 아닐까 싶을 정도로 커다란 충격이 주변을 뒤흔든다.

나는 멍하니 입만 벌리고서 굳어 있었다.

날뛰는 비수. 잡아먹힌 코르네리우스. 초인적인 전투 실력을 보여주는 후야오── 지금 꿈이라도 꾸고 있는 걸까?

"코마리 씨! 후야오 씨를 도와야⋯⋯!"

린즈가 황급히 다가왔다.

뺨에 베인 상처가 나긴 했지만, 크게 다치진 않은 모양이라 일단 안심했다.

그건 그렇다 치고──.

돕고 싶은 마음은 굴뚝같았다.

하지만 내가 저런 난장판에 돌진해 봤자 개미처럼 짓밟히는 게 뻔한 결말 아닐까?

"저건 의지력의 덩어리인 모양이네!"

어느새 스피카가 옆에 다가와 사탕을 핥고 있었다.

그녀는 눈을 반짝반짝 빛내면서 스포츠 시합이라도 관전하는 것처럼 웃었다.

"게다가 그냥 의지력이 아니야. 분노와 슬픔으로 인해 탄생한 에너지. 정말 취미가 고약하기 짝이 없어. 대체 어느 테러리스트가 저런 걸 만든 걸까!"

"그런 건 아무래도 좋아! 그것보다 후야오는 괜찮은 거야?!"

"후야오는 강해. 단순한 힘겨루기로 따지면 뒤집힌 달 중에서도 제일이야. 전에 테라코마리한테 박살이 나는 바람에 자신감을 잃은 모양이지만!"

"대답하기 곤란한 소리 하지 말라고!"

"그래도 괜찮아! 저 애는 자신의 야망을 달성하기 전까진 꺾이지 않을 테니까…… 어라?"

그때 나는 놀라운 광경을 보았다.

비수의 몸통에서 새로운 팔이 여러 개 돋아나기 시작한 것이다.

아니── 그건 팔이라기보다는 촉수에 가까울지도 모른다.

"윽……."

후야오가 처음으로 고통스러운 목소리를 흘렸다.

말미잘처럼 꾸물꾸물 움직이는 수많은 촉수가 비수의 등에 올라타 있던 후야오의 몸에 달라붙었다. 아무리 베어도 베어도 소용이 없었다. 오히려 분열하는 것처럼 잘린 부위에서 새로운 촉수가 돋아나 사냥감을 옭아매려고 기를 쓰고 덤벼들었다.

손톱이 허공에 떠오른다.

손에서 칼이 떨어졌다.

눈 깜짝할 사이에 후야오는 촉수에 칭칭 감겨 거꾸로 매달리고 말았다.

"큰일이네! 저것 좀 봐!"

헉, 하고 숨을 삼켰다.

비수는 새로운 촉수를 쑥쑥 뿜어내 창처럼 날카롭게 만들고 있었다.

뾰족한 촉수가 노리는 곳은 말할 필요도 없이── 움직임을 봉쇄당한 후야오의 심장이었다.

린즈가 비명을 질렀다. 나도 비명을 지르고 말았다.

이대로는 안 된다. 저 녀석은 살인마라든가, 카루라와 카린을 속인 비겁한 녀석이라든가, 지금은 그런 생각을 하고 있을 때가 아니었다.

"린즈! 미안!"

"어? ──에에에에에에엑?!"

나는 린즈의 어깨를 붙잡고서 뺨을 향해 얼굴을 가져다 댔다.

스피카가 "오옷!" 하고 구경꾼처럼 환호했다.

"하는 거구나, 테라코마리?! 시원하게 날려버려!"

말하지 않아도 잘 알고 있다.

나는 린즈의 뺨에 옅게 생긴 베인 상처를 향해 얼굴을 묻고는,

할짝, 핥았다.

──두근.

심장이 빠르게 요동치는 게 느껴졌다.

무지갯빛 마력이 넘쳐흐르며, 성동의 광장이 한층 더 밝게 빛나기 시작한다.

이윽고 천장이 콰직, 콰직 요동치더니 엄청난 굉음과 함께 무너져 내렸다.

※

"……어라."

피켈을 내려치던 트레몰로 파르코스텔라의 손이 멈췄다.

왠지 위쪽이 소란스럽다.

또 용병들이 다툼을 벌이고 있는 걸까──.

그때, 함께 채굴 중이던 조그만 짐승들이 펄쩍 뛰어올랐다.

새까만 그림자를 닮은 동물, 비수.

그들은 트레몰로의 다리에 찰싹 달라붙어서 뭔가를 열심히 호소하고 있었다.

"……그래. 그런가요. 스피카랑 테라코마리가…… 마침내 성동 안까지 들어온 거였군요."

비수들은 의지력을 매개로 연결되어 있다.

한 마리가 얻은 정보는 그 즉시 다른 동족들에게도 전달된다.

이 조그만 짐승들이 전하는 정보에 의하면 스피카와 테라코마리가 상층에서 중형 개체와 싸우고 있다고 한다.

헬멧을 벗고 수건으로 땀을 닦으면서 트레몰로는 희미하게 미소를 지었다.

Illustrations copyright©riichu

아무래도 노림수가 적중한 모양이다.

뤼미에르 마을에서부터 미행당한 건지, 아니면 다른 수단을 이용한 건지는 몰라도, 그들은 성채의 아지트를 정확히 짚었다.

『숙원 성취의 장애물은 '신을 죽이는 사악'과 '진홍의 흡혈 공주'와 '천문대'다』──유세이는 단언하듯 그렇게 주장했다.

세 가지 장애물 중 두 개가 나타났으니 여기서 한꺼번에 처리하는 게 효율적이다.

"어떤가요? 나찰."

트레몰로 곁에는 거대한 검은 덩어리가 묵묵히 대기하고 있었다.

슬픔의 의지력의 집합체.

유세이의 열핵해방을 통해 태어난 궁극의 비수── '나찰'.

그는 짐승처럼 그르렁거리는 울음소리를 낼 뿐이었다.

그건 『아직, 때가 아니다』는 뜻임이 분명했다.

"그렇군요. 지금은 마핵 채굴이 우선이겠죠. 피곤하긴 하지만…… 같이 힘을 내보죠."

디잉. 디잉.

덧없는 비파의 음색이 성동에 스며든다.

트레몰로는 피켈을 고쳐 쥐고서, 벽을 향해 계속해서 내리치는 작업을 재개했다.

성동의 비수들을 빌리는 대가로 마핵 탐색을 돕기로 했으니까.

그건 그렇고 지금쯤 그 갈색 소녀는 뭘 하고 있을까?

저세상에는 통신용 광석이 없어서, 자주 연락을 주고받고 싶어도 방법이 없다.

뭐, 보나 마나 집무실에서 피자라도 먹고 있겠지.

지금은 내 일에만 전념하면 그만이다.

※

무지갯빛 마력에 닿은 천장이 붕괴하기 시작했다.

수많은 돌조각이 장대비처럼 쏟아져 내린다—— 찌직찌지직!!
하고 섬뜩한 효과음이 울렸다. 후야오를 단단히 옭아매고 있던
촉수들이 하나둘씩 찢겨나가고 있었다. 나는 도마뱀 꼬리처럼
날뛰는 그림자의 잔해를 짓밟으며, 크게 소리를 지르며 돌격해
들어갔다.

"각오해라앗~!!"

내가 생각해도 정말 볼품없는 돌격이다.

일반적으로 생각하면 파리마냥 짜부라지는 꼴이 되겠지.

하지만 이걸로 확신할 수 있었다.

린즈의 피를 빨면 이상할 정도로 운이 내 편을 들어준다는 사
실을.

"푸헥!"

촉수가 채찍처럼 날아왔는데, 마침 넘어진 덕분에 운 좋게 피
했다.

등 뒤에서 스피카가 "대단해! 꼴사나워!"라며 기뻐하고 있어.
시끄러. 너도 같이 싸우라고.

"앞! 위험해!"

서걱! 하고 시원스러운 소리가 들렸다.

린즈가 정면에서 달려드는 촉수를 철선으로 두 동강 낸 것이다.

『고마워』라고 말할 여유조차 없었다.

천장에서 떨어진 바위에 짓눌려 일그러지는 비수의 몸통에서 새로운 촉수들이 계속해서 자라나 내가 감행하는 돌격을 막으려 들었다. 이젠 끝장이라는 생각이 드는 순간── 내 몸이 공중으로 두둥실 떠올랐다.

"어? 에, 에에에에에엥?!"

"꽉 잡고 있어. 떨어지면 큰일이니까……."

"린즈, 날 수 있었어?! 저세상에선 마법을 쓸 수 없다고 들었는데?!"

"요선은 원래부터 '날 수 있는 종족'. 팔다리를 움직이는 것처럼 공중을 날 수 있어."

세상은 신기한 일들로 가득했다.

린즈는 나를 품에 안고서, 점점 고도를 높였다.

그런 린즈를 추격하는 것처럼 수많은 촉수가 달려든다.

아, 이건 죽었네── 그렇게 반쯤 체념했을 때, 린즈도 빠르게 공중에서 몸을 틀어 비수의 공격을 피했다.

왼쪽으로 갔다가, 오른쪽으로 갔다가, 급상승했다가, 급강하했다가.

어쩔 땐 곡예사처럼 확 뒤집어지기도 하고.

린즈가 급격하게 방향을 틀 때마다 '피융!' 하고 촉수가 공기를 찢는 소리가 들렸고, 동시에 내 뱃속에서도 여러모로 나와선 안 될 것들이 올라오려고 하는 걸 느꼈다.

"리, 린즈, 조금만 더 부드럽게……."

"미안! 그치만 멈출 수가 없어!"

"너는 반고리관이 얼마나 튼튼한 거야……?"

촉수가 등 뒤의 벽에 격돌하자 '콰앙!' 하는 충격음이 귀를 울렸다.

나는 눈이 빙글빙글 돌아가는 상태로 린즈에게 매달렸다.

떨어지면 죽는다. 아니, 떨어지지 않아도 죽을 것 같은 기분이다. 왜냐하면 죽을 정도로 어지러우니까.

어라? 뭔가 반짝거리는 게 보이는데? 저건 꽃밭일까?

아하하, 슬슬 사신의 발걸음 소리가 들리기 시작하네.

"잘했다, 아이란 린즈!"

후야오의 고양된 목소리가 들렸다.

점점 아득해지는 의식 속에서, 나는 간신히 지면 쪽으로 시선을 돌렸다── 그러자 마침 후야오가 비수에게 강렬한 일격을 내려치는 광경이 보였다.

나와 린즈가 미끼가 되어준 덕분에 절호의 빈틈을 찾은 거겠지.

고통을 견딜 수 없었던 걸까, 공기를 뒤흔드는 포효가 울려 퍼졌다.

내리친 칼날을 뒤집어 그대로 비수의 몸통을 갈라버린다.

상처 부위에서 피가 쏟아지듯이, 부정한 기운이 울컥울컥 뿜어져 나왔다.

후야오는 얼굴빛 하나 변하지 않고서 맹공을 퍼부었다. 그야 말로 귀신과도 같은 박력이다. 검은 짐승의 몸통은 두부처럼 갈 가리 찢겨나갔고——.

"안 돼…… 점점 재생하고 있어……!"

린즈가 절망감 가득한 탄식을 흘렸다.

린즈 말이 맞았다. 아무리 공격을 퍼부어도 부정한 기운이 딱 지처럼 상처 부위를 다시 메웠다. 저건 평범한 생물이 아니 다—— 아픔은 느끼는 모양이지만 물리적인 공격이 그대로 먹 히지는 않는 모양이었다.

"어떻게 해야 해……? 언제까지 날아야 하는 거야……? 슬슬 한계가……."

"으왓?! 코마리 씨, 정신 차려!"

"——간단해! 이런 상대는 '코어'를 가지고 있을 게 분명하거든!"

스피카가 명랑하게 외쳤다.

저 녀석은 휴게실 의자에 앉아 사탕을 핥고 있었다. 장난치는 건가?

"쭉 관찰하고 있었는데 새까만 몸 어딘가에 코어가—— 거대 한 만다라 광석이 파묻혀 있어! 짐작건대 비수라는 생물은 만다 라 광석에 어떠한 의지력을 담는 방식으로 움직이고 있는 모양 이네!"

그 말에 눈치챘다. 비수의 이마 부분이 희미하게 빛나고 있 었다.

아마 저게 비수의 원동력인 만다라 광석이겠지.

"후야오! 해치워버려!"

"알고 있어."

후야오는 촉수의 저항을 뿌리치면서 비수의 머리를 향해 돌아들어갔다. 그러고선 지체 없이 칼날을 이마에 찔러넣었다. 새까만 피부를 도려내고, 울컥울컥 뿜어져 나오는 시꺼먼 부정한 기운을 헤집으며 몇 번이고, 몇 번이고 참격을 퍼붓는다.

비수가 절규를 내지르며 나뒹굴었다.

그걸 기회라고 판단했는지, 후야오는 성큼 파고들어 연이어 강력한 찌르기를 쏟아냈다.

이윽고── 크게 벌어진 머리 안쪽, 보라색으로 빛나는 광석이 모습을 드러냈다.

저것이 바로 만다라 광석이다.

"자아, 죽을 각오는──."

마지막의 마지막 순간에 잠깐 방심했던 걸지도 모른다.

마무리 대사를 내뱉으려고 했을 때, 등 뒤로 슬그머니 다가온 촉수가 후야오의 오른쪽 손목을 옭아맸다.

"뭣."

검을 쥔 손이 묶였고, 게다가 발목까지 촉수가 달라붙는 바람에 넘어진다.

스피카가 "뭘 방심하는 거야!!"라며 펄펄 화를 냈다.

하지만 화를 낸다고 해결될 문제가 아니다.

어서 도우러 가야 해── 하지만 그 순간 나도 한계를 맞이했다.

시큼한 무언가가 입안을 가득 채운다.

"우읍……."

"어? 코마리 씨── 꺄아아아악?!"

아까 마신 토마토 주스를 린즈의 가슴에 뿜고 말았다.

미안. 나중에 잘 빨아서 돌려줄게.

게다가 비극은 그걸로 끝나지 않았다.

깜짝 놀란 린즈의 손에서 힘이 빠졌다.

당연하지만 나 역시 린즈에게 계속 매달릴 힘이 남아 있지 않았다.

내 몸은 토사물과 함께 지면으로 낙하하기 시작했다.

린즈가 내 이름을 외친다. 스피카는 역시나 바보처럼 웃고만 있었다. 그리고 후야오는 깜짝 놀란 기색으로 떨어지는 나를 올려다보았다.

응……? '떨어지는 나'?

그때 깨달았다. 아무래도 나는 비수와 후야오의 머리 위에 수직으로 떨어지는 중인가 보다.

"테라코마리! 낙법 자세를 잡아!"

낙법 같은 건 할 줄 몰랐다.

나무에서 사과가 떨어지듯 자연스러운 자세로 지면을 향해 떨어진 결과──.

따악!!

머리에서 엄청난 충격을 느꼈다.

"아얏?!"

곧이어 바로 옆에서 단말마와 같은 포효가 터졌다.

비수였다. 내가 떨어진 곳은 지면이 아니라 비수의 몸 위였다.

이대로는 촉수의 먹이가 되고 만다.

어서 도망쳐야…….

하지만 점점 의식이 아득해지고 있었다.

공중에서 린즈가 "코마리 씨, 코마리 씨!" 하고 애타게 외쳤다.

나는 힘을 쥐어 짜내 손을 뻗었다.

그 순간.

콰앙!! ──시커먼 부정한 기운이 안개처럼 흩어졌다.

무슨 일이 일어난 건지 알 수가 없었다.

내 몸은 다시 낙하하기 시작했고, 아아 이대로 죽는 거구나 하고 삶을 포기한 순간, 낯익은 무지갯빛 마력이 내 몸에서 뿜어져 나왔다.

린즈의 피로 발동한 【고홍의 애도】가 끝났음을 알리는 신호였다.

"……운만큼은 좋은 녀석이군."

그리고 어느새 나는 후야오의 품에 안겨 있다는 걸 깨달았다.

어처구니없어하는, 그러면서 살짝 안도하는 표정.

떨어지는 내 몸을 그녀가 받아 준 모양이다.

고맙다고 해야── 그렇게 생각하며 입술을 움직이려고 했지만, 머리에 강한 충격을 받은 탓인지 말이 나오질 않았다.

린즈의 목소리를 들으며, 나는 조용히 정신을 잃었다.

"젠장…… 내가 어쩌다 이런 꼴이…… ."

지사부 지하 감옥.

네오플러스현 지사이자, 성채의 멤버 '구인' 네프티 스트로베리는 더러운 바닥에 엎드린 채 이를 갈고 있었다.

지사직을 잃었다. 동료가 구하러 올 기미도 없다. 애지중지하는 토끼 인형도 어디 갔는지 없어져 버렸다.

전부 다 그 녀석들을 얕잡아 봤기 때문이었다.

——네프티 씨, 당신은 강해요. 하지만 자만심으로 인해 신세를 망치겠죠.

트레몰로, 그 바보 녀석이 했던 충고가 떠오른다.

평소엔 "아— 그래그래, 그러시겠죠" 하고 흘려넘겼지만, 실제로 이 지경에 몰려 보니, 비로소 그녀가 했던 충고가 얼마나 값진 것이었는지 실감할 수 있었다.

"배고파…… ."

이래저래 감옥에 갇힌 지도 닷새 가까이 지났다.

닷새 동안 트리폰 크로스인가 뭔가 하는 재수 없는 창옥종한테 계속해서 고문을 받았다.

바늘을 쿡쿡 꽂으면서, "당신은 성채 멤버 맞죠?" "유세이는 어디 있습니까?" "성채의 목적은?" "동료는 몇 명 있죠?" 등등을 깨물었다.

하지만 고통 따위 네프티에겐 통하지 않는다.

사롱(砂朧)종은 일시적으로 몸의 일부를——정확히는 몸의 1/9 정도를——모래 자갈로 변화시킬 수 있다. 이미 물리적인 공격이 올 걸 아는 상태라면 이 '사력화(砂礫化)'를 통해 상대의 공격을 무력화하는 게 가능하다.

그건 그렇고 배가 너무 고프다.

슬슬 식사 시간일 텐데——.

"안녕하십니까. 식사를 가지고 왔습니다."

"!"

네프티는 놀라서 고개를 들었다.

언제나처럼 트리폰 크로스가 나타났다. 손에는 피자가 담긴 접시가 들려 있었다.

배에서 '꼬르륵' 소리가 나는 걸 참을 수가 없다.

그치만 피자인걸? 고기랑 치즈의 향긋한 냄새가 이래도 버텨? 라고 말하는 것처럼 솔솔 풍기는걸?

하지만 내심 기뻐하는 마음을 들키고 싶지 않았다.

네프티는 일부러 새침한 태도로 팔짱을 꼈다.

"흐, 흐응~? 오늘은 피자구나? 평소엔 딱딱한 검은 빵인데 무슨 바람이 부셨대?"

"가끔은 취향을 바꿔 볼까 싶어서요. 피자는 싫으십니까?"

"딱히 싫지는 않은데? 뭐, 엄청 좋아한다고 할 정돈 아니지만."

"그렇습니까."

네프티의 시선은 피자에 못 박혀 있었다.

입안에 군침이 가득 고인다. 목이 멋대로 꿀꺽 소리를 냈다.

먹고 싶다. 맛있겠다. 먹고 싶다. 먹고 싶다. 먹고 싶어——

트리폰은 접시에 담긴 피자 한 조각을 포크로 푹 찍고선 그걸 그대로 자기 입으로 가져가더니,

"잘 먹겠습니다."

하고 덥석 입에 물었다.

"네가 먹는 거야?!?!"

네프티는 창살을 덥석 붙잡으며 비명을 질렀다.

트리폰은 "네?" 하고 이상하다는 듯이 고개를 갸웃거렸다.

"그야 이건 제 저녁 식사니까요."

"무, 무, 무슨……."

그렇구나. 그런 거였구나. 그런 더럽고 치사한 짓을! ——네프티는 눈에 핏발을 세우면서 입맛을 다시는 트리폰을 노려보았다. 녀석은 "토마토소스와 치즈의 하모니가 다이나믹하고도 딜리셔스하군요"라며 친절하게 맛 평가까지 남겼다.

"헤에~ ……맛있어 보이네. 그런데 그거 전부 다 먹을 거야? 조금 양이 많지 않아? 그러다 살찐다?"

"괜찮습니다. 반쯤 먹고 남은 건 버릴 거라서요."

"아깝잖아!!"

"네오플러스의 세금으로 산 피자인데요? 돈이야 썩어 넘칠 정도로 많으니 문제없습니다. 그건 그렇고 공금 낭비를 해서 먹는 피자의 맛은 일품이군요."

"……………….."

분노와 굴욕감이 어찌나 큰지 몸이 부들부들 떨렸다.

어쩜 이런 녀석이 다 있담. 이 네프티 스트로베리가 손바닥 위에서 놀아나다니――.

"드시고 싶으십니까?"

트리폰이 가까이 다가왔다.

네프티의 눈과 코앞에서 피자를 흔들어 보이며 싱긋 웃는다.

"드릴 수도 있고말고요. 성채의 정보를 숨김없이 가르쳐 주신다면 말이죠."

"…………………….."

피자. 성채. 피자. 성채. 피자. 성채. 피자. 성채. 피자. 성채. 피자.

배고픔과 증오로 미쳐버릴 것 같았다.

눈앞에서 살랑거리는 피자. 쭈~욱 늘어나는 치즈가 맛있어 보이는 피자.

이성이 붕괴하는 소리가 들렸다.

유세이, 나는 대체 어떻게 해야 하는 거야?

네프티는 본능이 시키는 대로 창살 너머로 손을 뻗었고――.

몇 분 후.

네프티는 감옥 안에서 딱딱한 검은 빵을 씹으며 울고 있었다.

"으……우으으으………… 으으윽…… 저 자시이이이이이이이이익…………!!"

위장이 '꼬르르르르륵' 하고 배고픔을 호소했다.

동시에 뒤집힌 달을 향한 분노가 불꽃처럼 타오른다.

저런 비겁한 수작을 부릴 거라곤 상상도 못 했다. 아슬아슬한 선에서 결국 자존심은 지켰지만, 다음에 똑같은 수법을 쓴다면 버텨낼 자신이 없다.

트리폰은 "연회가 있어서요"라고 하고는 사라졌다.

네오플러스의 돈으로 한바탕 떠들썩하게 놀 생각이라고 한다.

용서 못 한다. 탈옥하자마자 녀석들의 머리를 깨부숴 주겠어.

하지만——.

지금 상태론 탈출할 방법이 보이지 않는다.

관이 없는 네프티는 평범한 소녀랑 별반 다를 바가 없다.

이대로는 네오플러스가 녀석들의 제물이 되고 만다.

그뿐만 아니라 성동 깊숙이 있는 소중한 물건까지 빼앗길지도 모른다.

"어디까지 나를 바보 취급해야 속이 풀리는 거야………… 응?"

네프티는 문득 깨달았다.

감옥 안쪽. 벽이 패여 흙이 드러나 있었다.

대체 왜——.

그렇구나. 테라코마리의 마법이다.

그 충격 탓에 지하 감옥에 손상이 생겼어도 이상하지 않다.

이때가 될 때까지 깨닫지 못했던 자신의 어리석음을 저주하고 싶었다.

"보여주겠어, 내 진심을……!"

네프티는 빵에 버터를 바르기 위한 스푼을 손에 쥐었다.

진흙투성이가 되어도 상관없다. 남의 실수는 얼마든지 덮어줄 수 있지만, 내가 한 실수는 내 손으로 해결하지 않으면 성이 풀리지 않으니까.

☆

나중에 린즈한테 들은 얘기로는, 나는 비수의 코어에 박치기를 했다고 한다.

그 충격으로 만다라 광석이 파괴되었고, 그림자 같던 거구가 산산이 부서져 흩어졌다나.

너무 어처구니없는 얘기지만, 신선종의 피로 발동한 【고흥의 애도】엔 운이 좋아진다는 엉터리 같은 효과가 붙어있다.

내 몸을 던진 태클이 성공을 거둔 것도 어찌 보면 당연한 일이겠지.

그리고——.

산산이 흩어진 비수의 몸속에서 납치당한 아이를 비롯해 네오플러스에서 행방불명됐던 사람들이 여럿 발견됐다.

다들 생명에 지장은 없었고, 병원으로 이송된 직후 금방 정신을 차렸다고 한다.

스피카 말로는 "의지력만 빼앗긴 상태였어"라나.

잘은 모르겠지만, 다들 무사해서 다행이다.

납치당한 아이의 어머니는 내가 정신을 차리자마자 바로 달려와선 눈물이 그렁그렁한 눈으로 "정말 고맙습니다"라며 몇 번이고 감사를 되풀이했다.

　말하기를,

　"어떤 감사의 말을 해야 좋을지…… 제 애원을 들어준 사람은 건데스블러드 씨뿐이었어요. 게다가 그 아이를 정말로 구해주시다니……."

　"우, 우연이야! 어쩌다 보니 박치기가 제대로 들어간 모양이라."

　"박치기로 비수를……?! 정말 강한 분이시군요……."

　참고로 이 사람만 온 게 아니다.

　비수의 뱃속에서 구출된 행방불명자의 가족과 친지들도 봇물 터지듯 밀려들었다.

　그들은 눈물을 펑펑 쏟으며 감사를 전했고, 개중에는 신에게 기도하는 것처럼 "건데스블러드 님!"이라고 외치는 사람도 있었다.

　왠지 상황이 이상하게 돌아가기 시작했는데?

　애초에 나는 뱃속 내용물을 게워 내면서 떨어졌을 뿐이다.

　신처럼 떠받들어지는 건 (본의는 아니더라도) 익숙하지만, 이번엔 너무나도 마음이 불편했다.

　"――잘됐네, 테라코마리! 네오플러스는 당신 얘기로 떠들썩하던걸?!"

　"좋지 않아. 대체 어쩌다 이렇게 된 거람……."

　"이명도 붙은 모양이네! '돌머리 코마리'래! 부러워라~, 멋있어라~, 나도 그런 이명을 갖고 싶어~!"

　"실제론 그렇게 생각하지도 않으면서 말하지 마!"

뭐가 '돌머리 코마리'야. 나만큼 유연한 두뇌를 가진 사람이 없는데.

히죽히죽 웃으며 놀려대는 스피카한테서 눈을 돌리며 성대하게 한숨을 내쉬었다.

이곳은 네오플러스 병원 개인실이다.

비수와 부딪혀서 기절한 나는 구출된 사람들과 함께 바로 병원으로 이송됐던 모양이다.

그래도 큰 부상은 없었던 게 다행이다.

큼직한 혹이 생기긴 했지만, 한 시간도 지나지 않아 의식을 찾았다.

이것도 아마, 무지갯빛 마력의 효과겠지.

"고마워, 린즈. 내가 목숨을 건진 것도 린즈의 피 덕분이네."

"응. 빨고 싶어지면 언제든지 말해줘……."

린즈는 뺨을 발갛게 물들이면서 어쩔 줄 몰라 했다.

참고로 린즈는 지금 시장에서 산 티셔츠 차림이었다.

내가 토해낸 토마토 주스를 뒤집어썼기 때문이다.

나는 창피한 기분이 들어 시선을 피했다.

"뭐, 뭐어, 나 말고 다친 사람이 없어서 다행이야. 비수한테 잡아먹힌 사람은 기절했을 뿐이었던 거지?"

"그러네! 비수의 목적은 사람을 잡아먹는 게 아니었던 모양인걸."

스피카가 새로운 사탕을 꺼내면서 웃었다.

"아마도 의지력을 흡수해 에너지로 삼았을 거야. 의지력은 마음이 존재하는 한 무한히 생성되니까, 녀석들이 사람을 납치한 이유는 뱃속에서 기르려고 했던 거겠지. 알을 낳는 암탉을 사육하는 거나 마찬가지네."

"대체 왜 그런 괴물이 존재하는 거야⋯⋯."

"뱃속에서 구출된 사람들에겐 '성흔'이—— 별 모양 흔적이 나타나 있었어. 이건 유세이에게 홀렸음을 나타내는 소진병의 징조야. 다시 말해 비수는 성채의 수하였다는 뜻."

악취미에도 정도가 있다.

역시 성채는 평범한 테러리스트가 아닌 모양이다.

"그리고—— 이번 탐색 중엔 트레몰로도 유세이도 나타나지 않았어. 더욱 깊은 곳에서, 마치 봄이 오길 기다리는 벌레처럼 틀어박혀 있는 거야——《야천륜》이 그렇게 가리키고 있어. 그러니 둥지에 물을 흘려 넣어서 익사시켜 줘야 하는 거야. 그치? 아이란 린즈."

"어? 아."

린즈는 횡설수설하듯 대답했다.

"익사는 둘째치고⋯⋯ 메이파를 아직 찾지 못했으니까⋯⋯."

그렇다. 우리는 아직 목표를 달성하지 못했다.

언제까지고 마음 놓고 있을 상황이 아니야——.

그때 나는 문득 깨달았다.

"⋯⋯그러고 보니 코르네리우스는 괜찮아? 그 녀석도 비수한테 우걱우걱 잡아먹혔는데."

"코르네리우스는 체포됐어."

"뭐?"

"허가 없이 채굴을 한 죄야! 죄지은 사람을 한없이 봐줬다간 지사부의 신뢰가 흔들릴 테니까 신고해 줬어!"

"어어⋯⋯."

린즈도 질색하고 있었다.

분명 재미 삼아 저지른 짓이 분명하다.

스피카는 어이없어하는 우리 반응엔 아랑곳없이 "자~ 그럼!" 하고 희희낙락하며 일어났다.

"이번 탐색으로 성동과 비수의 특성을 알아냈어. 트리폰의 고문을 기다릴 것도 없이── 저곳은 성채의 아지트가 분명해. 다음은 적들을 찾아내서 때려눕히는 것만 남았네."

"또 성동으로 들어가는 건가?"

"그냥 들어가는 게 아니야! 지사의 직권을 남용해서 이벤트를 열려고 해. 이름하여 '대탐험'."

"뭐야, 그게."

"조만간 정식으로 발표할 예정이야."

안 좋은 예감밖에 안 든다.

이 녀석이 생각해 낸 이벤트면 위험천만할 게 분명하니까.

스피카는 내 팔을 꽉 잡으며 미소를 지었다.

"아무튼 결전의 날이 코앞이라는 뜻! 그러니까 대탐험을 대비해서 단합 대회를 가지자! 어서 퇴원하도록 해, 테라코마리!"

"뭐어? 나는 아직 수면 부족인데?"

"입원비도 만만치 않거든! 당신이 1만 누코를 낼 거라면 상관없겠지만!"

낼 수 있을 리가 없었다.

네오플러스의 세금으로 병원비를 내는 건 마음이 불편하니까 얌전히 퇴원하기로 하자.

☆

광산 도시의 밤은 떠들썩하다.

취객들로 발 디딜 틈이 없는 번화가엔 다양한 가게들이 늘어서 있다.

여기저기서 술과 음식 냄새가 풍기고, 웃음소리와 노성, 종국에는 흐느끼는 소리까지 섞인다.

그건 그렇고 절로 움츠러들게 만드는 인상을 가진 사람들뿐이다.

또 화장실에서 시비가 걸렸다간 이번엔 엉엉 울음을 터트릴 자신이 있었기 때문에, 최대한 조심조심 다녀야지—— 라고 생각했더니, 스피카가 귀청이 떨어져라 "사람을 죽일 것 같은 낯짝들이 잔뜩 걸어 다니고 있네~!!" 하고 외쳐댔다.

그만해. 진심으로 그만해.

나는 완전 모르는 사람인 척하려고 스피카한테서 떨어졌다.

"뗵! 도망치면 눈알에 손가락을 박아버릴 거야?!"

"으와아아아아앗?! 도망 안 쳐!! 도망 안 치니까 손가락 치워!!"

스피카는 질색하는 내 팔을 억지로 잡아당기며, 번화가 한복

판에 있는 북적북적한 술집으로 끌고 들어갔다.

덧붙여 스피카한테 끌려온 사람은 나만이 아니다.

벌벌 떨고 있는 린즈를 비롯해, 후야오, 트리폰 같은 뒤집힌 달의 멤버도 함께다. 그리고 아마츠도. 참고로 코르네리우스는 경찰서 감방에 있으니 패스.

"일단 생맥으로!"

자리에 앉자마자 스피카가 큰 소리로 주문했다.

"……술 마셔도 되는 거야? 스피카는 몇 살?"

"정확한 나이는 까먹었어. 그래도 최소한 600살은 넘은 건 확실해."

"거짓말하지 마. 사람이 그렇게 오래 살 수 있을 리가 없잖아."

태클을 걸면서 메뉴판을 팔락팔락 넘겼다.

앗, 오므라이스가 있어……!

게다가 '골드 맛'이라고 적혀 있다고. 궁금하니까 나는 이걸로 해야지.

스피카가 "무슨 소릴 하는 거야"라면서 깔깔 웃었다.

"요선종은 장수하잖아! 참고로 나는 반은 흡혈귀고, 반은 요선이야."

"스피카 씨…… 아무리 요선이라도 600년이나 살 수는 없는 게."

"기합만 있으면 장수할 수 있거든! 사람이 죽는 건 『아아 이제 이 몸은 틀렸구나』라며 포기하는 순간이야. 현세의 법칙은 인간의 의지력으로 얼마든지 고쳐 쓸 수 있으니까 『오래 살고 싶어』라고 계속 바란다면 영원히 살아가는 것도 불가능하진 않아."

"어처구니없어."

스피카의 맞은편엔 후야오가 앉아 있었다.

"살고 싶다고 바라면서 죽어가는 사람은 셀 수없이 많아. 아가씨의 말은 약자를 향한 모욕이나 다름없어."

"후야오는 그렇게 생각하는구나! 그치만 나는 그렇게 생각하지 않아! 그리고 둘 다 정답인 거야. 이 세상엔 사람이 가진 의지의 수만큼 진리가 존재하니까!"

"……네 생각은 너무 제멋대로군."

"후야오! 아가씨에게 거스르는 건 자제하세요."

트리폰이 다급한 기색으로 끼어들었다.

"드릴 말씀이 없습니다. 이 여우는 아직도 삭월로서의 자각이 부족한 모양입니다."

"그다지 상관없어. 오늘은 즐거운 회식이니까! 성채를 쓰러트리기 위한 힘을 비축하도록 해! 자, 트리폰, 당신도 뭔가 주문해 봐."

"관대한 조치에 감사드립니다. ——하지만 이 가게 요리는 전부 다 맛없어 보이는군요. 돈을 낼 가치가 있다는 생각이 들지 않아요. 저는 물과 콩만 시키도록 하죠."

"뭐야, 내가 고른 가게에 토를 달 생각?!"

"죄송합니다. 배를 가르면 되겠습니까."

"가게에 폐가 되잖아?! 그런 것도 모르는 거야?! 벌로 오늘 회식은 전부 트리폰이 쏘는 거야!"

"………… 알겠, 습니다."

배를 가르는 것보다 더 내키지 않는 표정을 짓는 게 인상적이었다.

아마츠가 "훗" 하고 사뭇 깔보듯이 웃었다.

"그렇다면 마음껏 주문하도록 하지. 우선은 메뉴판에 적혀 있는 음식을 전부 시켜보도록 할까."

"아마츠, 이 자식……!"

"왜 그러지, 트리폰. 이 정도 지출은 아프지도 가렵지도 않을 텐데? 백극연방의 공산당원이었던 주제에 하도 짠돌이라 사유재산이 썩어 넘칠 정도로 있다고 들었다만."

"핫, 가난뱅이의 삐뚤어진 질투입니까? 노후를 대비해 저축하는 게 뭐가 나쁘지요? 저로선 소중한 재산이 당신 위장에 들어가는 게 심히 마음에 들지 않는군요."

"네 음습한 주머니 속에서 쓰이지도 못한 채 썩어가는 거야말로 재산 입장에선 마음에 들지 않겠지."

"당치도 않은 헛소리를……. 애초에 보시죠, 이 질 떨어지는 메뉴들을. 이왕 돈을 낼 거라면 더 제대로 된 가게에 돈을 내고 싶군요. 아뇨, 아가씨의 센스를 모욕하려는 뜻은 아니니 부디 언짢게 생각하지 말아 주시길."

"내 눈에는 네가 만든 요리보다도 훨씬 맛있어 보이는데."

"뭣…… 그거야말로 모욕입니다! 앉아서 입에 넣기만 했던 당신한테 그런 소리 듣고 싶지 않습니다만?!"

"식사 당번은 나도 했어. 대체로 호평이었던 걸로 기억해."

"극찬한 사람은 코르네리우스뿐이었겠죠! 그래요, 알겠습니다,

앞으로 절대 스튜는 만들어 드리지 않겠어요. 아마츠 접시에만 독을 듬뿍 토핑해 드리죠."

후야오가 "시끄럽네……"라며 혀를 찼다.

스피카가 금방 나온 맥주잔을 손에 쥐고선, 건배도 없이 벌컥벌컥 들이켜기 시작했다.

"──푸하앗! 자자, 싸움은 그만하도록 해! 어서 요리를 시키지 않으면 날짜가 바뀔 거야?! 토끼도 까마귀도 기다려주지 않아!"

"흠, 그렇군. 그럼 모든 메뉴를──."

"미리 말해두지만 남기면 사형입니다!"

"……나는 우동 한 그릇이면 충분해."

아마츠가 진지한 얼굴로 슬쩍 방향을 틀었다. 트리폰은 승리를 만끽하듯 웃었다.

나도 오므라이스를 주문해 볼까── 했더니, 갑자기 스피카가 내 옆구리를 붙잡았다.

"그 말은 즉─! 테라코마리보다 내가 훨씬 더 언니라는 뜻!"

"마, 만지지 마! 그보다 무슨 얘기인데?!"

"나이 얘기야! 앞으로는 나를 제대로 공경하도록 해~!"

목소리가 평소보다 세 배는 커졌다.

얼굴이 새빨갛게 달아오른 걸 보니 맥주 한 잔에 취해버린 거겠지.

뒤집힌 달 멤버들은 스피카의 행동 하나하나에 상당히 주의를 기울이는 것처럼 보였다.

그건 아마 이 녀석이 조직의 맹주이자, 여기 있는 사람들을 단숨에 죽여버릴 수 있는 엄청난 힘을 갖고 있기 때문일 거다.

그런데 나는 이 테러리스트계 소녀에게 기묘한 감상을 품었다.

뭐라고 해야 하나, 얘는 진짜로 어린아이 같단 말이지.

어쩌면 그냥 단순히 남들과 거리를 좁히는 방식이 서투른 것 아닐까?

분명 스피카 같은 애가 같은 반에 있다면 혼자 겉돌 거라고 생각해.

스피카의 진짜 속마음은 제쳐두고서—— 쓸데없이 기가 센 말투도 그렇고, 불쾌할 정도로 밝은 미소도 그렇고, 뜬금없는 짓을 해서 남을 놀라게 만들려는 행동도 그렇고, 결코 친하다고 하기 힘든 사이인데도 중간 단계를 건너뛰고 민감하게 받아들일 수 있는 스킨십을 해대는 이런 느낌도 그렇고.

곁에서 보면 조금 안타까운 마음이 들게 하는 측면이 있다.

아니 뭐, 제정신이 아닌 테러리스트를 분석해 봤자 아무 소용도 없을지도 모르지만.

그냥 그런 녀석이라고 단정 지어 버리면 거기서 끝이다.

"그럼 시키고 싶은 메뉴는 다 정해졌네! 여기요~ 주문할게요~!"

스피카가 웃으면서 손을 흔들었다.

일단 지금은 붙잡힌 옆구리가 그대로 뜯겨나가지는 않을지가 걱정이다.

☆

이번엔 아무 일 없이 무사히 화장실에서 볼일을 마칠 수 있었다.

린즈가 "나도 같이 가줄게"라며 걱정해 줬지만, 역시 그건 창피했기 때문에 정중하게 거절했다. 무례한 놈들한테 얕보이지 않으려고 눈을 날카롭게 뜨고(원래보다는) 리벤지에 나선 것이다.

"하아~ ……스피카는 쓸데없이 텐션이 높단 말이지……."

세면대에서 손을 씻으며 가볍게 한숨을 내쉬었다.

어떤 면에선 지옥 같은 회식이었다.

테러리스트의 심기를 상하게 했다간 살해당할지도 모른다.

다시 말해, 나와 린즈는 우리에 갇힌 햄스터와 비슷한 신세다.

얼마 전이었다면 나는 당장 꽁무니를 빼고 도망쳤을 게 분명하다.

그런데 아직도 도망치지 않은 이유는——.

그저 '목적이 일치하는 동맹 상대'라서 그런 걸까.

아니면 그 녀석이 어떤 사람인지 조금씩 알게 되었기 때문일까.

"……일단은 자리로 돌아가자."

린즈를 혼자 남겨둔 건 실수였다.

스피카한테 온갖 장난을 당한 끝에 울고 있을 가능성도 있다.

나는 손수건으로 손을 닦고서 종종걸음으로 화장실에서 나왔다.

"기다려."

토끼처럼 제자리에서 펄쩍 뛰어올랐다.

또 양아치가 시비를 거는 건가?! ──나는 전전긍긍하며 목소리가 들려온 쪽으로 몸을 돌렸다.

여자 화장실 입구 근처 벽에 기모노 차림을 한 남자가 팔짱을 낀 채 서 있었다.

"아, 아마츠……? 무슨 일이야?"

"미스 건데스블러드── 아니, 테라코마리. 너한테 해두고 싶은 말이 있어."

카루라보다 훨씬 날카로운 시선이 나를 옭아맸다.

생각해 보면 이 사람은 알 수 없는 점이 한둘이 아니다.

뒤집힌 달과 친하게 지내는 이유는? 카루라한테 돌아가지 않는 이유는?

그리고 무엇보다도── 어째서 엄마의 편지를 갖고 있었던 거야?

"미안하지만 타이밍이 지금밖에 없어. 아가씨한테 들키지 않도록 같이 빠져나가지."

"빠져나가자니…… 어디로?"

"바로 옆이다."

──열핵해방【금석도월교(今昔渡月橋)】

아마츠가 칼을 뽑았다.

깜짝 놀라는 것도 잠깐뿐, 아마츠는 매끄러운 동작으로 칼로 공중을 베어 올렸다.

칼날이 허공을 가른 순간, 마치 공간이 찢어지는 것처럼 갈라지더니 시커먼 '상처'가 떠올랐다.

상황이 이해가 가지 않아 우두커니 서 있었더니, 상처는 눈으로 따라잡을 수 없을 만큼 빠르게 확대되었고——.

눈앞의 광경이 수면에 비친 달처럼 흐릿해졌다.

"——응??"

산들산들 봄의 밤바람이 분다.

청명한 풀벌레 소리가 고막을 흔들었다.

……어라? 여기는 어디?

나는 머뭇머뭇 주변을 둘러보았다.

아무래도 나는 약간 높은 언덕 위에 서 있는 모양이었다. 시야 아래에는 풀을 엮어 지붕을 만든 집들이 줄지어 있는 농촌 마을의 풍경이 펼쳐져 있었다.

밤하늘에 떠 있는 건 밝은 별들과, 조각구름.

그때 문득 위화감을 깨달았다.

이상했다. 조금 전까지 분명 보름달을 볼 수 있었는데, 갑자기 달이 보이지 않는다.

"——무사히 이쪽으로 넘어온 모양이군."

찰칵, 검이 검집으로 들어가는 소리가 들렸다.

아마츠가 뭔가 내키지 않는 듯한 표정을 짓고서 서 있었다.

"이쪽? 그게 무슨 뜻……?"

"저세상과 월령이 정반대인 세계. 즉, 우리가 원래 살아가던

Illustrations copyright©riichu

세계다. 이 바닥에선 '현세'나 '제1세계'라고도 불리지."

"뭐어?!?!?!"

원래 살아가던 세계라니…… 어? 진짜?

그럼 여기는 저세상이 아닌 거야? 이렇게 쉽게 넘어올 수 있는 거였어? 이 사람은 대체 뭘 어떻게 한 거야? ──당혹감이 한계에 도달해 춤을 추기 직전까지 갔을 때, 아마츠가 "진정해"라며 나를 제지했다.

"보름달, 혹은 초승달이 뜨는 밤엔 세계를 잇는 다리를 놓는다── 그게 내 열핵해방이다. 유린 건데스블러드의 편지를 너에게 전할 수 있었던 것도 이 힘 덕분. 참고로 이곳은 네오플러스의 이면이야. 이쪽 세계에선 아무런 특징도 없는 농촌인 모양이군."

"어째서?! 아니 진짜로 어째서……?!"

"알겠나, 이제부터 나눌 대화는 아가씨에겐 비밀이다. 절대로 입 밖에 내선 안 돼. 발설했다간 너는 알 수 없는 힘으로 죽게 되어 있어."

"…………."

카루라의 할머니도 비슷한 말을 한 적 있는 것 같은데…….

뭐 됐어. 진정하자. 지금은 정보를 캐내야 할 차례다.

나는 심호흡을 한 다음 똑바로 아마츠를 올려다보았다.

"……알겠어. 아무한테도 말 안 할 테니까 뭐가 어떻게 된 일인지 설명해 주겠어?"

"원래 그럴 작정이었다."

아마츠는 밑에 펼쳐진 풍경으로 시선을 돌렸다.

저녁 식사 때인 걸까, 집집마다 사람들이 담소를 나누는 소리가 들린다.

"내가 너에게 전하고 싶은 것은── 쉽게 말해, 『스피카 라 제미니를 상대로 마음을 놓지 마』라는 거다."

"마음을 놓을 생각은 없는데……."

"과연 그럴까. 너는 적한테도 동정심을 품고 마는 궁극의 물러터진 성격이야."

대구할 말이 없었다. 설령 죽이려 드는 사이라고 해도 잘 터놓고 얘기해 보면 서로 이해할 수 있어── 나는 그런 사고방식을 토대로 살아가는 면이 있다.

"어디서부터 얘기해야 할지 고민되는 부분인데…… 그렇지. 나는 원래 천조낙토의 오검제였다만, 선대 오오미카미에게 명령을 받아 뒤집힌 달에 잠입하게 되었다."

"스파이라는 뜻? 역시 아마츠는 뿌리까지 뒤집힌 달이었던 건 아니었구나."

"그래. 당부하지만 아가씨에겐 말하지 마."

물론이라는 뜻으로 고개를 끄덕였다.

"고맙다. ……선대의 말로는 『신을 죽이는 사악을 방치했다간 세계가 멸망한다』는 모양이다. 이건 그저 지레짐작으로 하는 말이 아니야. 실제로 미래를 보고 온 사람이 하는 말이니 틀림없겠지."

"선대 오오미카미 씨는 점술이 특기였던 거야?"

"…………그런가. 카루라는 말하지 않은 건가…… 귀찮은 걸……."

아마츠는 진심으로 귀찮다는 듯이 얼굴을 찡그렸다.

"선대 오오미카미면 얼굴에 부적을 붙이고 다니던 그 사람 맞지?"

"그래. 그리고 그 선대 오오미카미는 2년 후의 미래에서 온 아마츠 카루라다."

"엥?"

"떠올려 봐라. 목소리랑 행동거지가 닮았잖아? 그 사람은——운명을 바꾸기 위해 12년 정도의 시간을 거슬러 왔던 아마츠 카루라 본인이야."

"…………뭣."

뭐어어어어어어어어어어어어어————?!

내 절규가 초승달이 뜬 밤하늘에 울려 퍼졌다.

깜짝 놀란 마을 사람들이 집에서 나왔다.

다들 수인이다. 이곳은 라페리코 왕국일지도 모르겠다.

나는 눈이 휘둥그레져서는 말을 잇지 못했다.

아마츠는 어처구니없다는 듯이 한숨을 쉬고선 천무제의 진상과 선대 오오미카미의 정체, 그리고 그녀가 마지막에 어떻게 되었는가를 설명해 주었다.

"——그렇게 돼서 선대 오오미카미는 역할을 완수하고 사라졌다고 하더군."

"으, 우으으으으, 흐으으으으으흑……!!"

나는 어느새 오열하고 있었다.

너무 슬픈 이야기였다.

설마 선대 오오미카미에게 그런 뒷사정이 있었을 줄은 생각조차 못 했다…… 아니, 잘 생각해보면 여러 가지 복선은 있었을 테지만 그때 나는 천무제만으로도 필사적이라 거기까지 머리가 돌아가지 않았다.

테러리스트로 인해 세계가 파괴당하는 걸 막기 위해 아마츠카루라는 자신의 시간을 희생해서 과거의 자신에게 미래를 맡겼다.

나였다면 그런 선택은 하지 못했겠지.

카루라는 정말로 위대한 오오미카미였다.

"오오미카미 카루라가 내 앞에 나타났던 건 10년도 더 된 일이다. 물론 처음엔 『미래의 아마츠 카루라』라는 말을 들어도 쉽게 믿지 못했어. 왜냐하면 당시 카루라는 겁쟁이에 건방진 꼬맹이에 지나지 않았으니까. 그거가 그렇게 성장할 거라곤 아무도 상상 못 하잖아."

"『그거』라고 해도 무슨 느낌인지는 잘 모르겠지만……."

"아니, 카루라의 과거는 아무래도 좋은 부분이군. 아무튼 처음엔 믿지 못했지만 결국 증거를 들이미는 탓에 믿을 수밖에 없었어. 그리고 오오미카미 카루라에게 전해 들은 얘기는 테러리스트로 인해 파괴당한 미래의 이야기였다."

그거야말로 쉽게 믿기 힘든 이야기였다.

레이게츠 카린이 오오미카미가 된 탓에 천조낙토는 뒤집힌 달에게 찬탈당했고, 다른 나라에 선전포고를 반복했다——.

"나는 열여섯이 됐을 때 뒤집힌 달을 조사할 것을 명령받았고, 열여덟이 됐을 때 오검제에 취임, 천조낙토를 뛰쳐나와 뒤집힌 달에 잠입하는 데 성공했다. 동기 중엔 네가 퇴치한 오디론 메탈도 있었지."

뒤집힌 달에는 무자비한 테러리스트가 여럿 있었다.

내 친구도 인생이 뒤바뀔 만큼 피해를 보았다.

"스피카 라 제미니에게 인정을 받기 위해서 갖은 노력을 했어. 네가 질색할 만한 나쁜 짓에도 손을 담갔지. 어쩔 수 없는 일이었다—— 라고 정당화할 생각은 없어. 하지만 적어도 오오미카미 카루라의 명령을 수행하기 위해서 필요한 일이었다."

"그렇게…… 스피카에게 접근했다는 뜻?"

"그래. 하지만……."

아마츠는 살짝 입을 열길 망설였다.

"그 소녀에겐 세계를 파괴할 생각 따위 없어. 녀석이 하는 생각은 오로지 '방 안'에만 쏠려 있지. 과거의 너와 비슷한 상태야."

"무슨 뜻이야? 그 녀석도 은둔형 외톨이였던———— 앗."

"숨길 필요 없어. 네가 방 안에 틀어박혀 있었다는 것쯤이야 알고 있거든."

"…………."

왠지 창피해졌다.

아마츠는 "뭐, 아무튼" 하고서 얘기를 되돌렸다.

"나는 스피카가 세계를 파괴할 거라는 생각은 안 들어. 그 녀석은 저세상으로 가고 싶을 뿐이야."

"저세상을 평화로운 낙원으로 만들고 싶다는 소리를 했었지…… 어라? 그치만 아마츠는 저세상으로 갈 수 있잖아? 그 힘으로 스피카를 데려가 주지는 않았던 거야?"

"같이 데려갈 수 있는 것에는 크기 제한이 있어. 게다가 굳이 적의 바람을 이뤄줄 필요성도 느끼지 못했고. 내가 그 녀석에게 가져다준 건 『유세이라는 테러리스트가 저세상에서 날뛰고 있다』는 정보뿐이야."

아마츠는 곤란하다는 듯이 눈썹을 찌푸렸다.

"……나는 솔직히 아가씨보다 유세이가 더 위험하다고 생각해."

"유세이라면…… 성채의 보스였지."

"그래. 그 녀석 탓에 저세상은 전란이 끊이지 않고 있어. 네 어머니가 막고 있지 않았다면 지금쯤 이쪽 세계까지 전쟁에 침식되었겠지."

"그, 그렇지! 아마츠는 엄마랑 아는 사이야……?!"

"오검제 시절 죽고 죽이던 때부터 알고 지냈다. 그 사람은 6년쯤 전, 천재지변에 말려들어서 저세상으로 넘어가고 말았지. 그리고 유세이라는 인물이 전란을 일으키고 있다는 걸 알게 된 뒤부턴 거기에 대응하느라 바쁘게 지내고 있어. 저걸 가만 내버려뒀다간 이쪽 세계까지 침공해 올 기세였으니까. 알다시피 로샤 네르잔피는 요선향을 엉망으로 만들었지."

"아, 아니 잠깐 기다려 봐. 엄마는……."

"무사해. 죽지 않았어."

"그게 아니라. 아니, 그것도 중요하지만, 엄마는…… 어째서 돌아오지 않았던 거야……?"

"계속해서 싸우고 있어. 사람들의 조그만 행복을 위해…… 몸을 깎아가며."

과연 유린 건데스블러드다.

나 같은 방구석 흡혈귀와는 완전히 다르다.

그래도——.

"그래도, 가끔은 얼굴을 비춘다거나."

"현세와 저세상을 왕복하는 게 힘든 일임은 너도 알고 있잖아? 게다가 내 열핵해방으로 옮길 수 있는 건 작은 수하물뿐이야. 그 사람은 키가 커서 못 옮겨."

"그럼 나는 어떻게 옮길 수 있었어?"

"키가 작아서야. 너는 아슬아슬하게 '수하물'로 판정된 모양이지."

"수하물 사이즈라 미안하게 됐네!"

"오히려 잘 된 거 아닌가? 이대로 원래 세상으로 돌아가는 것도 가능하다고?"

나는 잠깐이지만 말문이 막혔다.

듣고 보니—— 간절히 바라고 바랐던 고향이 지금 눈앞에 펼쳐져 있었다.

하지만 나에겐 해야 할 일이 남아 있다.

"……지금 돌아갈 수는 없어. 나는 성동에 가야만 해."

"그랬지. 얘기를 계속하자."

아마츠는 시원스레 대답하고선 팔짱을 꼈다.

"나는 뒤집힌 달에 스파이로 잠입해 있는 동시에 용병단 '풀문'에도 협력 중이야. 두 조직에서 활동한 경험을 토대로 말하건대, 명백히 유세이 쪽이 더 위험해…… 실제로 오오미카미의 이야기론 트레몰로 파르코스텔라는 제1세계에서 크게 날뛸 예정이라더군."

"그래? 역시 실로 사람을……."

"그 녀석에겐 숨겨진 능력이 있어."

"뭐야, 그게. 아직도 뭐가 더 있는 거냐고."

"발동 조건은 불명이지만, 새까맣고 부정한 기운을 조종하는 능력으로 보여. 오오미카미 카루라 얘기론 그 녀석 탓에 미래의 네리아 커닝엄이 목숨을 잃게 된다고 하더군."

할 말을 잃었다.

굳어 버린 나를 무시하고서 아마츠는 말을 이었다.

"즉, 성채는 그만큼 위험하다는 뜻이다. ……하지만 오오미카미 카루라에게 『스피카보다 유세이에게 힘을 쏟아야 해』라고 진언해도 귀를 기울여주지 않았어. 그 사람은 『자신이 본 건 스피카 라 제미니가 세계를 멸망시키는 광경』이라며 완고하게 주장했거든. 미래엔 트레몰로도 스피카의 부하가 되어 따랐다는 모양이야."

"으으음……? 다시 말해 어떻게 된 거지……? 트레몰로가 뒤집힌 달의 멤버가 되었다는 뜻이야……?"

"세상은 애매모호한 일투성이야. 누가 적이고 누가 아군인지 아직까진 알 수 없어."

아마츠는 초승달이 뜬 하늘을 올려다보며 한숨을 쉬었다.

"단지── 안개 속을 더듬어 찾는 듯한 지금 상황 속에서 내가 믿는 건 그 사람뿐이야. 그 사람이 하는 말이면 그게 정답이라고 믿고 싶어. 그래서 너에게 『스피카를 상대로 마음을 놓지 마』라고 충고해 두는 거다."

"……그런가. 그렇게 된 거였구나."

"참고로 너는 언젠가 스피카와 싸우다 죽게 된다고 하더군."

"은근슬쩍 무서운 소리 하지 말아줄래……?"

그건 분명 거짓말이야── 라고 주장할 순 없었다.

그 녀석이 나를 살해하는 광경을 머릿속에서 쉽게 그릴 수 있었으니까.

아마츠는 가늘게 뜬 눈으로 나를 노려본다.

봄의 밤바람에 기모노를 나풀거리면서 조용히 입을 열었다.

"뒤집힌 달 멤버들은 믿지 마. 스피카는 물론이고, 트리폰과 코르네리우스도 사악한 의지력을 가지고 있어. 너무 친근하게 굴다간 아픈 꼴을 당할 거다."

"……아마츠랑 후야오는?"

"나도 믿을만한 사람은 아니야. 타인을 속이기만 하는 악당이다. 그리고 후야오는── 현재로선 그 녀석이 제일 위험하겠지."

"그치만 걔는 나를 구해줬는데?"

"네오플러스에 온 뒤로 낌새가 이상해. 뭔가 골똘히 생각하는 기색이야."

짚이는 게 없었다.

나보다도 오랫동안 알고 지냈던 아마츠가 하는 말이니 아마 맞는 말이겠지만.

아마츠는 "이걸로 얘기는 끝이다"라며 발걸음을 돌렸다.

"——아무쪼록 정신 바짝 차리라고, 테라코마리 건데스블러드. 네가 죽으면 카루라가 슬퍼해."

☆

아마츠가 다시 한번 열핵해방을 발동하자, 주변 경치가 저세상의 술집으로 바뀌었다.

스피카가 "어디 갔다 온 거야~!"라며 달아오른 얼굴로 엉겨 붙는다.

어우 술 냄새. 완전히 취했다.

이제 보니 스피카의 손에는 목줄이 쥐어져 있었다. 줄은 린즈의 목에 채워진 고리에 이어져 있다. 린즈는 울상을 지으며 "도와줘"라고 호소했다.

이러면 전쟁도 불사할 수밖에 없다.

내가 "린즈를 괴롭히지 마!"라고 절규하자, 스피카는 "얘는 내가 기를 거야!" 같은 소리를 꺼냈다. 머리끝까지 화가 치솟아서 린즈의 명목상 결혼 상대는 나임을 논리적으로 설명했다. 그랬더니 스피카가 큰 소리로 폭소했고, 린즈는 보는 사람이 부끄러울 정도로 얼굴이 빨개졌다. 괜히 부끄러워져서 나는 자리에 앉아 마시던 우롱차를 입에 가져갔다. 그런데 스피카가 고춧가루를 마구 넣어놓은 탓에 분수처럼 차를 뿜고 말았고, 그 우롱차에 직격당한 트리폰의 얼굴이 움찔움찔 경련하면서 분노의 파동을 퍼뜨리자, 그걸 본 스피카는 또다시 폭소하고——.

그런 느낌으로 회식이 끝났다.

여관방에 들어오자마자 피로가 물밀듯이 몰려왔다.

대체 뭐야, 스피카 녀석.

우리 여동생과 맞먹을 정도로 말괄량이 흡혈귀잖아.

저 녀석 밑에서 몇 년이나 스파이를 하고 있는 아마츠는 진짜 존경스럽네.

"하아…… 목욕해야지."

한숨을 내쉬고서 나는 방에 딸린 욕실로 향했다.

"기왕 묵는 거 세금으로 비싼 곳에서 묵어보자!"라는 스피카의 한 마디에, 지금까지 묵었던 싸구려 여관 대신 방에 욕실이 딸린 고급 숙소로 바뀐 것이다.

일단은 따뜻한 물에 몸을 담그고 피로를 씻어내자.

아마츠가 건넨 충격적인 정보 때문에 머리가 펑크 나기 직전이니까.

달칵.

욕실 문을 열자, 그곳에는 알몸인 후야오가 서 있었다.

"…………."

"………………."

축축한 금발, 불그스레한 뺨, 물을 머금어서 작아진 꼬리.

모락모락 피어오르는 수증기를 두르고서 나를 가만히 바라보고 있다.

나도 덩달아 무심코 후야오의 몸을 가만히 관찰했다.

상처투성이였다.

가슴과 복부에는 넘어져서 생긴 걸로는 보이지 않는 상처들이 잔뜩 새겨져 있었다.

나는 오싹했다. 설마 비수랑 싸우다가——.

"……뭘 보는 거냐."

"으왓?! 미, 미안!"

나는 황급히 시선을 돌렸다.

후야오는 찰박찰박 발소리를 내면서 침대 쪽으로 걸어갔다. 가방을 뒤적거리며 속옷과 잠옷 등을 꺼내고선, 나 따위는 안중에도 없는 기색으로 옷을 입기 시작했다.

"어, 어째서 후야오가 여기 있는 거야?"

"……듣지 못한 건가? 여기는 2인실이다."

그러면 왜 이렇게 룸메이트가 정해진 거지?

대충 예상이 간다. 스피카가 또 재미 삼아 멋대로 정한 게 분명했다.

"……어라? 술집에서 같이 돌아왔던 거 같은데……?"

"네 눈은 옹이구멍인 모양이군. 나는 진즉에 먼저 빠져나왔다고. ……그런 분위기는 마음을 마모시켜."

내가 당혹스러워하는 사이에 후야오는 잠옷으로 갈아입었다.

수인용 잠옷이라, 허리 부분에 꼬리 구멍이 뚫려 있는 타입이다.

……어떻게 대해야 할지 모르겠다.

그래도 확인해둬야 할 게 있었다.

"후야오, 다친 거야?"

"……? 다친 곳은 없어."

"그치만 상처가."

칫, 하고 노골적으로 혀를 차는 소리가 들렸다.

"……아무래도 좋아."

"괜찮을 리가 없잖아?! 어서 병원으로 가자!"

"이건 옛날 상처다. 비수한테 당해서 난 게 아니야."

영문을 모르겠다.

오래된 상처라고 해도…… 그런 상처는 마핵이 있으면 이미 나았을 텐데.

그런데 후야오는 내 생각을 꿰뚫어 본 것처럼 "흥" 하고 비웃으면서 말했다.

"몸의 손상—— 즉, 변화는 일정 시간이 지나면 '몸의 일부'로 간주되어 마핵의 회복 효과가 미치지 않게 돼. 나는 상처를 입을 때마다 마핵의 효과 범위 밖으로 나가 자연치유에 몸을 맡겼어. 그러니 흉터가 남는 것도 당연하지."

"왜, 왜 그런 짓을 하는 거야?"

"고통은 사람을 성장시키니까."

얘는 바보일지도 모른다.

누구든 아픈 건 싫을 텐데. 점점 마음을 마비시키는 독과 같은 것일 텐데.

하지만── 오늘 싸움에서 입은 부상이 아니라면 내가 더 이상 이러쿵저러쿵 참견해봤자 소용없겠지.

"신경 꺼. 나는 잔다."

"……꼬리, 안 말리고 자게?"

후야오가 나를 살인마의 눈으로 노려본다.

무서워서 바로 방에 틀어박히고 싶어졌지만 이건 틀림없는 찬스였다.

이 녀석 덕에 두 번이나 목숨을 건졌는데 아직 감사 인사를 하지 못했으니까.

나는 용기를 긁어모아 입을 열었다.

"오늘은 구해줘서 고마워. 덕분에 죽지 않고 살았어."

후야오는 '푹' 소리가 나도록 베개에 얼굴을 묻었다.

엎드려서 자는 타입일지도 모르겠다.

꼬리를 붕붕 흔들면서 귀찮다는 듯이 "그래……"라고 한숨과 함께 대답했다.

"……너는 내가 죽인다. 그런 괴물한테 살해당하면 곤란해."

"혹시 천조낙토 때 일로 앙심을 품은 거야?"

"너 때문에 나는 굴욕을 맛봤어. 원한이야 뼈에 사무치지── 하지만 지금은 죽이지 않겠어. 왜냐하면 너는 죽을 각오가 되어 있지 않으니까."

나는 자연스레 고개를 갸웃거렸다.

"……그거 전에도 했던 말이지만 무슨 뜻이야? 무턱대고 사람을 죽이는 건 아닌…… 거지?"

"그래선 짐승과 다를 바 없어. 나는 짐승이 아니야."

아마츠는 후야오에 대해 '뭔가 골똘히 생각하는 기색이다'라고 말했다.

듣고 나서 보니 후야오의 상태가 어딘가 이상하다.

언젠가부터 그 까불대던 두 번째 인격이 나타나지 않게 됐다.

그렇다고 레스토랑에 가기 전에 나타났던 제3의(?) 인격이 튀어나오는 것도 아니고── 뭐 그건 제쳐두기로 하자.

이 기회에 후야오에 대해 깊이 알아보는 것도 나쁘지 않겠는걸.

나는 가방을 뒤져서 팩에 담긴 유부초밥을 꺼냈다.

후야오가 먹고 싶어 하는 기색이길래 회식 전에 미리 사뒀던 유부초밥이다.

"있잖아, 후야오. 왜 그런 사고방식을 가지게 되었는지 가르쳐 주지 않겠어?"

"시끄러. 어린애는 잘 시간이다."

"2차야, 2차. 유부초밥도 있으니까."

"!"

후야오의 꼬리와 여우귀가 쫑긋거린다. 보아하니 관심이 동한 모양이다.

"음식이 상하게 내버려 둬서야 아깝지."

후야오는 대충 갖다 붙인 티가 나는 핑계를 대며 슬금슬금 침대에서 몸을 일으켰다.

"──후야오는 이중인격이야? 다른 쪽은 뭐 하고 있어?"

"그쪽은 자고 있어. 네오플러스에 도착한 뒤부터 '이면'이 조용해졌어. 언제나 툭하면 튀어나와서 멋대로 휘젓고 다니는데──."

유부초밥을 먹으며 후야오가 대답했다.

이렇다 할 표정은 없다. 여전히 테러리스트답게 험악한 얼굴이다.

여우 꼬리가 살랑살랑 리드미컬하게 흔들리고 있는 걸 보건대, 조금은 기분이 풀린 걸까?

"──지금은 반응하지 않아. 그래서 '표면'인 내가 계속 주도권을 쥐고 있지. 피곤한걸."

"아니, 평범한 사람은 그게 당연한 건데…… 언제부터 그런 느낌이었어? 태어났을 때부터 표면과 이면이 있었던 건 아니지?"

"몇 년 전부터다. 옛날엔 더 많은 인격이 있었던 것 같은 느낌이 들지만 언젠가부터 '이면'에 집약되었어."

뭐야 그거. 심리 전문가가 아니라서 어떤 구조인지 전혀 모르겠다.

아무튼 지금의 후야오는 '표면'.

나로선 이쪽이 더 얘기하기 편한 느낌이다.

"그렇구나. 하지만 내 안에 또 다른 내가 있다는 건 상상이 잘 가지 않는걸…… 힘들 것 같아."

"그렇지도 않아. 기본적인 주의는 변하지 않으니까── '이면'

도 『사람은 죽을 자리를 선택할 수 있어야 한다』는 사상을 토대로 움직이는 거야."

"죽을 각오가 없는 사람은 죽이지 않는다고 했던가?"

"그래. 내가 지금까지 목숨을 앗아간 사람은 나에게 죽을 각오로 맞섰던 사람들뿐. 단 한 사람도 예외는 없어."

후야오는 가볍게 탄식했다.

"……이제 충분하겠지. 그저 그것뿐이다. 재미있는 얘기도 뭣도 아니야."

"후야오는 왜 뒤집힌 달에서 활동하는 거야? 목적은?"

"……내 목적은 강해지는 것. 뒤집힌 달에 있는 이유는……아가씨가 나를 거둬줬으니까."

"스피카가? 후야오는 어디 출신이야? 라페리코 왕국?"

"…………."

역시 질문이 너무 많았던 걸지도 모른다.

화가 난 걸까, 대답할 말이 궁한 걸까, 굳은 표정에서는 아무것도 읽어낼 수 없었다.

후야오는 잠시 틈을 두고서 입을 열었다.

"나는 라페리코 왕국의 농촌 마을 출신이지만 그 마을은 이제 존재하지 않아. 멸망당했어. 그리고 갈 곳 없는 고아가 되었지."

"어……."

"게다가 운 나쁘게도 폭풍을 만났고, 정신을 차려보니 알 수 없는 곳에서 땅바닥을 기고 있었어. 그런 나를 주워준 사람이 아가씨였다. 그 소녀를 좋아하진 않지만, 입은 은혜가 있으니

따르고 있는 거야."

후야오는 세 번째 유부초밥으로 손을 뻗었다.

회식 자리에선 뭘 제대로 먹지 않은 모양이라 어쩌면 배가 고팠던 걸지도 모른다.

나는 뭐라 대답해야 좋을지 모르는 채로 입을 다물었다.

마을이 멸망했다는 얘기는 너무 무거운 화제였으니까.

그 침묵이 불편하게 느껴졌는지, 후야오가 "어이" 하고 어색하게 말을 걸었다.

"······너는 무슨 목적을 갖고 살고 있지? 혹은 뭘 목표로 삼고서 살고 있는 거지?"

"그건······."

조금 고민한 다음 대답했다.

"······휴가일까? 그리고 맞아, 세계 평화라든가."

"그건 훌륭한 목표인걸."

"부정하지 않는 거야?"

"부정해봤자 의미가 없어. 어차피 네 뜻은 흔들리지 않겠지. 사람과 사람은 서로 이해할 수 없는 존재다── 트리폰이 하는 말이야. 그 말이 딱 들어맞는걸."

"에둘러서 부정하지 말라고······."

"그러니까 부정하는 게 아니야. 네 이상은 전 인류의 비원이기도 하겠지."

나는 놀라서 후야오의 얼굴을 응시했다.

"세계가 평화롭다면 전쟁으로 슬퍼하는 사람도 사라지게 돼.

아가씨도, 나도, 뒤집힌 달의 멤버들까지 누구나 그걸 바라고 있어. ……바라고는 있지만 쉽게 실현할 수 없는 목표니까 괴로워하고, 발버둥 치고, 테러리스트라고 불리게 되는 거다. 그래서…… 흔들림 없는 마음으로 세계 평화를 외치는 너 같은 사람은, 눈부셔 보여."

후야오의 말에는 거짓 없는 순수한 마음이 담겨 있었다.

어쩌면, 어쩌면,

뭔가 계기가 있다면, 이 여우 소녀와 서로를 이해할 수 있을지도 몰라.

손 쓸 도리가 없는 테러리스트지만, 카루라의 꿈을 바보 취급했던 살인귀지만, 그래도 화해할 수 있지 않을까.

"──그, 그렇지!"

나는 유부초밥 팩을 집어 들고 그걸 후야오의 입가로 가져갔다.

"누구나 세계가 평화로운 걸 바랄 게 당연하지! 확실히 저 세상도 평화로워지면 마음껏 유부초밥을 먹을 수 있게 될 거고."

"아니, 유부초밥은 아무래도 좋다만……."

"자자, 먹어! 아직 많이 있으니까!"

"됐어. 네가 먹── 읍."

후야오의 입에 초밥을 밀어 넣었다.

처음엔 저항하는 기색을 보였지만, 금방 얌전해서는 새빨개진 얼굴로 우물우물 먹기 시작했다.

살인귀에게 하기엔 너무 대담한 짓이었다.

그래도 후야오가 무턱대고 사람을 죽이는 인간은 아니라는 걸 알았다. 사람은 죽을 자리를 선택할 수 있어야 한다── 그 사상은 그녀의 솔직한 마음에서 우러나온 게 틀림없으니까.

후야오는 유부초밥을 꿀꺽 삼킨 뒤, 나를 노려보았다.

"……너무 나대면 죽일 거다."

"그, 그래도 맛있었지……?"

"…………."

부정도 긍정도 하지 않는다.

어쩌면 친해질 수 있지 않을까── 나는 그런 어렴풋한 희망을 가슴에 품었다.

후야오에겐 적의가 없다. 물론 살의도 없다.

테러리스트답지 않은 온화한 분위기까지 풍기고 있다.

그 탓에, 나는 한 걸음을 더 내딛고 말았다.

"……세계 평화는 이룰 수 있어. 그렇게 어려운 일은 아닐 거야."

"잠꼬대로군. 이 세계만 보더라도 참혹한 전쟁으로 넘쳐나고 있지 않나."

"저세상의 전쟁도 금방 끝날 거야. 왜냐하면…… 우리 엄마도 노력하고 있으니까."

"──────."

후야오의 표정이 얼어붙었다.

그러나 나는 그걸 눈치채지 못했다.

상대가 자신에 대해 가르쳐줬으니까, 나도 답례로 이것저것 가르쳐 주자── 그런 쓸데없는 배려심을 발휘해, 주절주절 떠들었다.

"엄마는 정말로 대단해. 세계 평화를 위해 지금도 어디선가 싸우고 있어. 사실은 지금까지 죽은 줄로만 알았는데, 최근에 무사하다는 걸 알게 됐거든."

"그런가."

"엄마는 나에게 『곤란해하는 사람을 도우렴』이라고 메시지를 주셨어. 그래서 나는 세계 평화를 목표로 노력하고 싶어. 언젠가 엄마처럼 될 수 있으면 좋겠다고 바라니까…… 뭐, 나 같은 건 도저히 따라잡을 수 없겠지만."

"……그런가."

"이제 곧 만날 수 있을 것 같은 느낌이 든단 말이지. 하지만 정작 다시 만나면 말문이 막힐지도 몰라. 무슨 얘기를 해야 좋을지도 모르겠고…… 그렇지, 후야오도 만나 볼래? 황제 말로는 엄마는 싸우는 걸 엄청 좋아했다고 그랬으니까 의외로 마음이 맞는 거 아닐까?"

베이는 소리가 났다.

내 뺨에 베인 자국이 남는 소리다.

예리한 통증을 느낀 직후, 시야가 뒤집어졌다.

이어서 풀썩! 하고 침대 매트에 처박히는 감촉.

나는 무슨 상황인지 조금도 파악하지 못한 채 침대에 밀려 넘어졌다.

푹!! ──귓가에 칼이 박혔다.

"어……."

바로 눈앞에 살기로 번들거리는 후야오의 눈동자가 보였다.

한기가 느껴질 정도로 낮게 깔린 목소리로 속삭인다.

"부모의 죄는 자식에게 대물림 되는 게 아니야. 하지만 너무나도 불쾌해."

"가, 갑자기 무슨 일이야…… 후야오."

"유린 건데스블러드는 내 고향을 멸망시킨 장본인이다."

심장이 멎는 줄 알았다.

듣자마자 묻혀 있던 기억이 자동으로 떠올랐다.

벚꽃잎이 휘날리던 동도── 어렴풋이 떠오르는 광경의 한가운데에서 상처투성이인 여우 귀 소녀가 목이 갈라지도록 절규하고 있었다.

──남의 꿈 따위 알 바 아니야! 나는 내 꿈을 추구하고 있을 뿐이야!

──나는 그 누구보다 강해져서 되갚아 주겠어!

──내 고향을 엉망으로 부숴버린 유린 건데스블러드에게 복수해 줄 거야!!

디잉.

뭔가가 바뀌는 기척을 느꼈다.

"──미안, 후야오가 살짝 장난을 쳤군."

깜짝 놀랐다.

그건 후야오의 입에서 나온 말이었기 때문이다.

후야오의 모습을 한 누군가는 걱정스레 미간을 찌푸리며 나에게 손을 내밀었다.

"다친 데는 없는가? 이런, 뺨을 베이고 말았구나. 미안하다."

"무, 무, 무슨 일이――."

"후야오에게도 이런저런 사정이 있다는 이야기네."

항상 보던 텐션 높은 '이면'이 아니다.

무뚝뚝한 '표면'도 아니었다.

전혀 다른 사람이 그녀의 몸을 빌려 말하고 있는 듯한 기색마저 느껴진다.

혹은 후야오 안에 잠들어 있던 세 번째, 네 번째 인격인 걸까――.

디잉.

다시 한번 뭔가가 바뀌는 기척이 났다.

"――실례! 피가 나고 말았네요!"

이번엔 '이면'이다.

후야오는 싱긋 웃으며, 침대에 꽂힌 칼을 쑤욱 뽑았다.

온몸이 벌벌 떨리는 걸 참는 데만도 필사적이었다. 후야오에게서 풍겨 나오는 농밀한 살기가 나에게 엉겨 붙어 떨어지질 않는다.

나는 엄청난 지뢰를 밟아버린 것 같았다.

한순간에 이 소녀에 대해 알 수 없어지고 말았다.

"'표면'은 정신적으로 여린 면이 있어서 곤란하단 말이죠. '이면'인 제가 지탱해주지 않으면 땅에 발을 딛고 서는 것조차 제대로 하지 못해요."

"……너, 너는."

"겁먹지 마세요. 죽이지 않아요. ──다만, 네오플러스의 부정한 기운은 제 정신에 악영향을 미칩니다."

"방금 전 인격은 뭐였던 거야……?"

"애초에 '이면'은 여러 인격으로 나뉘어 있었어요. 시간이 지나면서 통합되었을 테지만── 어째서인지 이제 와서 슬그머니 부활했어요. 아마 모두 다 부정한 기운 탓이겠죠. '이면'인 제가 좀처럼 겉으로 나오지 못했던 것도, 인격에 혼선이 생겨 이상하게 나오는 것도, 광산 도시에 소용돌이치는 슬픔의 의지력이 작용한 결과이며──."

디잉.

또다시 뭔가가 바뀌었다.

"──성가셔. 머리가 아파. 나는 이만 자겠어."

"후, 후야오!"

"너도 그만 자도록."

그 말을 끝으로, 이후엔 무슨 얘기를 꺼내도 반응하지 않았다.

인격에 관해선 둘째치고──.

결국 우리는 서로를 받아들일 수 없는 운명이었던 걸지도 모른다.

엄마가 후야오의 고향을 멸망시켰을 거라곤 생각하기 힘들었다.

하지만 적어도 후야오는 유린 건데스블러드에게 원한을 품고 있다.

나는 속이 타는 걸 느끼면서 뺨에 손을 올렸다.

눈이 말똥말똥해서 잠이 올 것 같지가 않다.

이 여우 소녀는 대체 어떤 괴로움을 짊어지고 있는 걸까?

☆

"——으랏차아아아아아아아아!! 탈옥에 성공했다 짜식들아아
아아아아!!"

한밤중.

지사부 뒤뜰에서 달을 향해 포효하는 소녀가 있었다.

옷은 너덜너덜. 온몸 구석구석이 진흙으로 더러워진 데다가
자잘한 긁힌 상처까지 생겨 있었다. 오른손에 꼭 쥐고 있는 건
끝이 뭉툭해진 스푼, 그리고 그녀의 발아래엔 사람이 간신히 지
나다닐 수 있을 만한 구멍.

뒤집힌 달에 잡혀 갇혀 있던 소녀—— 네프티 스트로베리.

하룻밤을 꼬박 새워 지하 감옥의 벽을 파냈고, 젖 먹던 힘까지
끌어올려 지상까지 기어 올라온 것이다.

"후후…… 후후후후…… 기다리고 있으라고. 내가 죽여 줄 테
니까."

복수의 불꽃이 활활 불타오른다.

녀석들은 네프티에게서 모든 것을 앗아갔다. 그리고 이번엔
성채에게서 모든 걸 앗아가려고 계획 중이다. 반드시 이 두 손
으로 녀석들을 미이라로 만들어 주겠어.

하지만 그러기 위해선 관이 필요하다.

네프티는 맨몸으론 스피카한테도, 테라코마리한테도 이길 수 없으니까.

우선은 건물 안을 탐색해 볼 수밖에 없다.

다 내다 버린 게 아니라면 좋을 텐데—— 네프티는 스푼을 땅에 버리고서 닌자처럼 살금살금 조심스러운 발걸음으로 뒷문을 향해 돌아 들어갔다.

그랬는데.

"거기 누구냐!!"

"으젝."

갑자기 경비병한테 들키고 말았다.

제복 차림의 2인조였다. 또 감옥에 갇히는 건가?! ——싶어서 한순간 당황했지만, 침착하게 생각해 보면 당황할 필요는 1밀리도 없었다. 왜냐하면 자신은 샌드베리 백작, 다시 말해 그들이 받들어 모셔야 할 상관이니까. 역으로 지금 샌드베리 백작이 가짜라는 걸 증명해 주도록 할까.

"수고가 많아—. 이쪽은 아무런 이상도 없다구."

"새, 샌드베리 지사님?! 왜 이런 곳에서…… 게다가 그 차림은 대체."

"살짝 넘어지는 바람에. 아— 괜찮아, 괜찮아. 다친 곳은 없으니까. 그건 그렇고 너희들, 내 관 못 봤어?"

경비병들이 서로 얼굴을 마주 보았다.

그러더니 바로 의심스러운 시선을 보낸다.

"그건 지사님이 『필요 없어』라고 말씀하시면서 소각해 버리지 않으셨던가요."

최악이었다.

남의 물건을 멋대로 불태우다니이이이! ──그렇게 외치며 머리를 감싸 쥐고 싶어졌을 때, 문득 경비병들이 수상쩍은 눈초리로 자신을 바라보고 있다는 걸 깨달았다.

"……실례입니다만, 지사님. 『피자 재료는』?"

"응? 뭐라고?"

"암구호입니다. 지사님이 우리에게 명령을 내리셨죠? 자신이랑 똑같이 생긴 가짜가 나타날지도 모르니까 암구호를 정해둔다고요."

뭣이라…….

녀석들 천재냐고…….

"……어, 그게~, 뭐였더라? 넘어지는 바람에 기억이 가물가물하거든~ 미안하지만 암구호는 없었던 일로 해주지 않을래?"

"안 됩니다. 자, 『피자 재료는』."

"……………………………………양파?"

경비병들의 분위기가 달라졌다.

범죄자라도 보는 듯한 시선.

자다가도 벌떡 일어날 법한 외침이 지사부를 뒤흔들었다.

"──가짜다!! 체포해라!"

"내가 진짜인데에에에에에에에에에에에에에에?!"

네프티는 쏜살같이 도망쳤다.

경비병들이 우글우글 모여들었다. 게다가 "죽여라!" 등등 공무원으로서 부적절한 폭언을 내뱉으며 쫓아오는 게 아닌가. 이젠 눈물까지 솟았다. 저 녀석들도 네프티의 부하였을 텐데——.

젠장. 젠장. 젠장.

두고 보라고—————!!

몇 분 후.

간신히 추격을 뿌리치는 데 성공한 모양이다.

네프티는 더러운 뒷골목의 바닥에 풀썩 주저앉았다. 몇 번이나 넘어진 탓에 상처투성이였다. 바로 며칠 전까지만 해도 네오플러스현의 지사로서 호화찬란한 생활을 보내고 있었는데, 지금은 도주범처럼 비참한 상황이라니—— 어째서 자신이 이런 꼴을 당해야만 하는 걸까?

"젠장…… 웃기고 있어!"

묵과할 수 없는 사태다. 뒤집힌 달에게 좋을 대로 농락당하고 있다.

이런 일이 있어서는 안 돼——.

하지만 네프티는 한층 더 절망적인 걸 목격하고 말았다.

뒷골목에 있는 게시판.

거기에는 지사부에서 내린 공지가 붙어 있었다.

"뭐…… 뭐야 이게?!"

찢어질 기세로 황급히 종이를 뗐다. 그러고는 잡아먹을 기세로 글자를 눈으로 쫓았다. 공지에 쓰여 있는 글은 현지사인 샌드베리 백작이 '대탐험'이라는 이벤트를 기획 중이라는 정보였다.

또 멋대로 일을 벌이다니── 그런 불만을 토해낼 여유조차 없었다.

공지에는.

◆〈'대탐험' 공지 모두 함께 범죄자를 죽여보아요!〉

성동에 둥지를 튼 비수로 인한 피해가 나날이 증가하고 있습니다. 며칠 전엔 성동 앞 광장에 중형 비수가 출몰해 어린아이를 납치하는 사건이 발생했습니다. 이후에도 빈번하게 네오플러스 주거지에 나타나 사람을 납치하고 있습니다.

지사부의 조사에 따르면 비수를 조종하는 건 '성채'라는 테러리스트 그룹이라는 사실이 판명되었습니다. 그들은 성동 깊숙한 곳에 숨어들어 네오플러스의 질서를 파괴하고자 획책하고 있습니다. 가만히 내버려 둘 순 없습니다.

그래서 지사부는 네오플러스의 용병들에게 『토벌 명령』을 내립니다. 채굴권의 유무를 묻지 않습니다. 가능한 많은 용병으로 대대를 구성해 성동을 탐색하고, 성채의 아지트를 찾아내 비수까지 한꺼번에 싹 쓸어버리는 작전입니다. 목표는 두 사람──'유세이'와 '트레몰로 파르코스텔라'. 그들이 바로 네오플러스를 파괴하려는 만악의 근원입니다.

물론 참가 보수, 토벌 보수는 넉넉하게 지급하겠습니다. 네오플러스의 미래를 위해 부디 여러분의 힘을 빌려주세요.

"……………………큰일 난 거 아니야?"

큰일이다.

손이 떨리는 걸 막을 수 없었다. 등에서 식은땀이 줄줄 흐른다.

스피카 라 제미니를 너무 얕보고 있었다.

그 녀석이 사악한 의지력을 지닌 빌어먹을 흡혈귀인 건 알고 있었지만, 설마 이렇게까지 무시무시한 계획을 실천에 옮길 거라곤 상상도 하지 못했다. 네프티가 죽을힘을 다해 일구어 놓은 지위와 재산, 권력을 송두리째 앗아가고, 그렇게 빼앗은 것들로 네프티를 짓밟으려 하다니——.

"——이걸 어쩌면 좋아아아아아아아아아아아아아아아아아아아아?!"

머리를 쥐어뜯으면서 절규했다.

트레몰로는 아직도 지하에 틀어박혀 있다.

마핵을 채굴하면서 테라코마리와 스피카를 살해하기 위한 준비를 진행하고 있겠지. 하지만 네오플러스에서 떼로 밀려오는 용병들까지 상대할 여력이 있을 것 같지는 않았다.

어떻게 해야 하는 거야.

유세이, 정답을 알려줘——.

투욱.

등 뒤에서 무언가가 떨어지는 기척이 났다.

네프티는 반쯤 펄쩍 뛰듯 뒤를 돌아보았다. 그리고—— 그곳에 낯익은 토끼 인형이 앉아 있는 걸 보고는 경악해서 턱이 빠질 정도로 입이 딱 벌어졌다.

"유…… 유세이?! 유세이!!"

허겁지겁 인형을 집어 들었다.

유세이가 틀림없었다. 이 아이는 의지력의 조작을 통해 조금이라면 움직일 수 있다.

네프티는 "다행이다 다행이야♪"라고 펑펑 울며 토끼의 배에 뺨을 비볐다.

"유세이유세이유—세이! 내 말 좀 들어봐! 스피카가 완전 말도 안 되는 짓을 저질렀어! 이대로라면 트레몰로가 죽고 말 거야! 나는 어쩌면 좋아?!"

토끼 인형으로부터 의지력이 전해져 온다.

마음을 다독여주는 별의 힘.

이윽고 네프티는 모든 문제를 해결할 정답을 손에 넣었다.

"——어? 마력석? 네르잔피의? 하지만 그런 짓을 하면 성동이."

인형이 살짝 떨렸다.

유세이는 안심시키는 것처럼 『괜찮아』라고 속삭였다.

네프티의 불안이 안개처럼 흩어진다.

그녀가 그렇게 말한다면 아무런 문제도 없는 거다.

"——그렇구나. 트레몰로라면 괜찮겠지. 알겠어."

새벽녘의 떠오르는 햇빛이 네오플러스를 비춰준다.

네프티는 인형을 품에 안으며 생긋 웃었다.

그때, 갑자기 누군가가 다가오는 기척이 느껴졌다.

※

　검은 전갈의 보스── 유지나 스콜핀은 짜증이 가득 난 상태로 골목을 걷고 있었다.

　불쾌해진 얼굴. 부하들(수염과 반라)의 부축을 받으며 비틀비틀 동이 터 오는 네오플러스의 길을 나아가는 중이다.

　"……누님, 역시 너무 마셨어."

　"마시지 않고선 못 해 먹겠단 말이야! 다음 가게로 가자, 자식들아!"

　"아니, 벌써 아침이라고요. 오늘은 쉬시는 게……."

　"시끄럿!"

　성가시게 구는 부하의 뒤통수를 냅다 때려서 조용하게 만들었다.

　벌써 술집을 몇 군데나 전전하고 있었다.

　쉽게 말해서 횟술이다.

　유지나는 지금까지 순풍에 돛을 단 것처럼 승승장구하며 양아치로 살고 있었다.

　허약한 놈이나 갓 시골에서 올라온 얼뜨기를 보면 뒷골목으로 끌고 들어가 돈을 뜯었다. 냄새만큼은 누구보다도 잘 맡는 편이라, 지나친 욕심을 부리지 않고, 경비병이 오기 직전에 토끼처럼 잽싸게 도망친다── 최근 2, 3년 동안 그런 방식으로 살아왔다.

　조금만 더 하면 양아치 업계의 왕이 됐을 텐데.

그런데 그 계집애들 때문에 모든 걸 잃었다.

이름이 분명…… 테라코마리와 후야오.

현상범을 죽이기만 하면 되는 간단한 일이었을 텐데 오히려 역으로 당하고 말았고, 결국 검은 전갈의 명성은 땅에 떨어졌다.

"절대로 용서 못 해……! 다음에 만나면 죽여주겠어!"

"그 기백은 훌륭해! 박수를 쳐 줄게."

짝짝, 손뼉을 치는 소리가 들렸다.

쓰레기통 옆에 엄청 눈에 띄는 차림을 한 소녀가 서 있었다.

갈색 피부와 황금 장신구, 토끼 인형, 하나부터 열까지 조롱하는 듯한 예리한 눈빛.

하지만 누가 봐도 상태가 이상했다.

온몸이 진흙과 생채기투성이. 옷도 여기저기 찢어져 있었고, 거기서 한술 더 뜨듯 맨발이었다. 잘난 체하는 태도와는 어울리지 않는 볼품없는 꼬락서니다.

그건 그렇고 이 녀석, 어디서 본 적 있는 것 같은데——.

"누님! 이 녀석 샌드베리 지사라고요!"

"지사……?"

무슨 멍청한 소릴—— 그런데 듣고 보니 확실히 지사였다.

네오플러스의 발전을 일군 희대의 명군.

녀석은 자신만만한 웃음을 지으며 터벅터벅 걸어왔다.

"너희들, 검은 전갈 맞지? 네오플러스의 치안을 어지럽힌다던."

"핫, 체포하러 온 거냐? 지사님이 직접 행차하시다니 황공해서 몸 둘 바를 모르겠는걸."

"아냐아냐, 스카우트하러 온 거야."

스카우트? ──검은 전갈 세 사람은 고개를 갸웃했다.

네프티는 쿡쿡 웃었다.

"나는 테라코마리 건데스블러드와 후야오 메테오라이트를 없애고 싶어."

"!"

"협력해 주겠어? 녀석들이 밉지?"

유지나는 저도 모르게 한 걸음 뒷걸음질 쳤다.

테라코마리와 후야오를 죽이고 싶은 건 맞지만── 이 소녀에게서 느껴지는 정체를 알 수 없는 분위기는 대체 뭐지? 역전의 용병보다도 훨씬 더 위협적인 분위기가 느껴지잖아.

"……대체 목적이 뭐냐, 네 놈."

소녀는 키득키득 웃음소리를 흘린다.

아침 햇빛에 비친 그 얼굴은 시체처럼 무감정해 보였다.

샌드베리 지사는 말했다.

"우리 '성채'의 비원은 인류 멸망. 그리고 맹주인 유세이에게는 자금 조달과 호위를 명령받았어── 뭐, 이번 일은 섬멸이야. 네오플러스를 무너뜨리려고 획책하는 멍청이들, 즉 테라코마리와 스피카의 섬멸. 당연히 협력해 줄 거지?"

네오플러스 중앙 광장은 뜨거운 열기에 휩싸여 있었다.

어디를 둘러봐도 용병들로 한가득.

의욕과 살기, 욕망으로 끓어 넘치는 흉악한 녀석들이다.

대충 훑어봐도 천 명은 넘는다.

이렇게 숨어서 상황을 엿보기만 해도 현기증이 느껴질 정도로 후텁지근한 열기다.

왜 용병들이 이렇게 광장 가득 모였는가——.

이제부터 스피카가 기획한 '대탐험'의 개최 선언이 시작되기 때문이다.

용병들의 시선이 광장에 설치된 단상 위를 향했다.

정확히는 단상 위에 팔짱을 끼고서 당당히 서 있는 소녀, 샌드베리 지사에게 모여 있었다.

"제군들! 잘 모여 주었다!"

지사의 또렷한 목소리가 귓전을 때렸다.

용병들은 진지한 얼굴로 그녀가 하는 말에 귀를 기울이고 있었다.

"알다시피, 네오플러스는 궁지에 서 있다! 비수 놈들이 성동 밖으로 몰려나와 선량한 시민들에게 고통을 주고 있기 때문이다!"

비수. 새까만 짐승들.

녀석들은 요 며칠 사이 빈번하게 성동 바깥까지 모습을 드러
내며 사람들을 습격했다.

"원흉은 명백하다! '성채'라는 테러리스트다! 녀석들은 성동
깊숙이 둥지를 틀고서 비수를 조련하고, 사람들을 습격할 뿐만
아니라, 만다라 광석의 이권을 우리에게서 빼앗을 흉계를 꾸미
고 있다!"

샌드베리 지사는 주먹을 꽉 쥐면서 분노를 드러냈다.

용병들이 "용서 못 해!"라고 외쳤다.

지사는 "용서할 수 없겠지?!"라며 그 목소리에 호응했다.

"네오플러스의 평화와 발전을 가로막는 자들에게 철퇴를 내리
쳐야 한다! 그래서 나는 용병들이 참여할 '대탐험'을 기획했다!"

'대탐험'에 대한 공지는 이미 네오플러스 곳곳에 게시됐다. 이
곳에 모인 사람들은 지사의 생각에 공감하는 자들이었다.

"비수를 한 마리 쓰러트리면 10만 누코! 성채의 아지트를 찾
아낸 자에겐 100만 누코! 유세이, 혹은 트레몰로를 해치우는 자
에겐 1000만 누코를 지급한다! 참고로 만약 '반짝반짝 빛나는
별 같은 구체'를 찾아낸다면 지사부에 보고하도록! 보고하면
100만 누코!"

용병들의 눈이 번뜩 빛났다.

나는 안다── 저건 머릿속에 돈밖에 없는 자의 눈빛이다.

군중의 기대감이 고양됐다. 샌드베리 지사는 검지를 척, 치켜
올린 다음 돈에 눈이 먼 자들을 향해 우렁차게 선언했다.

"──자아, 함께 싸우자! 지사의 이름으로, 제군이 성동에서

욕망에 몸을 맡겨 성대하게 날뛸 것을 대대적으로 허가한다!"

우오오오오오오오오오오오오오오옷━━━━━━━━━━!!

샌드베리!! 샌드베리!! 샌드베리!!

광장의 온도가 5도쯤 올라갈 것 같은 환호였다.

이 녀석들 왠지 제7부대랑 닮았다는 느낌이 든다.

역시 어느 세계나 광전사란 이런 느낌이구나━━ 그렇게 생산성이라곤 조금도 없는 감상을 품고 있자니, 옆에 서 있던 스피카가 한 발 앞으로 나섰다.

"아주 잘했어, 후야오! 이걸로 용병들은 의욕만만이네!"

"의욕이 너무 지나친 거 아니야……? 여태까지의 경험을 통해 왠지 모르게 예상이 가는 게, 보통 이런 녀석들은 눈에 보이는 대로 마구 파괴하기 시작하던데……?"

"뭘 모르는구나, 테라코마리! 눈에 보이는 대로 파괴하는 게 목적이야!"

린즈가 "에엑……" 하고 질색하고 있었다. 스피카는 주머니에서 즐겨 먹는 사탕을 꺼내 들고선 입에 덥석 물었다.

"자, 성채를 박살 낼 준비가 드디어 갖춰졌어! 가자, 테라코마리! 즐겁고 신나는 살육의 시간이 바로 코앞으로 다가온 거야!"

"다가오지 않아도 돼━━ 야, 머리카락 잡아당기지 마!"

나는 스피카한테 이끌려서 광장으로 향했다.

☆

새삼 생각하지만, 스피카 라 제미니의 행동력은 괴물 그 자체다.

'대탐험'——그건 쉽게 말하면 용병들을 동원해서 성동을 습격하자는 작전이었다.

스피카는 샌드베리 지사(진짜 정체는 성채의 멤버인 네프티 스트로베리인가 하는 인물이라는 모양이다)의 자금과 권력을 강탈하여 눈 깜짝할 사이에 성채에게 체크메이트를 건 것이다.

내가 트레몰로였다면 아마 울었겠지.

이런 위험한 녀석들이 목숨을 노리고 있는 거니까.

"——수고했어, 후야오! 우리도 용병들 틈에 섞여 성동으로 가자!"

"그래."

퍼엉!!——샌드베리 지사의 모습이 연기에 휩싸이더니, 어느새 여우 귀를 단 소녀의 모습으로 변했다. 후야오는 나른하게 목을 돌리면서 말했다.

"연기하는 건 피곤하군. 이런 건 '이면'이 할 일인데……."

"그래도 후야오 덕분에 네오플러스는 우리 소유물이야! 가장 큰 공로자는 당신이 확정이겠네! 테라코마리도 그렇게 생각하지?!"

"어? 으응……."

후야오는 고개를 홱 돌려 외면했다.

그 일 이후로—— 숙소에서 있었던 사건 이후로 후야오랑 제대로 대화를 나눠보지 못했다.

이 녀석은 우리 엄마가 고향을 멸망시킨 악당이라고 생각하고 있다.

하지만 아마츠한테 물어봐도 "그 사람은 그런 짓은 하지 않아"라고 말했다.

그러니 이건 불행한 오해가 분명하다. 사실 여부를 제대로 확인해 볼 필요가 있다── 그렇게 생각해서 골이 나 있는 후야오에게 말을 걸어 보려고 했지만, 성과는 없는 거나 마찬가지였다.

말을 걸어도 무시당하기 일쑤.

유부초밥을 내밀어도 반응이 없었다.

용기를 쥐어 짜내 꼬리를 쥐어 봤더니, 갑자기 참격을 날려서 등 뒤에 있던 나무를 두 동강 냈다. 스피카는 폭소를 터트렸지만, 나는 50년쯤 수명이 줄어드는 기분이었다.

이러저러해서 시간만 흘렀고──.

결국 대탐험의 날을 맞이하게 되었다.

"무슨 일이야, 테라코마리. 반응이 시원치 않네?! 후야오랑 싸우기라도 했어?!"

"아니, 그런 건 아닌데……."

"뭐─ 당연하겠지! 싸움은커녕 서로 죽이려 들던 사이인걸!"

"그런 것도 아니긴 한데……."

"그래도 오늘은 사이좋게 지내지 않으면 안 되는데? 결전의 날이니까── 자, 봐봐, 입장하기 시작한 모양이야!"

스피카가 성동 입구를 가리켰다.

지사부에서 나온 공무원의 안내에 따라 용병들이 차례차례 구멍 안에 발을 들였다.

마침내 성채와의 전쟁이 시작된 것이다.

일단 화장실에서 볼일을 마치고 오자── 그렇게 생각했더니,
후야오가 알 수 없는 표정으로 "아가씨"라고 말을 꺼냈다.

"……이건 단순한 감이지만."

"왜 그래? 테라코마리를 죽이고 싶어?"

"그게 아니야. 왠지 안 좋은 예감이 들어."

"그래? 기분 탓 아니야?"

"……그럴지도."

"흐음."

스피카는 팔짱을 끼고서, 입에 문 막대사탕을 빙글빙글 돌렸다.

"──그럼 조심해야겠네. 수인의 감은 가볍게 취급할 수 없어."

그리고 의외로 몹시 진지한 표정을 지으며 말했다.

이 녀석들은 자기 손으로 묘한 플래그를 세우고 있다는 사실
을 깨닫지 못했나 보다.

아무튼 죽지 않을 정도로만 열심히 하자.

"저기, 코마리 씨."

린즈가 조심스럽게 말을 걸었다.

"대탐험에 참가하려면 길드 카드가 필요하다는 조건이 있는
데, 코마리 씨는 용병 등록을 했던가……?"

"어? 으응, 했어. ……그건 그렇고, 린즈랑 스피카야말로 등
록한 거야?"

"물론이지!"

스피카가 생긋 웃으며 길드 카드를 꺼냈다.

린즈도 창피해하는 기색으로 길드 카드를 보여주었다.

나는 무심코 눈살을 찌푸렸다.

왜냐하면 거기에는 차마 이루 말하기 힘든 글자가 적혀 있었으니까.

〈용병단 스피카 클럽 소속〉

"──어때?! 아주 세련되고 멋진 팀 이름이지?!"

"이거 혹시 베낀 거야?"

"⋯⋯? 내가 직접 떠올린 이름인데?"

"그럼 그냥 우연인가. 사실은 나도 '코마리 클럽'이라는 용병단에 소속되어 있어. 너는 우리 변태 메이드랑 센스가 똑같구나."

"⋯⋯⋯⋯⋯⋯⋯."

스피카의 미소가 그림처럼 정지했다.

신기한 일도 다 있는걸⋯⋯ 하고 흥미가 솟았을 때.

빠직!!

스피카는 길드 카드를 두 조각으로 접어버렸다.

"으와아아앗?! 뭐 하는 짓이야, 너?!"

"센스가 있는걸, 빌헤이즈! 죽이고 싶어졌어!"

"영문을 모르겠는데?! 게다가 카드를 망가뜨리면 성동에 못 들어가는 거 아니야?!"

"지사의 권력을 쓰면 어떻게든 될 거야!"

"⋯⋯시끄러워. 가자."

후야오가 먼저 저벅저벅 걸어갔다.

스피카가 "학살학살~ ♪" 하고 흥흥한 노래를 부르며 후야오의 뒤를 쫓았다.

앞날이 이 이상 불안할 수가 없다. 할 수만 있다면 지금 당장 도망치고 싶은 기분이다.

"아, 그렇지."

뭔가 생각났다는 듯이 린즈가 짐을 뒤적였다.

짐 속에서 작은 병 같은 걸 꺼내더니 그걸 나에게 건네주었다.

"코마리 씨, 위기 상황에 몰리면 이걸 써 줘."

"이건…… 설마, 피?"

"응. 내 피……."

작은 병 안에는 붉은색 액체가 찰랑이고 있었다.

그렇지. 이런 게 있으면 나는 언제든지 슈퍼 파워를 발휘할 수 있어.

애는 어쩜 이렇게 세심하고 배려가 넘칠까. 이제부턴 집집마다 린즈를 한 대씩 놔둬야 하는 시대가 올지도 모른다. 아니, 잠깐. 그런 것보다──.

"아, 아프지 않았어……? 피를 뽑는 거…….."

"괜찮아. 코마리 씨를 위해서니까."

"린즈……!"

잘 보니 린즈의 새끼손가락에 붕대가 묶여 있는 게 아닌가.

나는 감격으로 가슴이 벅차올랐다. 이제는 『불안하다』든가 『돌아가고 싶어』 같은 소릴 할 때가 아니다. 그녀의 마음에 부응해야 한다.

"고마워! 역시 린즈는 의지가 되는걸……!"

"그, 그렇지 않아. 코마리 씨를 위해 할 수 있는 일을 하고 싶다고 생각했을 뿐이니까…… 같이 힘내자."

린즈는 살포시 미소를 지었다.

나는 작은 병을 가방에 넣고서 린즈의 손을 잡고 걸음을 내디뎠다.

어서 스피카를 쫓아가야지── 그렇게 생각하며 용병들이 선 줄 속에 섞이려던 참이었다.

디잉.

"?"

어디선가 악기 소리가 들린 것 같았다.

주변을 두리번거리며 둘러보았다. 하지만 시야에 들어오는 건 혈기 왕성한 용병들뿐. 소리의 원인으로 짐작 가는 물건은 어디에도 눈에 띄지 않았다.

"왜 그래? 코마리 씨."

"……아니, 아무것도 아니야."

긴장 탓에 환청이 들린 게 틀림없다.

나는 뺨을 찰싹 두드리고서 성동 입구를 향해 나아갔다.

성동 안은 미로처럼 복잡하게 얽혀 있다.

메인 루트에서 벗어나면 미아가 되어 죽을 확률이 확 올라갈 것 같다.

일단은 출구까지 이어지는 길을 안내하는 표식이 설치되어 있긴 해도, 제약 없이 채굴을 해댄 탓에 날이 갈수록 길이 복잡해져서 전부 파악하는 건 불가능했다.

매년 행방불명되는 사람이 수십 명 넘게 발생하고 있어서, 지사부에선 『자기가 지나온 길을 잘 기억해 두도록 합시다』라는 주의 환기 문구를 낼 정도였다.

"……저기, 벌써 돌아가는 길이 분간이 안 가기 시작했는데."

"그래? 조난당해서 죽을 운명이 눈에 보이네!"

"싫어! 죽고 싶지 않아!"

"괘, 괜찮아, 코마리 씨! 내가 잘 외우고 있으니까."

린즈가 한 손에 지도를 들고서 용기를 북돋아 주었다. 스피카처럼 직장 내 괴롭힘을 일삼는 살인귀와는 천지 차이다.

──현재, '스피카 클럽'은 50명 정도 되는 그룹에 섞여 성동을 조사하는 중이다.

보라색 빛에 감싸인 채, 욕망과 슬픔이 소용돌이치는 지하 대미궁.

지난번에 탐색했던 루트가 아니라, 평소엔 채굴꾼들도 잘 이용하지 않는 샛길이다.

그래도 그냥 어림짐작으로 찍은 건 아니었다. 《야천륜》이 이 방향을 가리키고 있다고 한다.

즉── 이대로 쭉 나아가면 성채와 격돌하게 될 가능성이 높다는 뜻이다.

"저기, 코마리 씨. 후야오 씨랑 무슨 일 있었어?"

린즈가 내 어깨를 콕콕 찔렀다.

후야오는 여전히 무뚝뚝한 표정으로 우리보다 앞장서서 걸어가는 중이다.

"……조금 의견 차이가 있었거든. 그래서 외면당하고 있어."

"그랬구나…… 나도 아까 유부초밥을 나눠줬더니 그대로 쓰레기통에 버려버렸어. 역시 기분이 상한 걸까."

후야오가 유부초밥에 반응을 보이지 않다니 보통 일이 아니다.

아니, 그보다 린즈가 준 유부초밥을 쓰레기 취급하다니 좋은 배짱이잖아.

"있잖아, 스피카. 후야오는 평소에도 저런 느낌이야?"

"아니. 표면일 때든, 이면일 때든, 지금보단 더 말이 많아."

스피카는 언제나처럼 혈액 사탕을 핥고 있었다. 이런 상황에서도 소풍 나온 기분으로 있을 수 있다는 건 존경스럽다.

"후야오한테 이런저런 얘기를 들었어. 저 녀석은 네가 주워줬다며?"

"그렇지, 고향이 엉망진창으로 파괴당해서 갈 곳이 없었던 모양이야. 그래서 내가 구해줬어―― 성직자로서 당연한 행동이잖아? 이젠 그만둬 버렸지만!"

"고향이 엉망진창으로…… 혹시…….."

"저 아이는 유린 건데스블러드한테 당했다고 주장하고 있어."

린즈가 고개를 들며 "어?" 하고 반응했다.

나는 몸을 움츠리며 스피카의 말에 귀를 기울였다.

"사건을 겪은 사람은 저 아이 말곤 없으니까, 진상은 아무도 몰라. 그치만 유린 건데스블러드는 옛날에 핵 영역에서 온갖 포학한 짓을 다 했던 칠홍천 대장군이야. 뭐, 엔터테인먼트 전쟁의 범주에 속하는 수준이었지만…… 어쨌든 그 용맹함은 육국 전체를 진동시켰고, 수많은 사람들이 두려워했어. 라페리코 동물군단은 『유린』이라는 이름만 들어도 바나나가 목에 넘어가지 않았다는 소문이 들렸을 정도인걸? 그런 흉포한 전과가 있으니까 후야오의 고향을 파괴했어도 이상한 일은 아니겠지.”

“엄마는 그런 짓 안 해!”

나도 모르게 소리를 질렀다. 다른 용병들이 “시끄러, 꼬맹아!”라고 화를 냈다.

깜짝 놀라 린즈 등 뒤로 숨은 나를 스피카가 유쾌한 기색으로 바라보았다.

“네 말도 의견 중 하나겠지! 하지만 후야오는 그렇게 생각하지 않아. 과거의 참극에 사로잡혀 꼼짝할 수 없게 되었어.”

우리가 나누는 대화를 듣고 있는 걸지도 모른다.

후야오의 꼬리가 불편한 심기를 대변하는 것처럼 흔들렸다.

“저 아이의 목적은 세계 최강의 힘을 손에 넣어서 누구에게도 위협받는 일 없는 평화를 이루는 거야. 그리고 누구나 원하는 곳에서 죽음을 맞이할 수 있는 세계── 의미 있는 죽음을 이룰 수 있는 세계를 만들겠다고 진심으로 생각하고 있어.”

“그건…… 좋은 거 아닌가?”

“꿈만 같은 이야기지! 하지만 꿈이 있으니까 사람은 강해질 수 있는 거야! 나를 비롯해 삭월들은 누구나가 양보할 수 없는 꿈같은 이야기를 가슴에 품고 있어."

테러리스트에게도 테러리스트 나름의 신조가 있다── 뒤집힌 달과 함께 행동하면서 배우게 된 점이다. 그렇다고 해서 그들이 벌이는 폭력이 정당화될 리가 없겠지만, 그 이면에 숨겨진 사정을 조심스럽게 파헤쳐 보면 또 다른 세계를 볼 수 있게 될지도 모른다.

······나는 이 녀석들에게 정을 품고 거기에 얽매이는 중인 걸까?

안 되지, 안 돼. 냉정해져, 테라코마리 건데스블러드.

사쿠나와 밀리센트 때와는 사정이 다르다고.

'삭월'이라는 간부들은 우리와는 사고회로가 다른 살인귀다.

이 녀석들은 누구에게 강요당한 게 아닌, 확고한 신념을 토대로 나쁜 짓을 벌이고 있다. 그러니만큼 개심하겠다는 생각은 털끝만큼도 없고, 밀리센트처럼 조직을 이탈하는 일도 절대로 없다.

하지만. 설령 그렇다 해도──.

아냐, 모르겠다.

너무나 어려운 문제였다.

"그건 그렇고 비수가 나올 기미가 없네."

스피카가 태평하게 말했다.

듣고 보니 그림자도 보이지 않았다. 성동에 들어오자마자 바로 달려들 거라고 생각했는데── 용병들이 잔뜩 있으니까 겁을 먹은 걸까?

"이대로 계속 안 나오면 좋겠는데."

"분명 나올 거야. 그건 십중팔구 성채의 방위 시스템일 테니까."

"상황을 살피는 걸까요……?"

"글쎄! 하지만 폭풍 전의 고요라는 느낌이 들어! 후야오 말대로 안 좋은 예감이 들기 시작하는걸——."

"——저길 봐! 광석이다!"

누군가가 소리쳤다.

어느새 시야가 확 트여 있었다.

이곳도 채굴장 중 한 곳이겠지. 넓게 트인 공간에 피켈이나 손수레가 아무렇게나 어질러진 게 보인다.

그리고—— 눈앞에 만다라 광석이 가히 언덕처럼 수북이 쌓여 있었다.

말도 안 되는 양이다.

눈을 가려야 할 정도로 보라색 광채가 찬란하게 빛을 내고 있어서, 보석류에 그다지 관심이 없는 나조차도 "굉장해" 하고 감탄이 절로 나왔다.

그런 보물을 앞에 두고 용병들이 가만히 있을 리가 없다.

"어이, 너희들, 뭘 멍하니 있어! 어서 옮겨!"

"누가 파낸 다음 내버려 둔 건가? 잘 모르겠지만 이거 짭짤하겠는데."

"기다려, 성채의 아지트를 찾는 게 먼저 아니야?"

"너는 범생이냐! 지사님도 채굴은 허가해 주셨잖아!"

"햣하—! 이런 고순도 광석은 좀처럼 보기 힘들다고!"

용병들은 한 명도 빠짐없이 광석 무더기를 향해 다가갔다.

역시나 욕심 많은 녀석들이다. 여기 에스텔이 있었다면 "성실하게 일해 주세요!"라며 화를 냈겠지.

문득,

내 등 뒤에서 누군가가 움직이는 인기척을 느꼈다.

돌아보았다. 검은 로브를 입은 세 사람이 빠른 스피드로 왔던 길을 되돌아가고 있는 게 보였다.

뭐지, 저 녀석들?

마치 무언가를 피해 도망치는 것 같은──.

그때, 제일 앞에서 달리던 로브가 이쪽을 흘끗 보더니 씨익, 하고 사악한 미소를 지었다.

나는 깜짝 놀랐다.

왜냐하면 본 기억이 있는 얼굴이었기 때문이다.

저 녀석은── 공중화장실에서 나를 윽박질렀던 '검은 전갈' 소속 여자잖아?

"후야오. 용병들을 멈추게 해."

스피카가 오싹할 정도의 차가운 목소리로 말했다.

스피카의 시선은 등 뒤에 있는 검은 전갈이 아닌, 만다라 광석에 몰려든 용병들 쪽을 향해 있었다.

후야오는 눈썹을 찌푸렸다.

"말리라고……? 그야 시끄럽긴 하지만, 언쟁을 일으켰다간 성가시다고."

"모르겠어? 이질적인 에너지가 흐르고 있다는 게 느껴지잖아?"

린즈가 흠칫 놀라 내 팔을 붙잡았다.

"마력……! 마법이 발동되고 있어……!"

마법이라고 해도 와닿는 게 없다. 그도 그럴게 나는 초급 마법조차 못 쓸 정도로 마법엔 문외한이다. 불을 피울 때는 마법 대신 부싯돌이나 마법석을 쓰는 타입.

웅? 마법석……?

"서둘러 주머니에 담아! 다른 녀석들한텐 비밀이다!"

용병들은 불빛에 모여드는 날벌레처럼 보물산에 모여 있었다.

그들이 잡거니 밀거니 앞다투어 달려든 탓에, 살짝 산사태가 일어났다.

바깥쪽에 있던 광석이 데굴데굴 바닥에 떨어지자, 보랏빛 광석 안쪽에 숨어 있던 '다른 돌'이 모습을 드러냈다.

"……우옷, 뭐야 이거? 안쪽은 만다라 광석이 아닌데?!"

"이상한 문양이 그려진 돌이군……."

그건 마법석이었다.

마법을 안에 담아둔 돌로, 내 쪽 세계에선 전쟁에 활용되고 있는 매우 귀한 가공품이다. 마력이 존재하지 않는 저세상엔 존재하지 않겠거니, 하고 여기고 있었는데──.

그때 나는 가공할 만한 사실을 깨달았다.

저 마법석은 본 기억이 있다.

제국군 녀석들이 적군을 한꺼번에 폭발시킬 때 즐겨 쓰는 마법석이었다.

다시 말해── 폭발 계열 마법이 담겨있는 마법석.

"코마리 씨! 당장 멈춰야……!"

"이미 늦은 것 같네! 왜냐하면── 이미 발동했으니까."

"뭣──."

용병들은 신기한 듯이 마법석을 내려다보았다.

이미 손 쓰기엔 모든 게 늦었다.

나조차도 느낄 수 있을 정도로 막대한 마력의 파동이 팽창했다.

린즈가 비명을 지르며 그 자리에 엎드렸고, 후야오가 칼을 꺼내고서 몸을 날렸고, 스피카의 눈동자가 붉은색으로 빛나기 시작한 직후──.

대량의 마법석이 일제히 폭발했다.

☆

성동이 굉음을 내며 붕괴하기 시작했다.

네오플러스를 네오플러스답게 만들어 주는 보물산이 한 소녀의 사악한 발상으로 인해 무참하게 사라져 간다.

그건 천지가 무너지는 듯한 충격이었다.

성동 입구는 모래 먼지를 일으키며 붕괴했고, 광장에 모여 있던 '아직 입장하지 않은 용병들'은 충격에 날아갔다.

붕괴는 연쇄를 일으키고, 네오플러스 곳곳에 지반 침하가 발생했다.

도시의 사람들은 어찌할 도리가 없었다.

누군가는 떨어진 돌덩이에 깔렸고, 누군가는 지반 침하에 휘말려 지하로 떨어졌다.

지금까지 땀 흘려 발전시켜 왔던 성채의 '요새'가 파도에 직격 당한 모래성마냥 무너져 내리는 광경──.

"이야…… 마법석에 이런 위력이 있었다니……."

네프티는 경련이 이는 웃음을 지으며 도시의 참상을 내려다보고 있었다.

성동에는 마법석을 보관 중이었다.

네르잔피가 "비상시에 쓰도록"이라며 넘겨줬던 물건이다.

유세이는 이걸 기폭시켜서 뒤집힌 달과 용병들을 일망타진할 생각이었던 것 같지만── 예상 이상의 전과를 올렸다. 이만한 폭발이면 아무리 '신을 죽이는 사악'이나 '살육의 패자'라고 해도 무사히 넘어갈 순 없겠지.

다만 그것 때문에 커다란 대가를 지불한 것도 부정할 수 없는 사실이었다.

성동은 다양한 의미에서 성채의 요충지였다.

이만한 파괴를 벌였으니 네오플러스의 경제가 침체되는 건 필연적인 일이고, 만다라 광석을 채굴할 수 없게 된 이상 머지않아 자금 조달에 어려움을 겪게 될 게 뻔히 보였다. 이런 불상사를 일으켰으니 벌로 지사직에서 해임될지도 모른다.

아니, 그보다 트레몰로는 죽지 않았겠지?

유세이 말로는 "지하 깊은 곳에 있으니 괜찮아"라고 하긴 했지만──.

그리고 성동에 있는 '중요한 물건'에까지 피해가 미쳤다면 차마 눈 뜨고 볼 수 없는 사태다.

"저기…… 유세이, 이거 괜찮은 거야??"

네프티는 자기 팔에 안겨 있는 토끼 인형에게 시선을 떨어트렸다.

잠시 기다리고 있자, 의지력이 진동하며 대답을 들려주었다.

"──그, 그렇구나! 다행이야! 걔는 무사하구나── 아니아니, 딱히 걱정한 건 아니지만 말이지! 그래서, 나는 이제부터 뭘하면 되는 거야?"

즉각 지시가 날아왔다.

아무래도 유세이는 여기서 스피카와 테라코마리를 확실하게 없앨 작정인가 보다.

그렇다면 힘을 보태는 게 당연하다. 관을 잃은 자신이 얼마나 힘이 될지는 잘 알 수 없지만.

네프티는 "응" 하고 고개를 끄덕이고서 건물 뒤에서 뛰쳐나와 성동을 향해 달렸다.

우선은 스피카와 테라코마리의 죽음을 직접 눈으로 확인해 보도록 할까.

남의 것을 함부로 빼앗은 벌이다. 녀석들의 영혼에 부활은 영영 찾아오지 않겠지── 끝내주게 통쾌했다.

☆

"아아아아앗?! 어째선지 성동이 폭발했어어어어어어──?!"

네오플러스의 노른자 땅, 가까스로 붕괴를 면한 부잣집 저택

옥상에서 로네 코르네리우스가 비명을 질렀다.

눈 아래 펼쳐진 건 폭풍으로 인해 엉망이 된 거리의 풍경.

피해가 특히 심한 건 성동 입구 주변부── 즉, 네오플러스의 중심부에서 반경 500미터쯤 되는 부근일까. 이곳저곳 땅이 쩍쩍 갈라졌고, 수많은 건물이 주저앉았다. 화재도 발생했는지 사람들이 다급하게 엇갈리고 있었다.

"젠장, 이래선 만다라 광석을 채굴할 수 없잖아! 나중에 몰래 잠입하려고 했는데⋯⋯!"

"너는 또 붙잡히고 싶은 거냐."

옆에 서 있던 아마츠가 한숨을 내쉬었다.

코르네리우스를 감옥에서 꺼내준 사람은 바로 아마츠였다.

뒤집힌 달 내에서 스피카를 제외하면 가장 오랫동안 알고 지냈고 평소엔 쓸데없는 심술만 부리지만, 이렇게 중요할 땐 믿음직스럽기 때문에 이용하는 보람이 있는 남자다.

"체포 따위 두렵지 않아! 나는 만다라 광석을 갖고 싶은 마음이 굴뚝같다고!"

"광석 같은 건 아무래도 좋잖아. 성동에는 아가씨와 테라코마리가 들어가 있었을 텐데."

"끙⋯⋯."

얘기를 들으니, 스피카를 비롯한 일행들은 오늘 열리는 대탐험에 편승해 성채의 아지트를 수색할 예정이었다고 한다. 그런데── 이런 대규모 폭발이 발생했으니 이제 아지트를 찾니 마니 할 상황이 아니다.

"아마츠! 코르네리우스! 그런 곳에서 뭘 하고 있는 겁니까!"

지붕 아래에서 목소리가 들렸다.

백발의 남자, 트리폰 크로스가 험악한 눈길로 이쪽을 노려보고 있었다.

참고로 아마츠, 트리폰, 코르네리우스『지원팀』은 도망친 지사를 수색하라는 명령을 받았다. 아무리 생각해도 감옥을 감독하던 트리폰의 책임일 텐데, 어째선지 연대책임으로 아마츠와 코르네리우스까지 이 일에 동원되었다.

"아가씨가 위험합니다. 지금 즉시 성동으로 향하죠."

"아가씨의 명령을 듣지 않아도 괜찮은 건가? 아가씨는『샌드베리를 붙잡을 때까지 따라오지 마』라고 말했어. 지사를 내버려두면 성가신 일이 벌어질 가능성이──."

쿠웅!!

코르네리우스의 뺨을 아슬아슬하게 스치며 거대한 돌덩이가 떨어졌다.

트리폰이 【대역신문】을 발동한 모양이다.

어? 왜 나를 노리는 건데? ──식은땀이 흐르는 걸 느끼면서 얼어붙어 있었더니, 창옥의 남자는 "아쉽군요"라며 정말로 아쉬운 듯이 중얼거렸다.

"조준이 흔들렸습니다. 아마츠의 정수리를 깨부술 예정이었는데."

"야, 똑바로 노리라고?! 내가 죽으면 어쩔 거야?!"

"상관이야 없다만 지금 성동으로 간다고 사태가 호전될 거라고 생각하나? 아가씨는 지금쯤 산산조각 난 시체가 됐을지도 모른다고."

"입으로야 여유로운 척하고 있지만—— 당신도 조바심을 억누를 수 없는 모양이군요, 아마츠."

코르네리우스가 놀라서 아마츠의 얼굴을 올려다보았다.

확실히…… 이 남자치고는 드물게도 초조함이 드러나는 것처럼 느껴진다.

트리폰이 "어리석은 일입니다"라며 내뱉듯이 말했다.

"계속 방관자인 척하고 있으면 언젠가 소중한 걸 잃게 될 겁니다. 열정을 가지고 행동하는 자만이 영광을 손에 넣을 수 있지요."

"…………."

아마츠는 잠시 생각에 잠긴 뒤 대답했다.

"……그렇군. 이번만큼은 네 말에 찬성이다."

"그럼 가도록 하죠. 뒤집힌 달의 영광을 위해서."

보아하니 성동에 들어가기로 결심했나 보다.

하지만 코르네리우스는 일말의 불안감을 떨쳐낼 수 없었다.

이 마을에 도착했을 때부터 수상하게 생각했던 점이다—— 광산 도시 네오플러스는 일반적으로 생각하면 이상할 정도로 기운이 고여 있다.

한마디로 말해, 너무나도 불길한 땅이다.

이유는 오로지 슬픔의 의지력이 정체되어 있기 때문이겠지.

"……질이 안 좋네. 아가씨보다도 훨씬."

코르네리우스는 가슴께를 벅벅 긁었다.

그곳에는 '소진병'의 표식, 성흔이 희미하게 떠올라 있었다.

☆

또옥, 또옥──

물방울이 떨어지는 소리가 들린다.

서늘한 공기, 숨이 턱 막히는 흙먼지의 냄새.

나는 천천히 눈을 떴다.

손발을 움직여 보자, 마디마디마다 아픔이 느껴진다.

하지만 목숨에 지장은 없는 모양이니 일단은 안심이다.

비틀거리며 몸을 일으킨 다음 흠칫흠칫 조심스레 주변 상황을 확인했다.

농밀한 보라색 빛으로 가득 찬 세계.

천장이 거의 눈앞까지 내려와 있다. 키가 작은 나조차 손을 뻗으면 만질 수 있을 만한 거리다.

어디에 수맥이라도 있는 건지, 바위틈 사이에서 또옥또옥 소리를 내며 물방울이 떨어진다.

그리고 모든 걸 깨달았다.

성동의 붕괴에 휘말려 지하 깊숙한 곳에 갇히고 말았다.

공포심이 부풀어 올라 저도 모르게 몸이 떨려온다.

사방팔방이 전부 큼직한 바위의 벽.

주먹으로 때려봐도 손만 아플 뿐이었다.

지상으로 돌아갈 방법이 전혀 떠오르지 않는다. 이대로 굶어 죽을지도 모른다. 가방에 도시락이 들어있긴 하지만 한 끼 분량뿐이다.

게다가 나 말고 다른 사람들은 어떻게 됐지?

마법석이 일으킨 폭발은 하늘이 뒤집힐 만한 위력이었다.

나는 기적적으로 목숨을 건졌지만, 린즈랑 스피카, 후야오가 무사할 거라는 보장은 어디에도 없다――.

그때 희미하게 신음이 들렸다.

빛이 나지 않는 벽 쪽, 누군가가 바닥에 널브러져 있었다.

여우 귀와 꼬리를 가진 수인―― 후야오 메테오라이트.

머리에서 피를 흘리며 괴로운 듯이 헐떡이고 있다.

"후야오!"

다급하게 그녀에게 달려갔다. 나는 코르네리우스에게 받은 반창고를 꺼내 서툰 손놀림으로 응급처치를 실시했다.

"으…… 테라, 코마리……?"

"괘, 괜찮아?! 내 목소리는 들려?!"

"그래…….''

의식은 있나 보다.

그래도 그녀가 무사하다는 걸 알게 되어 안도의 한숨을 내쉬었다.

☆

"……일단 감사 인사를 해두지."

"응. 무사해서 다행이야."

보라색 빛에 감싸인 공간――.

나와 후야오는 천장에서 떨어진 바위 위에 나란히 앉았다.

후야오가 입은 부상은 그리 깊지는 않았는지 피도 금방 멎었다. 잠시 안정을 취하자 문제없이 움직일 수 있게 됐고, 지금은 완전히 평소처럼 무뚝뚝한 표정이었다.

이 밀실에 갇힌 사람은 나와 후야오 둘뿐인 모양이다.

우리 말고 다른 사람이 괜찮을지는 짐작도 가지 않았다.

"젠장…… 대체 뭐가 어떻게 된 거야? 다른 사람들은 무사할까……."

"아가씨와 아이란 린즈는 문제없겠지."

후야오가 머리를 누르며 대답했다.

"우리가 이렇게 무사한 것도 아가씨가 폭발의 위력을 경감시켜 준 덕분이다."

"그런 게 가능해……?"

"아가씨는 사물의 흐름에 간섭하는 힘을 가지고 있다고 해―― 아무튼 아가씨가 몸소 힘을 발휘했으니 그 두 사람이 어이없이 폭사했을 거라곤 생각하기 힘들어."

잘은 모르겠지만, 지금은 후야오의 말을 믿기로 하자.

최악의 경우를 상상하며 절망하고 있으면 정신 건강상 좋지 않다.

"……그럼, 앞으로의 일에 대해서다만."

후야오는 수통에 담긴 물을 조금 마신 다음 내키지 않는 기색으로 일어났다.

"아무래도 우리는 붕괴에 휘말려, 성동 지하 깊은 곳에 떨어진 모양이군."

"왜 이런 일이 벌어진 거야⋯⋯?"

"당연히 성채의 책략이겠지. 아마 도망친 지사── 네프티 스트로베리가 벌인 짓이야."

실화냐고. 이미 승리는 확정된 거나 마찬가지라고 생각했는데.

후야오가 "칫" 하고 부아가 치민다는 듯 혀를 찼다.

"⋯⋯전부 트리폰 책임이다. 그 녀석이 지사를 도망치게 둔 게 잘못인 거지."

"아니 뭐, 아직 그렇다고 확정된 것도 아니니까⋯⋯ 그런 것보다 여기서 나갈 방법을 생각해 보자고."

나는 두리번두리번 주변을 둘러보았다.

"칼로 벽을 절단할 수는 없어?"

"무리야. 설령 벨 수 있다고 해도, 이 성동은 아마 아주 아슬아슬한 상태로 균형을 이루고 있을 거다. 한 곳이 무너지면 그게 방아쇠가 되어 연쇄적으로 무너질지도 몰라."

그렇다면 내가 열핵해방을 발동해서 부숴버리는 것도 자제하는 편이 낫다는 뜻인가.

애초에 부술 수 있을지 어떨지도 잘 모르겠지만.

"그, 그럼 어떻게 해? 설마 이대로 굶어 죽는 거야⋯⋯?!"

"그럴 리가 있나. ──봐라."

눈짓으로 재촉하는 후야오의 말에 등 뒤에 있는 벽 아래쪽을 보았다.

고양이가 드나들 수 있을 만한 구멍이 뚫려 있었다.

어쩐지 발목 부근이 서늘하다 싶더니, 저 구멍에서 찬 바람이 들어오는 거였다.

그 말인즉, 벽 너머의 공간으로 이어져 있을 가능성이 높다는 뜻.

나는 바짝 엎드려 구멍을 들여다보았다.

"……이건 힘들지 않을까? 도중에 끼어서 못 움직이겠는데?"

"할 수 있어. 가라."

"가라고 말해도── 아얏! 야, 엉덩이 걷어차지 말라고?!"

구멍 안에 반쯤 억지로 밀어 넣어졌다.

울퉁불퉁한 바위가 온몸에 닿아서 아팠지만 이렇게 된 이상 모 아니면 도다.

다른 수단이 없으니 참을 수밖에── 필사적인 마음으로 좁은 구멍을 포복으로 나아가자 갑자기 눈앞이 확 트였다.

옆으로 이어진 공간에 도착했나 보다.

그곳은 넓은 갱도였다. 용병들이 파놓은 샛길이 분명했다.

"조, 좋아! 어떻게든 탈출에 성공했── 어라?"

위화감을 느꼈다.

엉덩이가 끼어서 앞으로 갈 수가 없었다.

낑낑대며 빠져나오려고 몸부림을 쳐봤지만 아프기만 하고 효과가 없다.

나는 귀가 빨개지는 걸 느꼈다.

이게 무슨 일이람…… 이런 볼썽사나운 전개는 상상도 못 했다.

구멍에서 고개만 내민 채로 굶어 죽는다니 농담거리도 안 된다고.

"어쩌지, 후야오. 구멍에 껴 버렸는데……."

"방해된다. 어서 빠져나가."

"뭐? —으와아아아앗?!"

갑자기 엉덩이를 꽉 붙잡혔다.

게다가 사정없이 꾹꾹 밀어대는 게 아닌가.

부끄러워하느라, 아파하느라, 정신이 없어서 머릿속이 새하얘졌다. 엉덩이를 주물리면서 죽음을 각오했던 순간, 내 몸이 '쑤욱!' 하고 구멍에서 밀려 나왔다.

"끄엑."

반쯤 굴러떨어지는 느낌으로 지면에 얼굴부터 처박았다.

아프다. 어떻게 이렇게 난폭할 수가. 내가 노약자였으면 분명 죽었을 거야— 그런 식으로 내심 불평을 쏟아내고 있었을 때, 후야오가 구멍에서 가볍게 빠져나오는 걸 보았다.

타악.

나와는 천양지차인 화려한 착지였다.

"……너, 나보다 덩치가 큰데 어떻게 구멍에 안 낀 거야?"

"관절을 뽑았다."

뭔데, 그 기술…….

후야오는 뚜둑뚜둑 관절을 끼워 맞추며 주변을 시선으로 훑었다.

"돌아가는 길을 가리키는 표식이 그려져 있군. 하지만 그쪽은 낙석으로 막혔어. 심부로 향할 수밖에 없겠는걸."

나는 옷에 묻은 모래를 털어내며 물었다.

"심부로 향한다고 해도, 결국은 거기도 막다른 길 아니야?"

"가보지 않으면 모르는 거지."

그 말도 맞다. 길이 하나밖에 없다면 거기로 나아갈 수밖에.

나는 황급히 후야오의 뒤를 쫓았다.

"이 앞에 마핵이나 성채의 아지트가 있는 걸까?"

"…………."

"? 왜 그래?"

"……아니."

후야오는 계속해서 주변의 낌새를 살피고 있었다.

여우 귀가 무언가를 경계하듯이 쫑긋 서 있다. 산전수전 다 겪은 테러리스트라곤 해도, 광산에 생매장당하면 조금은 불안해지는 걸까.

☆

"……저기, 요전번 일 말인데."

나는 선인장의 가시에 손을 대는 기분으로 입을 열었다.

성동 안은 어둡고, 조용하고, 무슨 대화라도 하지 않으면 공포에 짓눌릴 것 같았기 때문이다.

"네 사정도 잘 모르면서 무신경한 말을 해버렸지. 미안."

"…………."

이야깃거리를 신중하게 선택해야 했을지도 모른다.

후야오의 등에서 벌레도 눌려 죽을 듯한 무거운 압박감이 풍겨왔다.

역시 "오늘은 날씨가 참 좋네요" 같은 화제가 적당했으려나. 날씨는 안 보이지만.

"……내가 멋대로 불쾌하게 느꼈을 뿐이다. 네가 잘못한 건 없어."

그런데 의외로 부드러운 대답이 돌아왔다.

"네가 내 사정을 몰랐던 건 내가 얘기하지 않았기 때문이다. 굳이 사과할 필요 없는 일이고, 그렇게 새삼 다시 얘기를 꺼내는 것 자체가 불쾌해."

"그치만 서로 엇갈린 채로는 협력하기 힘들잖아."

나는 종종걸음으로 후야오를 쫓아가 옆에 나란히 서서 얼굴을 올려다보았다.

"불쾌할 걸 알면서도 묻겠는데 너는 우리 엄마와 무슨 일이 있었던 거야? 정말로 싫으면 얘기하지 않아도 괜찮지만……."

"여관에서 말한 대로야."

후야오는 한숨을 내쉬며 정면을 응시했다.

"치료해 준 답례로 얘기해 주겠다만, 하나도 재미없는 이야기야. 내 고향, 르나르 마을은 어느 날 갑자기 유린 건데스블러드의 손에 불타버렸어."

"불타버렸다니…… 왜 그런 짓을 하는 건데."

"그건 네가 더 잘 알고 있을 거다. 녀석은 핵 영역에서 살육을 되풀이하던 칠홍천. 마을을 멸망시키는 짓 정도야 태연하게 저지르겠지── 그리고 실제로 르나르 마을 사람들은 한 명도 빠짐없이 살해당했어. 살아남은 사람은 나뿐이야."

"너뿐이라고……?"

그건 조금 이상한 얘기였다.

"마핵은 어쩌고? 신구를 썼다는 뜻?"

"그럴 가능성도 있지만, 애초에 르나르 마을은 마핵의 존재를 모르는 시골이었어. 설령 평범한 무기에 살해당했다고 하더라도 마을 사람 중 무한 회복 효과의 은혜를 받을 수 있는 사람은 없었던 거지."

"으응? 그럴 수가 있나……?"

"있어. 나는 어렸을 때 마핵 같은 건 알지도 못했어. 그런 마을이 한 둘쯤 존재한다고 해서 이상한 일은 아니겠지."

단추를 잘못 채운 듯한 기묘한 위화감이 따라다닌다.

"그거, 언제 이야기야?"

"몇 년 전이다."

"좀 더 구체적으로 가르쳐 줘."

"……8년쯤 전."

엄마가 행방불명됐던 것보다 과거의 이야기였다.

후야오는 "이제 충분하겠지"라며 한숨을 흘렸다.

"네가 내 이야기를 믿지 않는 건 자유지만, 내가 내 믿음을 이어가는 것도 내 자유다. 나는 반드시 유린 건데스블러드에게 복수하겠어. 더 이상 설명할 건 없어."

"아니, 아직 묻고 싶은 게——."

후야오가 발걸음을 멈췄다.

무슨 일인가 싶어서 나도 덩달아 멈췄을 때, 그녀의 눈에 살기가 번져나가는 게 보였다.

게다가 허리에 찬 칼에 손을 가져가는 게 아닌가.

"미, 미안! 화제를 바꿀게! 난 선인장은 크고 둥그런 걸 좋아하는데 후야오는 어떤 모양이 좋아?"

"조용히 하고 있어. ——바로 적이 나타난 모양이야."

"뭐?"

그 말에 시선을 정면으로 돌린 순간, "으왓" 하는 비명이 절로 터져 나왔다.

정면에는 새까만 체구를 가진 그림자 같은 짐승들—— 비수가 있었다.

이전에 만났던 녀석보다 덩치는 작아도 숫자가 꽤 많았다. 다 합해 14마리 가까이 된다.

한 마리도 빠짐없이 진짜 육식 동물처럼 사나운 눈으로 이쪽을 노려보고 있었다.

"후야오! 도망치자——."

서걱!

새까만 그림자가 사방으로 튀었다.

우리에게 달려든 비수 한 마리가 후야오의 칼날에 두 동강이 난 거였다.

동료의 죽음을 목격한 나머지 비수들은 잠시 낌새를 살핀 뒤, 으르렁대며 일제히 달려들었다.

후야오는 씨익, 하고 호전적인 웃음을 지으며 땅에 떨어진 만다라 광석 파편을 짓밟았다.

"자아── 죽을 각오는 되어 있나?"

성실하고도 태연하게 항상 하던 대사를 내뱉는다.

나는 다치지 않게 바위 뒤에 숨어있기로 했다.

몸치가 나서봤자 방해만 될 뿐이니까.

☆

테라코마리와 후야오와는 따로 떨어지게 된 모양이다.

폭발의 위력을 경감시켰지만, 대규모 붕괴를 피할 순 없었다.

마치 홍수처럼 일어난 토사 붕괴에, 욕심 많은 용병들은 죄다 휩쓸려 생매장당했다. 마법석을 기동시킨 '검은 전갈'을 포함해 대부분 목숨을 잃었겠지.

이건 분명 성채의 짓이다.

경솔했다. 아직 그런 수단을 남겨뒀을 줄이야.

그 녀석들은 나와 테라코마리는 물론이고 용병들까지 한꺼번에 매장해 버릴 속셈이었다.

"──뭐, 나는 살아있지만 말이야!"

주머니에서 사탕을 꺼내 "으응~" 하고 기지개를 켜며 주변을 살폈다.

공기가 묵직한 걸 보니 상당히 아래쪽까지 떨어진 모양이다.

보라색 빛으로 가득 찬, 아무것도 달라지지 않은 성동의 풍경이다.

다만── 암석에 파묻혀 있는 것처럼, 거대한 건축물의 기둥이 언뜻 보였다.

나는 발밑을 조심하면서 천천히 걸어갔다.

과한 장식을 쓰지 않은 소박한 양식. 파묻힌 원기둥은 뮬나이트 궁전의 기둥보다도 굵었다. 게다가 벽 너머로 기둥이 몇 개씩이나 줄지어 있는 것 같았다.

다시 말해, 성동 지하 깊은 곳에는 거대한 신전(?)이 세워져 있었다는 뜻이다.

"이거일까? 성채의 본거지가……."

만약 그렇다면 허술하기 짝이 없다.

검은 전갈과 마법석을 제어하지 못해서 자신들의 아지트까지 파묻히게 만들다니. 아니, 아지트까지 파묻힐 가능성을 고려하고도 폭발시켜야 할 정도로 궁지에 몰린 거겠지.

──문득, 이상한 에너지의 흐름을 느꼈다.

이건 마력, 아니지, 의지력?

무언가가 신전을 드나들고 있는 것 같다.

"스, 스피카 씨."

그때 등 뒤에서 계속 머뭇거리고 있던 아이란 린즈가 참다못한 것처럼 말을 걸었다. 재밌어서 무시하고 있었지만, 슬슬 관심을 주지 않으면 불쌍할 것 같았다.

"저기, 여기는 어디일까요……?"

"린즈! 팔도, 다리도 잘 붙어 있는 모양이네, 다행이야!"

"네, 넷. 스피카 씨도 무사해서 다행이에요."

린즈가 순진무구하게 웃었다.

잠깐 같이 행동하는 동안 어리석게도 경계심을 풀기 시작한 모양이다.

그런 점이 단순해서 귀엽기는 하지만.

"코마리 씨랑 후야오 씨는 무사할까요……."

"두 사람은 무사해! 내 열핵해방으로 알 수 있는걸! 지금은 떨어져 버렸지만, 금방 합류할 수 있어!"

"그런가요…… 다행이다……."

새빨간 거짓말이었다. 내 열핵해방은 그런 편리한 능력이 아니다.

두 사람이 죽었으리라고 생각하진 않지만, 섣부르게 '무사한지 어떤지 잘 모르겠어' 같은 소리를 했다간 이 꼬맹이는 보나 마나 시끄럽게 굴겠지. 거짓말을 잘 활용하는 게 똑똑하게 살아가는 비결이다.

"그런데…… 상당히 깊은 곳까지 와버렸네요. 우리는 돌아갈 수 있으려나요."

"불안할 땐 우선 행동하고 볼 일이겠지! 당신, 걸을 수 있어? 접질리지는 않았어?"

"네, 괜찮아요."

"그래."

나는 돌덩이에 파묻힌 신전을 올려다보았다.

바위틈 사이 간신히 드나들 법한 입구를 발견했다.

날씬한 사람이라면 아슬아슬하게 지나다닐 수 있을 만한 넓이다.

"성…… 인가요? 혹시 이곳이 성채의 아지트인 게……."

"그럴 가능성도 부정할 순 없겠네! 바로 돌격하는 거야!"

"네에?! 마음의 준비가……."

"다 죽어버릴 각오가 되어 있다면 OK! 우물쭈물하다간 대업을 이루기 전에 할머니가 되어버린다고!"

"으으, 코마리 씨……."

나는 린즈의 팔을 억지로 잡아당기며 좁은 틈새에 몸을 밀어넣었다.

과연 어떤 일이 일어날지. 이곳이 성채의 본거지라면 트레몰로나 유세이도 있을 게 분명하다.

☆

열 마리 수준이 아니었다.

갱도 곳곳의 그늘마다 검은 짐승이 차례차례 나타나더니, 하나둘씩 우리를 향해 송곳니를 드러냈다.

"교활한걸."

후야오는 눈으로도 좇을 수 없는 속도로 칼──《막야도》라는 이름의 신구인가 보다──를 휘두르며 끄트머리에서부터 비수를 하나씩 격파해 나갔다. 나는 어쩌면, 바위 뒤에 숨은 채 갱도에서 펼쳐지는 딴 세상 같은 전투를 몰래 지켜보는 것밖에 할 수 있는 게 없었다.

저런 싸움에 말려들면 죽는다고.

후야오를 돕고 싶은 마음이야 굴뚝같지만, 린즈에게 받은 혈액병은 한 개밖에 없으니 이 타이밍에 마실지 말지도 고민이었고, 그러면 내가 할 수 있는 일이라고 해봤자 큰 소리를 질러서 미끼가 되는 정도뿐이라──.

철퍽!!

잘려 나간 비수의 잔해가 발밑에 흩뿌려졌다. 비수의 모습이었던 잔해는 질척질척한 액체가 되어 녹아내리더니, 잠시 후 부서진 만다라 광석── 코어만이 남아 지면에 떨어졌다.

대체 뭐야, 이 생물은.

역시 누군가가 인공적으로 만들어 낸 걸까……?

"테라코마리! 그쪽으로 갔다!"

"어? 으와아아?!"

비수 한 마리가 우렁차게 외치며 돌진해 왔다.

나도 나대로 우렁차게 외치며 몸을 비틀어서 가까스로 죽음의 태클을 회피.

표적을 놓친 비수는 기세를 죽이지 못하고 암석에 부딪혔지만, 경이로운 순발력을 발휘해 방향을 틀었고, 바로 나를 쫓아왔다.

"이, 이쪽으로 오지마아아아아아아아아아아?!━━━헤붑."

철퍼덕 엎어졌다.

운동 부족인 몸으로 갑자기 전력 질주를 하면 이렇게 된다.

주머니에서 피가 담긴 작은 병이 흘러나와 울퉁불퉁한 지면 위를 데굴데굴 굴러갔다.

손을 뻗어도 닿지 않는다. 설령 닿았어도 피를 마실 틈은 없었다.

아아, 이대로 짐승의 먹이가 되고 마는구나━━ 죽음을 각오했던 순간.

서걱! 고기를 베어 가르는 소리가 들렸다.

고개를 드니 후야오의 《막야도》가 비수의 몸통을 깔끔하게 베어버리고 있었다.

"손이 많이 가는군!"

하지만 그걸로 해결된 건 아니었다.

칼을 높이 든 후야오의 등 뒤에,

다른 비수가 입을 쩍 벌리고서 목덜미를 물어뜯으려고 하는 중이었다.

"후야오, 뒤━━!!"

"윽."

곧바로 몸을 돌리려고 했다.

하지만 현기증이라도 느낀 것처럼 후야오의 몸이 휘청였다.

이 소녀도 다친 상태다. 아무리 냉혹하고 비정한 테러리스트라곤 해도, 붉은 피가 흐르는 인간이라는 점은 변함이 없다.

한 마디로 반응이 늦었다.

나는 앞뒤 생각하지 않고 뛰어들었다.

이 녀석은 나를 구해줬으니까 나도 이 녀석을 구해줘야 해── 그런 간단한 논리조차 머릿속에 떠오르지 않았다. 눈앞에서 다칠 위험에 놓인 사람을 구하고 싶다. 그저 그 마음 하나로 후야오를 밀쳐냈다.

"어이──!"

새까만 짐승이 코앞까지 다가와 있었다.

뾰족한 송곳니가 내 어깨에 깊숙이 박혔다.

☆

──몇 분 후.

갱도에는 부서진 만다라 광석이 나뒹굴고 있었다.

비수의 코어였던 광석이다. 전부 후야오가 박살을 낸 결과다.

새로운 적이 나타날 기척은 없다. 성동 안은 다시 정적에 감싸였다.

습격은 대강 정리된 모양이다.

하지만──.

"──아, 아야야야얏! 더 살살 좀 해줘!"

"아픔은 곧 교훈이야. 이걸 계기로 무모한 행동은 삼가도록."

내 어깨에 고약을 발라주며 후야오가 기가 막힌다는 듯이 한숨을 내쉬었다.

약은 스며드는 거였구나…… 거기다 바른다고 바로 상처가 낫는 것도 아니었어.

마핵이 얼마나 터무니없는 것이었는지 새삼 실감했다고.

"……다음은 거즈나 천으로 환부를 덮으면 돼. 나는 항상 그렇게 해 왔어. 흡혈종인 너라면 완치까지 그리 오래 걸리지 않겠지."

"음…… 고마워."

나는 후야오 대신 비수의 공격을 몸으로 막았다.

송곳니가 내 어깨에 틀어박혔을 땐 너무 아파서 이젠 죽겠구나, 싶었는데. 사람의 몸이란 의외로 튼튼한 모양인지 목숨이 위험할 정도로 깊은 상처는 아니었다.

참고로 비수는 바로 자세를 바로잡은 후야오의 칼날에 퇴치당했다.

나 같은 게 굳이 감쌀 필요가 없었을지도 모른다.

"……왜 나를 감싼 거냐."

후야오는 치료 도구를 정리하며 입을 열었다.

"그냥 못 본 척하면 됐을걸. 네가 그런 상처를 입을 필요는 없었을 텐데."

"나도 모르는 새에 몸이 먼저 움직였으니 어쩔 수 없잖아. 후야오도 눈앞에 위험에 처한 사람이 있으면 구해주고 싶어지지 않아?"

멸종 위기에 있는 동물을 발견했을 때 같은 눈초리로 나를 바라본다.

하지만 바로 시선을 피하면서 "그렇지" 하고 담담하게 읊조렸다.

"……그러나 너는 나를 원망하고 있겠지. 테러리스트를 지킨다고 대신 상처를 입었다는 사실을 후회할 날이 올 거다. 아니, 이미 후회하고 있는 거 아닌가."

"남의 마음을 멋대로 단정 짓지 말라고. 후회 따위 털끝만큼도 없으니까."

"거짓말이야. 나는 너와 네 친구인 아마츠 카루라를 죽이려고 했었어."

"너무 꼬였잖아. 그리고 생각이 지나쳐."

나는 군복을 어깨에 걸치고서 땅에 떨어진 병을 주웠다.

"그야 너는 내 친구를 다치게 만든 나쁜 녀석이지만, 그래도 내 목숨을 구해준 좋은 녀석이기도 해. 적이냐 아군이냐, 선인인가 악인인가, 그런 건 잘 몰라. 단지 네가 다치는 게 싫다고 느낀 건 진심이야."

"…………."

여관에서 본 후야오의 맨몸은 보기만 해도 안타까웠다.

더 상처를 늘리는 건 진심으로 가엾다고 생각했다.

후야오는 잠시 꼬리를 흔들면서 침묵에 잠겼지만, 갑자기 벌떡 일어나더니 내 쪽으로 빙글 몸을 돌렸다.

"……알겠다."

"뭐가?"

"네가 터무니없을 정도로 물러터졌고, 손쓸 도리가 없는 괴짜라는 사실을 알았다."

"시, 실례네…… 나는 이 세상에서 유일하게 상식을 갖춘 사람이라고."

"그런 소릴 하는 시점에서 상식을 벗어난 거다. ……아무튼 네 주변에 사람들이 많이 모여드는 이유를 왠지 모르게 알 것 같아."

분위기가 부드러워졌다.

테러리스트다운 살기가 옅어져 있었다.

깜짝 놀라서 고개를 들자, 후야오는 짐짓 퉁명스럽게 눈을 돌렸다.

시선을 마주치려고 하지 않는다. 묘한 분위기를 억지로 흩어 버리려는 듯한 기세로, 그러면서도 어딘가 쭈뼛거리는 기색으로 나를 향해 슥 손을 내밀었다.

"……일어설 수 있나. 문제없다면 계속 가자."

문제는 없었다.

후야오의 손을 붙잡아 일어나며 "응" 하고 고개를 끄덕였다.

☆

그 후로 당분간 적은 나타나지 않았다.

보라색으로 빛나는 갱도를 후야오와 나란히 걸었다.

몇 번인가 낙석으로 생긴 잔해 더미와 마주쳤지만, 전부 사람이 지나다닐 수 있을 만한 틈이 있었던 덕분에 오도 가도 못 하는 상황에 빠지진 않았다.

하지만 나는 불길한 예감을 억누를 수 없었다.

이대로 계속 가다 보면 언젠가는 막다른 골목과 마주칠 거라는 건 쉽게 상상이 갔다.

물과 식량에는 한계가 있고, 체력도 무한하지 않다.

어떻게든 탈출할 방법을 찾지 않으면 결국은 미이라처럼 되는 게 예정된 결말이다.

"……있잖아, 후야오, 린즈의 피를 마셔도 될까? 내가 열핵해방을 발동하면 탈출을 위한 힌트가 주어지지 않을까 싶은 느낌이 드는데."

"그건 전투 상황이 벌어질 때까지 아껴둬. 이 앞에는 트레몰로 파르코스텔라나 유세이가 기다리고 있을 가능성이 있어."

"끄응…… 그렇게 말해도 말이지……."

하지만 후야오의 말은 일리가 있었다.

도저히 안 되겠다는 상황이 올 때까지 참아야 하겠지.

"네 피를 마시는 건 안 돼……?"

"………………그것도 마지막 수단으로 남겨둬."

나는 옆에서 걷는 후야오를 힐끗힐끗 관찰했다.

이전보다도 분위기가 누그러졌다. 꼬리도 살랑살랑 흔들고 있다.

무슨 생각을 하는지 알기 힘들지만, 적어도 내가 옆에 있는 걸 불쾌하게 느끼지는 않는 모양이었다.

어쩌지. 잡담이라도 꺼내볼까.

그녀의 과거에 대해서 이것저것 묻고 싶은데——.

"──빛이."

일단은 "유부 우동은 좋아하세요?" 같은 적당히 무난한 화젯거리부터 시작해 볼까, 싶어서 입을 열려던 순간, 후야오가 눈을 크게 뜨며 멈춰 섰다.

"빛이 비치고 있어. 만다라 광석이 아니야."

"뭐? 어…… 정말로?! 그거 혹시 햇빛 아닐까?!"

갱도 끝.

보라색 빛이 사라지고 대신 오렌지색 빛이 내리쬐고 있었다.

아니, 빛이 중요한 게 아니다. 저건 분명 갱도의 출구다.

어둠으로 뒤덮인 세상에 구멍이 뻥 뚫려 있는 것이다.

이미 바깥은 저녁인 걸까. 출구 너머── 지면에 무성하게 우거진 풀과 나무를 비추는 건 피처럼 새빨간 저녁 노을.

"해냈어! 서두르자, 후야오!"

나는 어깨의 아픔도 잊고서 달려갔다.

산들산들 부는 바람에 머리카락이 나부꼈다.

린즈와 스피카도 걱정되지만, 일단 성동에서 탈출해서 태세를 정비하자── 가슴이 뛰는 걸 느끼며 일직선으로 질주하자 드디어 몇 시간 만에 바깥 공기를 마실 수 있었다.

그러나──.

"어라……?"

출구 너머에 펼쳐진 풍경은 네오플러스 시가지가 아니었다.

올려다보아야 할 정도로 깎아지른 절벽에 둘러싸인, 안뜰처럼 움푹 파인 장소였다.

냉정하게 생각해 보면 이상한 일은 아니었다.

성동은 지하에 펼쳐진 거대한 미로고, 우리는 계속 밑을 향해 나아갔으니까. 바깥으로 나왔다고 해서 그곳이 지상일 거라는 보증은 어디에도 없다. 오히려 구조적으로 말도 안 된다.

그때 문득 이상한 게 눈에 들어왔다.

분지에 수많은 건물이 늘어서 있었다.

처음엔 용병들이 휴식을 취하려고 만든 오두막인 줄 알았는데 아니었다.

모든 건물이 풀을 엮어 지붕을 올린 허름한 초가다.

잘 보니 우물도 있고, 물이 말라버린 논처럼 보이는 땅도 있다.

사람의 기척은 조금도 느낄 수 없었다.

……뭐지 이게? 영문을 알 수 없었다.

하지만 뭐, 지금은 성동에서 탈출하는 게 더 중요했다.

나는 발걸음을 돌려 딱딱한 암벽을 손으로 만져 보았다.

"이 절벽을 타고 올라가야 한다는 뜻……? 불가능한 거 아냐……?"

암벽 등반 같은 건 해본 적 없는데.

이때 린즈가 있었다면 두둥실 떠올라 옮겨 줬을 텐데——.

아냐, 괜찮아.

나는 열핵해방을 발동하면 여러 가지 마법을 쓸 수 있게 된다.

하늘을 나는 것도 불가능하진 않겠지.

"후야오! 일단 피를——."

그런데 후야오는 여전히 출구 부근에 우두커니 서 있었다.

마치 여우에게 홀린 사람처럼 경악으로 물든 표정.

그녀가 내려다보고 있던 건 황폐해진 땅에 쓸쓸히 세워져 있는 낡아빠진 간판이었다.

이상하게 생각해서 후야오 곁으로 달려가, 옆으로 고개를 내밀어 간판에 쓰인 글자를 읽어 보았다.

"〈르나르 마을〉…… 어라? 르나르 마을이라면 분명."

"거짓말이야. 말도 안 돼. 이곳은 르나르 마을이 아니야……."

나는 깜짝 놀라 후야오를 올려다보았다.

얼굴빛이 창백했다. 평소의 그녀 모습을 생각하면 상상할 수 없을 정도로 공포에 물든 표정이었다.

따뜻한 봄바람이 불어 내려오고, 어디선가 세계를 뒤바꾸는 소리가 들려온다──.

디잉.

"──아니요. 이곳은 틀림없는 르나르 마을이랍니다."

들어본 적 있는 목소리가 귓가에 울렸다. 나는 놀라서 마을 중앙 쪽으로 시선을 돌렸다.

그곳에 서 있는 사람은 낯익은 비파 법사였다.

나풀거리는 법의를 입고서, 눈이 안 보이는 건지는 몰라도 신기한 문양이 그려진 안대를 차고 있다. 등에 메고 있는 건 저 녀석을 비파 법사답게 만들어 주는 현악기 '비파', 전란이 일어날 때마다 '디잉 디잉' 하고 불길한 선율을 연주한다.

성채의 살인귀──'해주' 트레몰로 파르코스텔라가 주머니에 손을 찔러넣은 채 기분 나쁜 웃음을 짓고 있었다.

"나…… 나타났구나! 역시 이곳이 성채의 아지트였던 거야?!"

"네. 애초에 네오플러스 자체가 성채의 아지트니까요── 그건 그렇고."

트레몰로는 난처하다는 듯이 뺨에 손을 올렸다.

"제가 지하에 들어가 있는 동안 많은 일이 있었나 보네요. 지사부를 탈취당하고, 용병들이 공격해 들어오고, 비장의 마법석이 폭발하고── 어휴, 네프티 씨의 말괄량이 기질도 참 곤란해요."

다리가 절로 덜덜 떨렸다.

상대는 프로 살인마. 이 녀석한텐 이미 한 번 죽을 뻔했다. 미리 실을 여기저기 깔아뒀을 가능성도 있다. 1초 뒤엔 내 목이 공중으로 날아가는 게 아닐까── 뇌가 마비되는 듯한 공포가 온몸을 휩쓴다.

그럼에도 나는 용기를 쥐어 짜내 한 걸음을 내디디며, 간신히 목에서 목소리를 낼 수 있었다.

"항복해도 소용없다! 얌전히 저항하도록!"

트레몰로가 쿡쿡 웃었다.

"귀여워라. 긴장하고 계시는군요."

"앗…… 실수했다! 저, 저항해도 소용없다! 얌전히 항복하도록!"

"하지만 그 마음도 이해합니다. 이곳에 발을 들인 시점에서 당신은 사냥당하는 쪽이니까요."

"사냥?! 역시 함정을 깔아둔 거야?!"

"글쎄요? 그건 실제로 확인해보지 않으면 모릅니다."

"아니, 기다려! 우선은 대화를 나눠보자고! 오늘도 날씨가 정말 좋은걸!"

"그러네요, 아주 아름다운 저녁놀입니다. 자아, 살생을 시작해 보죠."

"잠깐잠깐잠깐잠깐! 네가 좋아하는 음식은 뭐야?! 나는 오므라이스를 좋아한다!! 참고로 린즈는 배추를 좋아하고, 후야오는 유부초밥이랑 유부를 정말 좋아하지!!"

"시간을 벌려는 속셈인가요? ──그렇군요, 그 수작에 넘어가 드리죠. 저도 드리고 싶은 말이 있었던 참입니다."

트레몰로는 하늘을 올려다보며 "여우 씨" 하고 속삭이듯 말했다.

후야오가 움찔, 어깨를 떨었다.

"……뭐냐."

"오랜만이네요, 여우 씨. 8년 전에 처음 봤을 땐 영구치도 나지 않은 어린애일 뿐이었는데. 세월의 흐름이 쏜살같다는 게 이런 거죠."

나는 깜짝 놀라 두 사람의 얼굴을 교대로 바라보았다.

이 녀석들, 서로 아는 사이였어……?

그런데 재회를 기뻐하는 기색은 아니었다.

트레몰로와 후야오 사이에 흐르는 건 강철보다 더 딱딱한, 살벌하기 짝이 없는 분위기였다.

"다시 한번 말하지만, 이곳은 틀림없는 르나르 마을입니다. 당신이 태어난 고향이자, 8년 전에 마을 사람들이 죽음을 맞이

한 비극의 마을. 이거 보세요, 저기 건물의 흔적이 남아 있죠? 당신이 살던 집도 있잖아요."

"말도 안 돼. 르나르 마을은 이런 골짜기 밑바닥이 아니었어."

"커다란 지진이 있었답니다. 마을 대부분이 성동에 파묻히고 말았죠."

"그러니까 말도 안 된다고 말하고 있잖아! 애초에 나는 저쪽 세계에서 태어났어! 저세상에 '르나르'라는 이름을 가진 마을이 있다고 해도 나와는 아무런 관계도 없어!"

"네르잔피 경 말로는 저쪽 세계엔 지금도 르나르 마을이 남아 있다는 것 같네요."

"……!"

대화를 따라갈 수 없었다.

후야오가 왜 그토록 초조해하는 건지 도무지 짐작이 가지 않았고, 트레몰로가 대체 무슨 목적으로 르나르 마을 얘기를 꺼내는지도 이해할 수 없었다.

그저 후야오의 마음이 점점 검게 물들어 가고 있다는 사실만큼은 피부로 느껴졌다.

"제2세계는 제1세계와 '거의' 거울에 비친 상처럼 이루어져 있습니다. 그러니 르나르 마을은 총 두 곳이 존재하는 거죠."

"그건…… 그렇다면."

"당신은 이미 깨달은 거 아닌가요? 저쪽 르나르 마을은 여전히 남아 있고, 이쪽 르나르 마을은 멸망했다. 지금도 땅에 묻히지 못한 시신들이 비바람을 맞고 있는 이곳. 당신이 8년 전에 겪

었던 일은 저세상에 있는 르나르 마을의 멸망이었던 겁니다. 그
리고——."

디잉.

비파 소리가 울렸다. 트레몰로는 잔혹한 웃음을 지으며 말했다.

"8년 전 그때 유린 건데스블러드는 제1세계에 있었죠. 그건
테라코마리 건데스블러드가 잘 알고 있는 대로입니다."

"닥쳐……."

"다시 말해, 아무리 해도 유린 건데스블러드가 저세상의 르나
르 마을을 멸망시킬 순 없다. 이게 뭘 의미하는 건지 아시겠습
니까?"

"닥치라고 말했다!"

후야오가 분노를 폭발시키며 달려들었다.

디잉, 디잉.

사방팔방에서 만다라 광석을 가공한 실이 닥쳐든다.

후야오는 《막야도》를 휘두르며 솜씨 좋게 실을 끊어내고 있
었다.

그럴 때마다 '피잉!' 하는 예리한 소리가 울려 퍼졌고, '디잉'
하고 현을 튕기는 소리와 맞물려 불길한 광상곡을 연주했다.

"잠깐, 후야오——."

서걱! ——섬뜩한 소리가 들렸다.

바로 옆에 있던 나무가 밑동부터 깨끗하게 절단되더니, 거대
한 몸통을 회전시키면서 내 쪽으로 쓰러졌다.

목 깊숙한 곳에서부터 비명이 터져 나왔다. 나는 죽음의 공포

에 휩싸여 나 살려라 도망쳤다.

반쯤 구르듯이 지면에 슬라이딩한 순간, 뒤에서 '쿠웅!' 하고 거인이 발을 구른 듯한 충격이 울린다.

위험해. 가만히 서 있는데도 죽겠어.

하지만 도망칠 수는 없었다. 후야오를 두고 갈 수는 없으니까.

후야오는 자기에게 닥쳐드는 실을 베어내면서 트레몰로에게 달려들었다. 이제 거리는 10미터도 남지 않았을 때――《막야도》를 고쳐 잡으며 힘차게 땅을 박찼다.

"자아…… 죽을 각오는 되어 있나?!"

도약.

디잉.

트레몰로가 슬픈 목소리로 중얼거린다.

"――용서해 주세요. 저는 죽고 싶지 않습니다."

"!"

후야오의 움직임이 둔해졌다.

사선으로 내려 베는 칼날의 기세가 주춤하자, 그 빈틈을 찬스라고 본 트레몰로가 백스텝으로 다시 거리를 벌렸다.

디잉.

어깻죽지에서 붉은 선혈이 터졌다.

뒤쪽에서 다가온 실이 후야오의 어깨를 도려낸 것이다. 그대로 심장까지 절단당하지 않은 게 불행 중 다행이었겠지―― 그렇게 냉정하게 분석하고 있을 상황은 아니었다.

"후, 후야오―!"

나는 다급히 외치면서 뛰쳐나갔다.

후야오는 상처 부위를 손으로 누르며 고통스러운 신음과 함께 그 자리에 무릎을 꿇고 있었다.

뚝뚝 떨어지는 피가 말라버린 논을 적신다.

상처의 출혈을 눈앞에서 보자 현기증이 이는 걸 느꼈다.

지독한 상처다── 이런 상처는 마핵이 없는 장소에선 손쓸 도리가 없다.

"괜찮아?! 어, 어쩌지, 가방에 상처약이 있긴 하지만, 그래도."

"됐어…… 별거 아닌 상처야……."

당황하여 부산 떠는 나를 제지하면서, 그녀는 비틀비틀 몸을 일으켰다.

뭔 소릴 하는 거야. 이게 어딜 봐서 '별거 아닌 상처'인데. 서둘러 응급처치하지 않으면 죽을지도 모르는 수준이잖아. 요한만 봐도 이 정도 상처로 툭하면 죽는다고── 하지만 후야오는 두려울 정도로 의연한 눈빛으로 트레몰로를 응시하고 있었다.

"……비겁한 수를 쓰는구나. 하지만 속은 내가 어리석었어. 너는 이미 몸을 내던질 각오가 되어 있는 모양이군."

"물론입니다. ──하지만 여우 씨도 별난 분이네요. 죽어 마땅한 사람에게 각오의 여부 따위 아무 상관도 없을 텐데."

"나는 모든 사람이 죽을 자리를 선택할 수 있는 세계를 지향하고 있어. 너 같은 쾌락 살인마는 이해 못 하겠지만……."

"그런가요. 그건 르나르 마을을 멸망시켰던 경험에서 나온 사상이군요."

나는 기분 나쁜 무언가를 느꼈다.

지나치게 수다스럽다. 오히려 이 녀석이 시간을 벌려는 속셈이 아닐까── 그런 정체 모를 불안이 가슴속에 스멀스멀 차오른다.

"사람의 신조는 인연을 통해 형성되죠. 당신은 자신과 똑같은 슬픈 말로를 걷는 사람이 더 이상 나타나지 않기를 바라고 있네요. 정말로 훌륭한 일입니다."

"……닥쳐. 베어주마."

"그래서 살인에 제약을 걸고 있는 건가요. 그렇다면 '죽고 싶지 않은 사람'을 죽인 적은 한 번도 없다는 뜻인가요?"

"당연한 소리……! 나는 세계를 바꾸기 위해 싸우고 있어……!"

"정말로 그런가요? 그건 소용없는 짓 아닌가요?"

갑자기 땅이 흔들렸다.

나무가 요동치고, 낡은 가옥이 흔들리고, 지면에 떨어져 있던 돌들이 데굴데굴 굴러간다.

거대한 무언가가 대지를 부수고 있는 듯한 기척.

나는 문득 깨닫고서 시선을 발밑으로 내렸다.

──밑이다. 밑에 무언가가 있다.

"후야오! 일단 물러나자! 이상한 느낌이 들어!"

"소용없다고? 무슨 소릴 하고 싶은 거지, 트레몰로 파르코스텔라."

"아뇨, 신경이 쓰였을 뿐입니다."

트레몰로는 입가에 손가락을 대고서 심술궂은 선생님처럼 질문을 던졌다.

"당신은 르나르 마을 사람들이 유린 건데스블러드에게 살해당하는 광경을 직접 눈으로 본 건가요? 정말로 범인은 그 흡혈귀라고 생각하는 건가요? 다른 가능성은 생각해 본 적 없나요? 어째서 후야오 메테오라이트 혼자 살아남은 건가요?"

"＿＿＿＿＿."

후야오의 입술이 얼어붙은 것처럼 멈췄다.

직후――.

세상이 뒤집히는 듯한 대지진이 일어났다.

땅이 아래에서부터 용솟음친다. 나는 한순간도 버티지 못하고 넘어지고 말았다. 피로 적셔진 논밭이 쩍 갈라졌고, 지층을 좌우로 밀어 헤치듯이 '팔'이 튀어나왔다.

새까만 손가락 세 개가 돋아난 '팔'.

"알고 계시나요. 옛 르나르 마을에는 저세상의 마핵이 묻혀 있었답니다. 만다라 광석의 광맥이 존재한다는 게 가장 큰 증거――."

팔이 바위를 부수면서 쭉쭉 뻗어 나온다.

굼벵이가 땅 밑에서 위로 기어 올라오는 것처럼, 그 녀석이 점차 모습을 드러냈다.

"하지만 아직도 찾아내지 못했습니다. 이 주변은 지진이 자주나는 곳이라, 시간이 지날 때마다 땅속 깊이 가라앉았던 거죠. 네프티 씨가 애를 먹는 것도 수긍이 갑니다―― 그래서 유세이는 채굴을 도와줄 짐승을 준비했습니다. 하지만 그들은 채굴만 돕는 건 아닙니다. 외부에서 오는 적을 막아내라는 지시도 받았죠."

"무, 무슨 소린지 모르겠는데?! 뭐냐고 이 녀석은?!"

"가장 거대한 비수—— 우리는 '나찰'이라고 부릅니다."

지면이 폭발하는 듯한 충격이 울려 퍼졌다.

뭉게뭉게 피어오르는 흙먼지—— 그 너머로 거대한 그림자가 서 있는 게 보였다.

저번에 만났던 비수와는 비교조차 되지 않는다.

덩치는 산이 아닌가 헷갈릴 정도였고, 새까만 피부는 금속 같은 광택으로 빛나고 있었다.

두 다리로 단단히 대지를 딛고서, 등에 펼치고 있는 건 박쥐를 닮은 두 장의 날개.

살기가 넘쳐흐르는 예리한 안광을 뿜으며 우리를 내려다보는 짐승——.

한마디로 표현하면 '거대한 드래곤'이었다.

비수는 개 말고 다른 형태를 취할 수도 있었던 걸까.

"제 《명호현》만으론 두 분의 목숨을 거둘 수 없습니다. 그건 뤼미에르 마을에서 증명된 사실입니다. 그래서 이 아이의 손을 빌리기로 했죠."

"웃기지 마! 이렇게 세 보이는 드래곤이 온다는 소리는 못 들었는데?!"

"서프라이즈니까요. ——오랜 옛날, 육국의 영웅들이 타고 다녔다고 전해지는 '황교룡'의 모조품입니다. 하지만 비수임에는 변함이 없으니, 머리에 심어져 있는 만다라 광석을 파괴하면 쓰러트릴 수 있답니다?"

트레몰로가 승리를 뽐내는 것처럼 쿡쿡 웃었다.

저 녀석이 쓸데없이 주절주절 떠들었던 이유는 이 나찰이라는 괴물이 도착할 때까지 시간을 벌기 위해서였겠지.

그건 그렇고 크다. 부케팔로스의 100배 가까이 된다.

이런 녀석과 정면으로 맞서 싸워봤자 이길 수 있을 거라는 생각이 안 든다.

"우엑."

바람을 가르는 소리가 들렸을 땐 이미 늦었다.

유연한 채찍과도 같은 거대한 꼬리가 덮쳐들자, 나와 후야오는 맥없이 날아가고 말았다. 어떻게든 낙법 자세를 취해 보려고 발버둥 쳤지만 소용없었고, 우리는 한 덩이가 되어 지면을 데굴데굴 굴렀다.

콰앙!!

암벽에 세게 부딪혔다.

의식이 날아갈 뻔했던 걸 꾹 참고 견뎠다.

너무나도 아팠다. 갑자기 공격하다니 너무 비겁하잖아, 아직 마음의 준비가 다 안 됐다고, 애초에 후야오는 다친 상태란 말이야——.

"후, 후야오! 괜찮—— 히익."

내 손바닥이 새빨갛게 물들어 있다는 걸 깨달았다.

피가 멎지를 않는다. 후야오의 어깨에서 붉은 액체가 울컥울컥 분수처럼 솟구치고 있다. 가만 내버려 뒀다간 죽고 말겠지——

그런데 후야오는 어째서인지 악몽에 시달리는 듯한 표정으로 폐허가 된 르나르 마을을 바라보고 있었다.

"말도 안 돼, 그치만 나는, 그럴 수가……."

"정신 차려! 자, 부축해 줄 테니까!"

"나는 유린 건데스블러드에게 복수하기 위해서…… 누구나 죽을 자리를 선택할 수 있는 세계를 만들기 위해…… 어떤 상대에게도 위협받지 않을 만한 강함을 손에 넣기 위해……."

명백히 상태가 이상했다.

지나친 고통 탓에 머릿속 나사가 풀려버린 기색은 아니었다.

다른 이유로 혼란에 빠진 느낌이었다.

문득, 후야오의 몸에서 검은 안개 같은 게 흘러나오고 있다는 걸 눈치챘다.

이건—— 의지력인 걸까?

"어라라, 상당히 순도 높은 슬픔을 품고 있었던 모양이네요."

트레몰로가 주머니에 손을 찔러 넣은 채 비웃음을 지었다.

"제가 세계에 슬픔의 씨앗을 뿌리고 다니는 이유는 부정적 감정의 의지력을 모으기 위해서입니다. 사람들이 슬퍼하면 슬퍼할수록 부정한 기운이 대량으로 넘쳐흐르고, 이 비파에 쌓여가죠. 그리고 유세이를 성장시키기 위한 에너지가 됩니다. 그런 점에서 여우 씨의 슬픔은 정말 굉장하네요."

"너…… 후야오한테 무슨 짓을 한 거야?"

"글쎄요? 뭘 했을까요?"

흘러나오는 부정한 기운이 공중으로 모락모락 피어오르더니 트레몰로의 비파 속으로 빨려 들어갔다.

저 악기 속에는 사람들의 슬픔이 무시무시할 정도로 담겨 있겠지.

시선을 돌리자, 후야오의 가슴께에 떠오른 별 모양 흔적이 보였다.

"에너지가 어쩜 이렇게 근사할까. 역시 시간을 들여 키워 온 보람이 있었습니다."

"이제 됐어! 가자, 후야오, 저 녀석 얘기를 들어 봤자 시간 낭비야!"

"이거 놔, 테라코마리. 나는……."

"여우 씨, 당신은 착각하고 있어요."

후야오의 몸이 돌처럼 굳었다.

잡아당겨도 움직이지 않는다. 그녀는 트레몰로의 술책에 빠지고 말았다.

"당신은 저세상 출신인 수인입니다. 그리고 당신의 르나르 마을을 멸망시킨 사람은 유린 건데스블러드가 아니죠── 이게 무슨 뜻인지 아시겠나요?"

"…………."

"각오가 없는 사람은 죽이지 않는다? 아무도 슬퍼하지 않을 수 있도록 최강의 힘을 손에 넣는다? 참으로 훌륭한 신념이네요. 그 노력이 고통을 수반하면 할수록 수확할 수 있는 슬픔도 더 많아지는 겁니다. 르나르 마을 사람들의 죽음은, 그리고 당신의 노력은, 오늘 이 순간 슬픔의 결실을 맺기 위한 비료에 지나지 않았던 거예요."

"네가…… 네가, 네가 한 짓이냐? 내 가족을, 오빠를……."

디잉.

비파 소리가 울렸다. 트레몰로가 줄 위에 손가락을 얹고서 현을 튕겼다.

"──글쎄요? 당신이 한 건 아니고요?"

이해가 되질 않는다.

이 녀석은 무슨 소릴 하는 걸까.

"저는 그저 지켜봤을 뿐입니다. 마을에 불을 질러 사람들의 목숨을 앗아간 사람은 다른 누구도 아닌 후야오 메테오라이트 자신이면서."

"그…… 그럴 수가."

"죽을 각오가 없는 사람을 죽인 적은 없다── 그 신조는 애초부터 어긋나 있었던 거죠. 당신은 죄책감을 이기지 못해 기억을 지웠군요. 게다가 '다른 사람이 되고 싶어'라고 바라게 되었습니다── 치졸하게도 이중인격을 연기하는 이유는 그래서잖아요?"

"그런, 말도 안 되는 일이, 있을까 보냐!"

후야오가 분노를 터트리며 칼을 고쳐 쥔 순간,

나찰이 포효했다.

디잉, 디잉── 불길한 비파 소리와 함께 거대한 체구가 돌진해 온다.

고통이 한계를 넘은 걸까, 일어나려던 후야오가 그 자리에 주저앉고 말았다.

나는 눈앞에서 펼쳐진 지독한 전개에 넋을 잃었다.

뤼미에르 마을에만 심한 짓을 한 게 아니었다. 이 녀석은——성채는, 화해의 여지조차 없는 악당일지도 모른다. 트레몰로는 후야오의 마음을 옭아매려는 의도 하나만으로 끔찍한 짓을 저질렀다. 만약 르나르 마을이 지금도 무사했다면 후야오는 테러리스트 조직에 투신할 일 없이 평범한 소녀처럼 즐겁게 인생을 살아가고 있었을지도 모르는데.

나는 마음이 술렁이는 것을 느끼며 여우 소녀를 내려다보았다.

의식을 잃은 걸까, 혹은 이게 현실이라는 걸 받아들이지 못하는 걸까, 후야오는 그저 멍하니 웅크리고 있었다.

이런 걸 용서할 수 있을 리가 없다.

이런 곳에서 비수의 먹이가 될 수는 없다.

그리고—— 더 이상 이 녀석 때문에 슬퍼하는 사람을 늘려선 안 된다.

"……트레몰로. 여기서 너를 막아내겠어."

나찰이 사납게 소리를 지르며 가속했다.

나는 주머니에서 작은 병을 꺼내 뚜껑을 힘껏 튕겨서 열고는 안에 담긴 새빨간 액체를 주저 없이 들이켰다.

두근.

후야오가 깜짝 놀라 내 얼굴을 올려다본다.

고동이 빨라졌다. 무지갯빛 마력이 흘러나온다.

저녁 하늘에 무지개가 걸리며 따뜻한 비가 툭툭 떨어지기 시작했다.

운명이 뒤바뀌어 가는 기척.

강렬한 목적의식에 등을 떠밀려 달려드는 나찰을 정면으로 응시했다. 그리고 이렇게 하는 게 당연하다는 것처럼 오른손을 위로 들었다.

손을 든 순간, 엄청난 굉음과 함께 지면이 내려앉았다.

귀가 먹을 정도로 커다란 절규가 울려 퍼졌다.

나찰은 갑자기 발생한 지반 침하에 말려들어 하반신을 움직일 수 없게 됐다.

마구 몸부림치며 날뛰어도 빠져나올 수 없었고, 오히려 점점 더 가라앉을 뿐이었다.

거기에 더해 머리 위에서 무언가가 부서지는 소리가 났다. 충격에 흔들렸던 걸까, 어쩌면 처음부터 무너지기 직전이었을지도 모른다. 이유는 어쨌든 절벽 위쪽이 무너져 대량의 낙석이 쏟아졌다.

트레몰로가 다급하게 실을 당겼다.

바위 몇 개가 분해되어 작은 돌멩이가 되었다. 하지만 그게 다였다. 모든 낙석을 다 막아내기는 도저히 불가능했다── 머지않아 가장 커다란 바위가 운석처럼 떨어지더니 아직도 땅 위로 기어 나오려고 몸부림치던 나찰의 정수리에 내리꽂혔다.

쩌적.

비수에게 박혀 있던 만다라 광석에 금이 갔다.

다음 순간── 푸확!! 칠흑의 의지력이 주변에 흩뿌려졌다.

끈적끈적한 액체. 나찰은 이미 용의 형태를 유지할 수 없게 되어, 구멍에 끼인 채 보기에도 흉측한 진흙으로 변하기 시작했다. 게다가 그 진흙은 중력에 이끌리는 것처럼 지면 아래에 스며들더니 점점 보이지 않게 되었고──.

"아아…… 이게 무슨 일이람…… 유세이가 맡긴 최강의 비수가……."

붕괴는 여전히 멈출 기미가 없었다.

하늘에서 빗줄기처럼 끊임없이 바위가 떨어진다.

나는 후야오의 손을 잡아당긴 다음, 그녀를 부축해 성동 쪽을 보았다.

"돌아가자! 어서 상처를 치료해야── 으윽?!"

뇌가 흔들리는 듯한 충격이 엄습했다.

깨닫고 보니 나와 후야오는 함께 날아가고 있었다.

달려든 무언가에 치여 날아가는 듯한 감각── 나는 성동 입구 주변에 널브러져, 머뭇머뭇 나찰이 있던 곳으로 시선을 돌렸다.

──뭐야, 저건?

검은 액체는 아직 남아 있었다.

트레몰로를 에워싸고서, 마치 문어의 다리가 꿈틀거리는 것처럼 구불구불 요동쳤다.

시꺼먼 부정한 기운이 넘쳐 흘러나와, 황폐해진 르나르 마을을 삼켰다.

마치 마을이 엄청난 속도로 번진 곰팡이에게 침식당하는 것처럼 보였다.

부정한 기운은 절벽을 타고서 저녁 하늘을 향해 기어 올라가더니, 네오플러스 시가지 쪽으로 계속 뻗어간다.

그뿐만 아니라, 꿈틀거리는 구더기처럼 순식간에 우리에게도 다가왔다.

저도 모르게 비명을 지르며 물러났다.

그리고 나는 사람의 목소리를 들었다.

우는 소리, 신음 소리, 단말마의 비명———. 비수 안에 갇혀 있던 칠흑의 의지력은 누군가의 슬픔을 통해 만들어진 최악의 에너지였다.

그들의 비통함이, 원한이, 공기를 매개 삼아 내 마음속에까지 침식해 들어온다.

방금 우리는 이 에너지에 치여 날아갔던 거겠지.

아니, 그런 것보다.

"윽."

나는 구토감을 느끼며 입을 막았다.

뭐야 이거? 비수는 핵을 파괴하면 끝나는 거 아니었어?

소름이 끼칠 정도로 역겹다. 이런 건 몰라.

"———어쩔 수 없지. 나찰은 최대한 이용해 주겠어."

디잉, 디잉, 디잉.

트레몰로가 연이어 비파를 튕겼다.

비파의 현에 엉겨 붙는 것처럼 나찰의 잔해가 흡수되고 있었다. 저 악기는 의지력을 모으는 기능이 있는 게 틀림없다———. 그때 칠흑의 에너지가 엄청난 기세로 확산되었다. 촉수 같은 형태로 변한 검은 에너지는 떨어져 내리는 바위들을 하나도 놓치지 않고 능숙하게 막아냈다.

마치 신화 속의 괴물이 날뛰는 광경 같았다.

저런 괴물에게 맞설 수 있을 리 없다.

무섭다. 그저 순수한 두려움을 느꼈다.

"······테라코마리, 물러나자······."

"후야오······!"

금방이라도 숨이 끊어질 듯한 모습으로 후야오가 몸을 일으켰다. 시들어 가던 마음이 회복되었다.

그래── 무서워서 떨고 있을 때가 아니다. 우선은 퇴각해야 한다.

저 녀석이 비처럼 떨어지는 낙석에 맞서느라 바쁜 지금이 기회.

나는 후야오와 서로를 부축하면서 르나르 마을을 뒤로했다.

☆

아이란 린즈와 함께 어두컴컴한 신전 안을 나아갔다.

탁한 공기. 부정한 기운이 발아래에 깔려 있다.

이 앞으로 나아가면 녀석의 면상을 볼 수 있을지도 모른다.

나는 가슴이 뛰는 걸 느끼면서 계단을 내려갔다.

"스피카 씨······ 메이파는 여기 있나요······?"

"《야천륜》이 가리키는 좌표는 이곳인 것 같네. 더 지하로 내려가야 할지도."

나는 문득 천장으로 시선을 올렸다.

비수들의 기척이 느껴진다── 아니, 이건 부정적인 의지력의 파동이었다.

그때 신전이 흔들릴 정도로 커다란 진동이 전해졌다.

린즈가 "꺄악" 하고 비명을 지르며 엉덩방아를 찧었다.

충격이 멎을 기색이 없다. 무언가가 지상에서 날뛰는 것 같았다.

"뭐, 뭐, 뭐지?! 설마 비수……?!"

"멀리 있으니까 겁먹지 않아도 괜찮아. 자, 어서 일어나."

나는 린즈에게 손을 내밀어 주었다.

린즈는 잠시 망설인 다음 오히려 내가 무서운 것처럼 내민 손을 쥐었다.

변함없이 가학심을 부채질하는 애처로운 느낌이다. 개 목걸이를 채우고서 키워주고 싶다.

"천장이 무너지진 않을까요……?"

"후훗, 당장이라도 무너질 것 같네! 생매장될지도 모르겠는걸?"

"히끅……."

"자, 계속 가자."

나는 린즈의 손을 이끌면서 걸음을 서둘렀다.

이곳에서 성채를 해치울 수 있다면 나머지는 뒷정리나 마찬가지다. 마핵을 모아서 '신을 죽이는 탑'으로 향하면 그만이다. 그렇게만 하면 세계는 평화로워진다. 600년 전에 헤어지고 만 그 아이는, 분명 지금도 탑의 최상층에서 나를 기다리고 있을 테니까——.

잠시 후, 운동장처럼 넓게 트인 공간이 나타났다.

부정한 기운의 출처는 이곳인가 보다. 나는 기둥 뒤에 숨어서 방 안의 상황을 살폈다.

벽과 천장은 여기저기 무너져서, 갈라진 틈 사이로 성동에 묻힌 만다라 광석의 보라색 빛이 언뜻언뜻 보였다. 휑하게 비어 있는 공간 안엔 셀 수없이 많은 관이 가지런히 놓여 있었다. 몇몇 관은 뚜껑이 열려 있다. 마치 안에서 시체가 스스로 빠져나온 것처럼.

그리고—— 전방에는 제단이 있었다.

아주 소박한 제단이다.

하지만 눈에 익었다. 제단 가운데에 놓여 있는 것—— 그건 반짝반짝 빛나는 액체가 고여있는 샘물이었다. 거무칙칙한 부정한 기운은 저 샘 안에서 흘러나오는 거였다.

저건 '마천(魔泉)'이 분명하다.

현세에선 피를 마핵으로 전송할 때 쓰이는 마법 현상.

마천은 피뿐만이 아니라, 다양한 에너지를 지정해 둔 무언가로 보낼 수 있는 기능을 지녔다던데——.

"메이파!"

린즈가 외치며 달려갔다.

가장 가까이 있는 관에 본 적 있는 요선 소녀가 누워 있었다.

랸 메이파.

마핵의 붕괴 탓에 행방불명됐던 린즈의 시중 담당이다.

성동에 있다는 건 알고 있었지만, 설마 관에 갇혀 있을 줄은 몰랐다.

린즈는 눈물을 흘리며 종자에게 매달리고는, 차가워진 손을 쥐고서 외쳤다.

"메이파, 메이파! 정신 차려봐……! 응? 눈 좀 떠봐……!"

"……으, 으으…… 린즈……?"

"메이파……!"

의외로 란 메이파에겐 의식이 있었다.

안색이 파리했고, 영양 상태도 좋아 보이지 않지만, 심장은 확실하게 뛰고 있다.

"어떻게 린즈가 여기에……?"

"다행이다……! 당연히 메이파를 구하러 온 거야!"

나는 두 사람을 무시하고서 걷기 시작했다.

엉겨 붙는 부정한 기운은 손날로 흩어버렸다.

줄지어 있는 관에는 메이파 말고도 사람들이 들어 있었다. 다들 죽은 건 아니었다. 축 늘어져 허공만 바라보며, 죽음이 오는 순간만 애타게 기다리는 것처럼 침묵하고 있었다.

그들의 몸에 별 모양 흔적이 떠오른 게 보였다.

게다가 그 흔적에서 의지력이 흘러나와 마천을 향해 빨려 들어가고 있다.

린즈의 간호를 받으며 메이파가 신음을 흘렸다.

"나는…… 나는……."

"진정해. 무슨 일이 있었는지 얘기해 볼래……?"

"나는…… 광산 도시로 전이돼서…… 검은 짐승한테 습격당했어. 그리고 정신을 차려보니 여기 있었어…… 마찬가지로 납치된 다른 사람도 있었는데 그들은 살해당하고 말았어……."

"그래도 메이파는……."

"나는…… 어째선지 죽이지 않고 여기에 가둬놨어. 나 말고도 살아있는 사람이 있는 것 같은데…… 그들의 목적은 의지력을 빼앗는 걸지도 몰라……."

그렇구나, 그렇구나.

납치한 사람들한테서 의지력을 빼앗고, 부정한 기운으로 바꿔서 이쪽으로 되돌려 보내고 있는 모양이다.

이곳에 붙잡힌 사람들은 열핵해방을 소유한 사람들이었다.

열핵해방은 굳센 마음을 가진 자들에게만 깃든다. 그런 사람들은 마음이 꺾이더라도 몇 번이고 다시 일어나니까 채취할 수 있는 의지력의 양도 현격한 차이가 있겠지.

"흠……."

성채는 세계를 부정한 기운으로 가득 채울 작정인가 보다.

부정한 기운은 유세이에겐 에너지.

녀석은 마음껏 날뛰기 위해 '환경 조성'을 착착 진행하는 중이다.

그냥 간과할 수는 없었다.

나는 제단에 발을 올려, 부정한 기운으로 범벅이 된 마천을 들여다보았다.

육국에 있는 마천과 만듦새는 다르지 않았다. 다만 이 마천과 이어져 있는 건 마핵이 아니겠지. 의지력을 부정한 탁기로 변환시키는 특수한 도구일까, 아니면——.

똑.

모자에 물방울이 떨어지는 걸 느꼈다.

반사적으로 고개를 들어 머리 위를 보았다.

넓은 천장에서 똑, 똑, 검은 액체가 스며 나오고 있다.

——물? 바로 위에 지하 호수라도 있는 걸까?

아니, 물이 아니다. 이건 부정한 기운이다.

너무나도 농도가 짙어서 액체 형태로 실체화된 모양이다.

이런 건 본 적도 없었다.

이걸 저세상에서 깨끗이 청소하려면 꽤 오래 걸리겠지——.

꽉.

손목을 붙잡혔다.

서늘한 피부의 감촉.

예상 밖의 사태가 일어나자 비명조차 나오지 않았다.

수백 년 만에 식은땀이 흐르는 걸 느끼면서 나는 천천히 시선을 밑으로 내렸다.

샘에서 튀어나온 가느다란 팔이 내 손목을 잡아채고 있었다.

키득키득, 키득키득.

어디서인지 모르게 불쾌한 웃음소리가 들려온다.

무수한 파문의 너머에서, 어렴풋이 소녀의 형상이 떠올랐다.

"너는 뭐야."

가느다란 팔의 주인은 대답하지 않았다.

대답 대신 그녀의 손가락 끝에서 흘러나온 거무튀튀한 의지력이 팔을 타고 기어 올라왔다.

손톱이 파고들어 피부가 찢어진다. 혈관을 찢겨 피가 번져 나온다.

나는 재빠르게 물러서려고 했지만, 상대의 힘이 상상 이상으로 강해서 넘어질 뻔했다.

"손톱을 안 깎는 타입? 그런 사람은 좋아하지 않는데——."

누군가가 비명을 질렀다.

그건 내 이름을 부르는 린즈의 목소리였다.

그녀는 "도망쳐"라고 필사적으로 연이어 외치고 있었다.

어째서인지 움직일 수가 없었다. 깨닫고 보니 부정한 기운들이 내 발목에 엉겨 붙어 있었다. 절로 몸이 움츠러드는 악의가 온몸의 근육을 꼼짝달싹 못 하게 단단히 속박했다.

그런가.

마천은 이 녀석의 체내로 이어져 있는 건가.

그렇다면, 이 녀석이.

이 녀석이 만악의 근원.

사람의 마음을 최악의 방향으로 개변하고 있는, 저녁 하늘의 별.

『스피카 짱. 죽어줘.』

샘 안의 소녀가 작게 속삭였다.

악의의 덩어리에 농락당해, 반응이 살짝 늦고 말았다.

샘에서 홍수처럼 부정한 기운이 솟구쳐, 눈 깜짝할 사이에 내 몸을 집어삼켰다.

☆

검다.

주변 한쪽 면이 새까맣게 물들어 있었다.

광산 도시 네오플러스에 도착한 코마리 수색대가 목격한 건, 거뭇한 저녁 하늘과 땅이 함몰된 거리, 그리고 길을 따라 퍼져 나가고 있는 시커먼 부정한 기운이었다.

여기도 저기도 대소동이었다.

당황해서 어쩔 줄 모르는 사람들. 부정한 기운에 삼켜져 폐인처럼 조용해진 사람들. 무언가로부터 도망치는 것처럼 뿔뿔이 흩어지는 사람들.

"……뭔가요 이거? 지옥?"

"카루라 님, 저쪽에 온천이 있대. 온천물이 보라색으로 빛나는 '만다라 온천'. 이왕 왔으니까 들어가 보지 않을래?"

"아무리 생각해도 관광이나 할 상황이 아니잖아요?!"

코하루는 "아, 그랬지"라면서 진지한 표정으로 네오플러스의 참상을 바라보았다.

키르티 블랑의 안내를 받아 며칠 내내 남쪽으로 내려왔다.

너무 오래 걸어서 발이 부르트고 근육통에 시달리는 등 힘들었지만, 드디어 테라코마리 건데스블러드가 연행된 장소로 추정되는 광산 도시에 도착했다.

그런데 뭐지 이 상황은?

마치 할머님에게 두들겨 맞아서 기절했을 때 자주 보던 악몽과 비슷한 광경 아닌가.

——질척.

카루라의 발밑으로 부정한 기운이 슬그머니 다가왔다.

"꺄악?!"

"카루라 씨, 물러나 주세요!"

철퍽! ——사쿠나가 힘껏 지팡이를 내리쳤다.

하지만 부정한 기운은 마요네즈와 비슷한 질감을 가졌는지 타격을 줘도 조금도 효과가 없는 기색이었다. 카루라를 향한 기습이 실패한 것처럼 보이자마자 꿈틀꿈틀 움직이며 다른 사냥감을 찾아 어디론가 이동하는 게 보였다.

지팡이에 들러붙은 액체를 보면서 사쿠나가 "으으" 하고 얼굴을 찌푸렸다.

"끈적하게 달라붙었어요. 이거 떨어지는 걸까요……?"

"저, 저기. 만지지 않는 편이 좋다고 생각해요."

키르티가 주저하는 기색으로 말했다.

"그건 부정적인 감정의 의지력이에요. 닿으면 모니크가 앓았던 소진병에 걸리게 돼요……."

"대체 왜 그런 게?"

"죄송해요, 모르겠어요…… 하지만, 아마 성채가 관련되어 있다는 사실은 확실해요. 왜냐하면…… 의지력을 사용해 이런 나쁜 짓을 하는 건 그 녀석들뿐이니까요…….”

코하루가 “있잖아” 하고 말을 걸며 키르티의 옷을 잡아당겼다.

“저 검은 동물 같은 건 뭐야? 키우고 싶어.”

그 말에 시가지 쪽으로 시선을 돌렸다.

새까만 몸통을 가진 짐승(?)이 집을 파괴하며 돌아다니고 있었다.

영문을 모르겠다. 방금 본 부정한 기운이 거대화한 것처럼 보이기도 하는데——.

“——저건 아마 ‘비수’예요. 네오플러스의 채굴장에서 출몰하는 괴물인데 사람을 덮친다고 들었습니다.”

“그렇다면 그 채굴장으로 가보는 게 타당한 선택이겠네요.”

카루라는 주먹을 꽉 쥐고서 한 걸음 앞으로 나섰다.

코마리와 아마츠 카쿠메이는 이 마을 어딘가에 있을 것이다.

어쩌면 부정한 기운이나 비수에게 습격당해 다친 상태일지도 모른다.

한시라도 빨리 찾아내야 한다.

“——다들 어서 가죠! 코마리 씨를 되찾아 원래 세계로 돌아가는 거예요!”

수색대 멤버들이 “오!” 하고 대답하며 힘차게 고개를 끄덕였다.

네오플러스의 하늘은 불길한 검은색으로 물들어 있었다.

카루라는 문득 그런 생각이 들었다.

미래의 자신이 경험한 세계란 바로 이런 지옥이었던 걸까?

아무런 부족함도 없는 생활을 보내고 있었을 터였다.

가족은 네 사람.

나와 오빠, 엄마랑 아빠.

르나르 마을은 아주 작은 마을이었다. 왕도와는 비교조차 되지 않는 시골이었지만, 나는 이 마을에 흐르는 평화로운 시간이 정말 좋았다.

그래. 왜 잊고 있었던 걸까.

옛날엔 분명 하늘에 태양이 두 개 떠 있었다. 그런데 어느 순간부터 한 개로 줄었다. 그때를 기점으로 내 기억에 흐릿한 안개가 끼게 된 것이다.

──떠올려선 안 돼. 복수심만을 가슴에 품고서 살아가.

누군가가 그렇게 속삭이고 있었다.

"후 짱. 그쪽 그릇은 다 됐니?"

엄마의 목소리가 들렸다.

축제 전날이었다. 르나르 마을은 풍요를 관장하는 신을 믿고 있어서 한 해에 몇 번 정도 마을 사람들이 다 함께 나서 제사를 지낸다.

나와 엄마는 공물로 바칠 떡을 빚는 일을 맡았다.

하지만 나는 도중에 지루해져서 떡을 점토처럼 주물럭거리며 동물을 만들고 있었다. 그걸 본 엄마는 뺨에 손을 올리고선 "애도 참"이라며 나무라셨다.

"먹을 걸로 장난치면 안 돼. 신이 화를 낼 거야."

"······그치만 지루한걸."

나는 옛날부터 밖에서 뛰노는 걸 정말 좋아했다.

오빠나 다른 또래 남자애들과 섞여 마을을 뛰놀던 게 기억난다.

그래서 집에서 계속 요리만 하는 건 너무 지루했다.

"축제잖니, 각자 자기가 맡은 일을 열심히 해야 해."

"오빠는 밖에서 놀고 있어."

"노는 게 아니에요. 오빠는 아빠랑 같이 일하고 있단다."

납득할 수 없었다.

엄마의 말을 무시하고서 나는 떡 인형끼리 싸우는 놀이를 시작했다.

딸의 뾰로통한 표정을 본 엄마는 "어쩔 수 없겠네"라며 어이없다는 듯 웃었다.

"그럼 아빠랑 오빠한테 떡을 가져다주렴."

"······! 응."

나는 크게 고개를 끄덕이면서 엄마가 건넨 도시락을 받아 들고 후다닥 집에서 뛰쳐나왔다.

딱, 딱, 제단에 못을 박는 소리가 들린다.

남자들은 나무를 베거나, 자재를 옮기고 있었다.

축제를 코앞에 둔 르나르 마을은 들뜬 분위기가 감돌고 있어서 길을 걷고 있는 것만으로도 왠지 마음이 설레어 오는 게 신기했다.

어서 오빠한테 가자── 마음이 들썩이는 걸 느끼며 길을 따라 달리고 있었을 때, 벚나무 밑에 이상한 두 사람이 서 있는 게 보였다.

한 사람은 새까맣고 키가 큰, 담배를 피우고 있는 여성.

다른 한 명은 처음 보는 악기를 등에 메고서 띠로 눈을 가리고 있는 여성.

……대체 누굴까?

마을 사람은 확실히 아니고, 여행객일까?

"──저기요. 거기 있는 여우 씨."

두 사람 중, 악기를 가진 사람이 말을 걸었다.

나는 아무런 경계심 없이 다가갔다.

남들보다 호기심 많은 성격이었으니까.

뭔가 재미있는 일이 생기지 않을까── 그런 두근거림을 품고 있었다.

악기를 든 사람은 "안녕하세요"라며 온화한 말투로 말하며 고개를 숙였다.

"아주 활기찬 마을이네요. 오늘은 축제인가요?"

"으으응, 오늘이 아니라 내일. 신님의 축제……."

싱긋, 상냥한 웃음을 짓는 게 보인다.

"이 마을 분들은 신앙심이 깊은 모양이네요. 그런데 축제보다 중요한 게 있어요. ──여우 씨, 이 보라색으로 빛나는 돌을 본 적이 있으신가요?"

악기를 든 사람이 주머니에서 돌멩이를 꺼냈다.

본 기억이 있다. 아마 르나르 마을에서 이 돌을 모르는 사람은 없겠지.

"그거 땅에 흔히 굴러다니던 돌인데……?"

"그렇군요. 그렇다면 땅 밑에는 더욱 많은 보물이 잠들어 있답니다. 이 세상을 바꿀 수 있을 만한 지보—— 잘만 이용하면 모든 고통을 없애버리고, 사람들의 마음에서 슬픔을 쫓아내고, 영겁의 평화를 불러올 수 있습니다. 관심 없으신가요?"

"당신은 누구야? 여행하는 음악가?"

"제 이름은…… 그렇죠, 유린 건데스블러드."

검은 사람이 "어이" 하고 쓴웃음을 흘렸다.

그리고 담배 연기를 훅 내뿜으며 나를 물끄러미 바라본다.

"——여우 아가씨, 이 유랑 음악가의 말을 믿으면 안 돼. 이 녀석은 터무니없는 악당이야."

"좋은 소재잖아요. 유세이도 기뻐하겠죠."

"어린애인데? 괜찮은 거냐."

"어린애니까 좋은 거예요. 아름다운 검은 꽃을 피워낼지도 몰라요."

"후후후…… 정말로 나쁜 사람이네. 토악질이 나와."

"이 아이는 이제부터 유세이에게 봉사하는 겁니다. 설령 잡초 위에서 허무하게 스러지더라도, 그 선행을 인정받아 서방 정토에 다다를 수 있겠죠. 이 아이를 위한 일이라고요—— 아아, 미안해요, 여우 씨. 어려운 얘기를 해버렸네요."

"두 사람도 축제에 참가하는 거야?"

"축제를 시작할 거랍니다. 자, 네르잔피 경, 부탁합니다. 제 지시대로 움직이도록 조정해 주세요."

"별수 없네. ……뭐, 정신이 미숙하니까 쉽겠지."

검은 사람이 귀찮아 보이는 기색으로 다가왔다.

담배를 툭 던지고서 구둣발로 슥슥 문질러 불을 끈다.

"미안하게 됐어, 아가씨. 저세상에서 활동하기 위해선 거점이 필요한데 이 마을이 안성맞춤이라서. 그리고 마을 사람들은 모르는 모양이지만 이 '만다라 광석'은 비싸게 팔려. 이 사람──유린 씨는 돈을 엄청 밝히거든."

"돈에 대한 욕심은 예전에 버렸습니다. 돈을 밝히는 사람은 네프티 씨죠."

"아무튼 네 힘이 필요해. 우리를 도와줄 수 있겠니?"

뭐가 뭔지 알 수 없었다.

하지만 이 사람들이 곤란해하는 중이라고 생각했다.

곤란해하는 사람에겐 따뜻하게 대해줘야 한다고 엄마가 당부했다.

그래서 나는 순순히 "응" 하고 고개를 끄덕였다.

"불쌍하게도. 하지만 말 잘 듣는 아이는 좋아해."

검은 사람이 싱긋 웃었다.

머지않아 그 눈동자가 붉은색으로 빛나기 시작했다.

"【동자곡학(童子曲學)】── 자, 이 사람의 말을 따르세요."

툭.

손에 들고 있던 도시락이 땅에 떨어졌다.

"——어라? 후 짱, 무슨 일이야?"

오빠는 광장에 있었다.

마을 사람들과 함께 제단을 세우던 중이었나 보다.

살짝 나이 차이가 있는 믿음직스러운 오빠. 나는 오빠가 정말 좋았다.

마을 사람이 "야야"라면서 어이없다는 듯이 웃고 있었다.

"오빠가 보고 싶어서 여기까지 온 거냐?" "오빠한테서 떨어지질 못하는구나." "여기서 같이 작업을 도와줄래?" "떡을 빚는 건 따분할 테니까." ——훈훈한 분위기가 흐르는 공간.

사람과 사람이 서로를 미워하고, 죽이려 드는 수라의 세계에서 그들만이 순박한 마음을 지니고 있었다.

오빠가 쑥스러운 듯이 웃고서 나를 내려다보며 말했다.

그게 마지막 말이었다고 생각한다.

"후 짱, 그러면 도와줄래? 저쪽에 꽃이 있으니까 제단에 장식해 줬으면 좋겠는데—— 어?"

오빠는 이상한 표정으로 나를 내려다보았다.

내 손에는 나이프가 쥐어져 있었고, 나이프의 칼끝은 오빠의 배에 깊숙이 꽂혀 있었다.

피가 폭포처럼 흘러나와 장식하는 중이었던 제단을 붉게 물들이기 시작했다.

디잉——.

불길한 비파 소리가 마을에 울려 퍼졌다.

"후 쨩, 어째서……."

"아, 아니야, 몸이 제멋대로……."

오빠의 몸이 그 자리에 풀썩 무너져 내린다. 이미 의식을 잃었다. 심장도 멎었을지도 모른다. 상냥했던 오빠는 돌아올 수 없는 사람이 되었다.

그걸 이해한 순간, 내 마음은 완전히 무너지고 말았다.

"뭐 하는 거야, 후야오!!"

마을 사람들이 살인범을 붙잡으려고 달려왔다.

디잉, 디잉——.

하지만 내 몸은 이미 내 통제를 벗어난 상태였다.

비파 소리가 울릴 때마다 나이프가 번뜩인다.

마을 사람이 비명을 지르며 쓰러졌다.

"그만둬, 후야오—— 그륵."

어느새 내 손에는 더 큰 칼이 쥐어져 있었다.

악기를 멘 사람이 슬쩍 쥐여준 칼이었다.

그녀는 내 귓가에 악마처럼 속삭였다.

"자아, 마을을 멸망시키세요. 이곳은 수인들이 거주할 만한 장소가 아닙니다. 우리의 '요새'가 될 곳이니까요——."

정신을 차려보니 집에 불을 지르고 있었다.

요란한 소리를 내면서 불꽃이 솟구쳤다. 지붕으로 치솟은 불꽃이 다른 지붕에 옮겨붙어 불길이 번져나간다. 깨닫지 못한 사이에 기름까지 뿌렸던 걸지도 모른다.

요리하던 여자들이 황급히 밖으로 나왔다.

나는 끝에 선 사람부터 차례로 칼을 찔렀다. 무슨 일이 일어난 건지 이해하기도 전에 숨이 끊어진 사람이 있는가 하면, 쇳소리 같은 비명을 지르며 저항하다 결국 칼날의 먹이가 된 사람도 있었다.

죽인다. 칼을 휘두른다. 쫓는다. 죽인다── 마치 기계처럼 몇 번이고, 몇 번이고 똑같은 작업을 반복했다. 마을을 뒤덮은 불길은 괴물처럼 덩치를 키웠다. 불에 타서 숯덩이가 된 여우들도 적지 않았겠지.

"후 짱……!"

디잉, 디잉, 디잉──.

마지막 한 명을 베었다.

피가 비산했다. 손발에서 힘이 빠져나가며 지면에 쓰러진다.

그리고 눈앞에 쓰러진 사람이 우리 엄마라는 사실을 깨달았다.

"아, 아……."

간만에 목소리가 나왔다. 하지만 치미는 감정 탓에 목소리가 언어로 형태를 이루는 일은 없었다.

나는 머리를 감싸 쥐고서 그 자리에 주저앉았다.

──내가 아니야. 내가 한 짓이 아니야. 나는 내가 아니야.

악몽이 틀림없다. 이런 일이 존재해도 될 리가 없었다.

모든 것이 갑작스러웠다.

가슴이 괴롭다. 숨을 쉴 수가 없다. 짙은 혈향에 감각이 마비되었다.

의식이 흐려져 간다——.

"——당신의 원수는 유린 건데스블러드입니다."

디잉, 디잉.

내 바로 옆에 누군가가 서 있었다.

너무 고통스러워서 얼굴을 확인할 수조차 없었다.

"결코 잊지 말도록 하세요. 복수하고 싶다면 실력을 갈고닦는 게 좋겠죠."

유린 건데스블러드.

그게 범인의 이름인 걸까.

"……빼도 박도 못할 악당인걸. 애꿎은 타인한테 책임을 떠넘길 작정이냐."

"이건 네르잔피 경을 돕기 위함이에요. 제1세계에서 그 최강의 칠홍천에게 애를 먹고 있는 모양이던데요. 이 아이가 강해져서 복수를 이뤄준다면—— 일석이조 아닌가요?"

"아, 그러셔. 번거롭게 만들어서 면목이 없네. 그 일석이조가 몇 년 후에 이뤄질지는 모르겠지만…….."

"느긋하게 기다려 주세요. ——슬슬 돌아가시나요?"

"응? 아아—— 폭풍이 코앞까지 와 있구나. 겸사겸사 이 아가씨도 데리고 가볼까."

"써먹기 좋게 기억을 덧씌워 주세요."

"너는 유학자를 뭐라고 생각하는 거야. 최면술사가 아니라고."

디잉, 디잉, 디잉——.

목소리의 주인은 웃으면서 자리를 떠났다.

그래. 내가 한 짓이 아니야.

전부 유린 건데스블러드 때문이야.

……그러나 손에 남은 감촉은 지워지지 않았다.

살을 가르는 느낌. 마음에 스며든 사람들의 비명.

'디잉' 하고 울리는 불길한 음색도 머릿속에서 떠나질 않았다.

모르겠다. 모르겠다.

머릿속이 뒤죽박죽이 되어 간다.

모든 것이 애매해져 간다.

세계에서 빛깔이 사라져 간다.

☆

"으윽……."

후야오는 고통스러운 듯 얼굴을 찌푸렸다.

그야 당연하지. 어깨를 도려낸 상처에서 피를 잔뜩 흘렸으니까.

"괜찮냐, 후야오. 바닥이 울퉁불퉁하니까 조심해."

"알고 있어……."

나와 후야오는 서로를 도와가며 보라색 동굴 안을 나아갔다.

등 뒤에서 바위가 부서지는 소리가 들려온다.

시커먼 부정한 기운을 두른 트레몰로가 있는 대로 날뛰는 중
이겠지.

최대한 거리를 벌려야 한다.

아니—— 거리를 벌린다고 한들 어쩔 거지?

저런 괴물을 해치울 수 있을까?

"아."

그때 후야오가 균형을 잃고서 고꾸라졌다.

나도 부상이 있다 보니 부축해 줄 수가 없었다. 우리는 한 덩이로 엉켜 울퉁불퉁한 돌바닥 위로 넘어지고 말았다.

쿵, 하는 충격이 온몸에 울린다.

나는 다친 후야오가 걱정된 나머지 황급히 몸을 일으켜 얼굴을 살폈다.

무언가를 되새겨 보는 것 같은 흐린 눈동자가 보였다.

몸의 아픔보다도 마음의 고통에 시달리고 있는 듯한━.

"나는…… 나는."

후야오가 띄엄띄엄 목소리를 짜냈다.

"나는 지금까지 뭘 해왔던 걸까…… 복수를 이루기 위해 강해졌고…… 테러리스트로 활동했고…… 많은 사람에게 상처를 줬어……."

"후야오……."

"죽고 싶지 않은 사람은 죽이지 않는다? 훌륭한 사상이야…… 그걸 정말로 실현할 수 있다면 말이지만. 나는 처음부터 틀렸었어…… 이런 인생에 의미는 없어. 나는 그때 죽는 편이 나았어."

후야오의 눈에는 눈물이 고여 있었다.

이 녀석이 이런 모습을 보이는 건 처음이었다. 나는 뭐라고 말을 건네야 할지 몰라서 쩔쩔맸다. 그녀의 마음속에서 어떤 변화가 일어났을지 상상도 가지 않는다.

나는 후야오의 손을 잡으며 말했다.

"죽는다니 그런 소리 하지 마! 같이 여기를 나가자!"

"……안 돼. 전부 기억났어."

피가 흘러나와 지면을 물들였다.

나는 가방에서 붕대를 꺼내 후야오의 상처를 동여맸다.

이런 처치를 해봤자 별 소용없다는 건 알고 있었다.

후야오는 내 손길을 밀어내면서 자조적으로 웃었다.

"르나르 마을을 멸망시킨 사람은…… 나였던 거야."

"엇……."

"기억이 돌아왔어. 8년 전 그날, 나는 자아를 잃고서 칼을 휘둘렀어. 아무것도 모른 채로 죽어가던 사람도 있었고, 죽고 싶지 않다며 외치는 사람도 있었어——."

마을 사람들을 베었던 것. 집에 불을 질렀던 것. 르나르 마을의 역사에 종지부를 찍었던 것—— 후야오는 자신이 떠올린 일들을 숨김없이 말해주었다.

차마 듣기 힘들 정도로 슬픈 이야기였다.

게다가 모든 원흉은 트레몰로와 네르잔피 아닌가. 그 녀석들은 그저 사람을 죽이는 것만으로는 만족하지 못해서 순진한 어린애에게 상상도 못 할 죄책감을 심어놓았다.

갑자기 후야오의 몸에서 탁한 의지력이 흘러나왔다.

슬픔과 트라우마로 인해 생겨난 힘—— 비수와 저 분지에 흘러넘치고 있는 부정한 기운과 같은 성분이 분명했다.

위험해. 이대로면 후야오가 제정신을 잃어버릴 거야.

"……이걸로 잘 알았어. 나는 살아 있어선 안 되는 인간이야. 가슴에 꿈을 품을 권리도 없어. 많은 사람들의 목숨을 빼앗았으니까."

"저, 정신 차려! 네 책임이 아니라고! 전부 저 녀석들 때문이야."

"아냐. 내가 한 짓이야. 내가 이 손으로…….."

"그거야말로 절대 아니야! 트레몰로가 너를 조종한 거야!"

나는 주먹을 꽉 쥐고서 일어섰다.

용서 못 한다. 사람을 어디까지 업신여겨야 속이 풀리는 거지.

"그래도…….."

"이것도 저 녀석의 정신 공격 같은 거야! 여기서 꺾이면 안 된다고! 도저히 견딜 수 없이 괴롭다면, 내가 힘이 되어줄게."

"어……?"

허를 찔린 것처럼 여우 귀가 쫑긋했다.

나는 개의치 않고서 손을 내밀었다.

"가자. 걸을 수 있겠어?"

"————."

놀란 기색이 가득한 눈동자가 나를 응시한다. 후야오는 잠시 망설인 다음, 시선을 내리면서 아무 말 없이 내가 내민 손을 마주 잡았다.

☆

길을 잃고 만 모양이다.

내가 지금 성동 어디쯤에 있는지도 모르겠다. 저 멀리 트레몰로가 날뛰는 소리가 들려오긴 하지만, 저 녀석도 저 녀석대로 우리가 어디로 갔는지 놓치고 만 것 같다.

어느 정도 나아가자 지저 호수에 도착했다.

빗물이 고여서 만들어 낸 곳일까.

호수 수면은 보라색 빛을 내뿜고 있었다. 호수 바닥에도 잔뜩 깔린 만다라 광석에서 나오는 빛이다. 그건 그렇고 눈부시다── 성동의 다른 장소와는 비교도 되지 않을 정도로 휘황찬란했다.

"……마력 반응이 있어. 어지간히도 많은 광석이 묻혀 있는 거겠지."

"그런 거야? 확실히 빛이 엄청나네."

우리는 호숫가에서 움푹 파인 땅을 찾아 앉은 다음, 가방에서 수통을 꺼내 물을 마셨다.

기력도 체력도 바닥났기 때문에 조금 휴식을 취하지 않으면 그대로 쓰러질 것만 같았다.

후야오는 어깨를 누르며 고통스러워하고 있었다.

이대로 성동을 방황하고만 있으면 상처가 악화되어 손쓸 수 없게 된다.

어서 린즈, 스피카와 합류해서 이곳을 탈출해야 했다.

"괜찮아? 역시 많이 아프지……."

"별것 아니야. 이런 상처는 일상다반사다."

"미안……."

"······왜 네가 사과하지."

"내가 정신을 더 똑바로 차렸다면 다칠 일도 없었을 텐데."

후야오가 어이가 없다는 듯이 한숨을 쉬었다.

조금이지만 그녀의 표정이 부드러워졌다.

"바보구나. 이 상처는 내가 멋대로 입은 거야."

"하지만 나는 손가락 빨면서 지켜볼 수밖에 없었으니까······."

"너야말로 너무 많은 걸 짊어지려 해. 아무래도 좋은 것까지 책임을 느끼고는 그 무게에 짓눌리고 있어. 그러니까 키가 작은 거 아니냐."

"뭣······?! 그거랑은 상관없잖아?!"

"글쎄다."

웃음을 흘렸다. 살인귀답지 않은 순수한 웃음이었다.

그러다 내 시선을 눈치채자, 후야오는 당황하며 눈을 돌려버렸다.

그리고 말하기 거북한 듯이 "그나저나" 하고 화제를 바꿨다.

"······네가 사과할 필요는 없지만, 나는 네게 사과해야 해."

"어?"

"내 세계가 완전히 뒤집혀 버렸으니까."

그녀는 고뇌 어린 표정을 지으며 더듬더듬 말을 풀어놓았다.

"나는 이상을 위해 싸워왔어. 하지만 그 이상은 하찮은 허상이었지. 지금까지 상처입혔던 사람들은 셀 수 없이 많아── 그들은 그런 허상 때문에 희생되고 말았지. 이런 짓이 용서될 리가 없어."

"후야오⋯⋯?"

"천조낙토도 마찬가지야. 레이게츠 카린과 아마츠 카루라를 비롯해 화혼종들은 깊은 슬픔을 짊어지게 되었어. 이제 와서 이런 소리를 할 자격은 없을지도 모르지만── 그래도 마침표를 찍기 위해서라도 말해두겠어. 미안했다."

대체 무슨 일이 일어난 거지.

항상 냉혹하고 무자비한 테러리스트라고만 생각했는데.

그 후야오가 과거를 반성하며 고개 숙여 사과하는 게 아닌가.

'설령 서로 죽고 죽이던 사이라고 해도 잘 터놓고 얘기해 보면 서로를 이해할 수 있다'──그런 내 생각은 잘못된 게 아니었을지도 모른다.

"⋯⋯그건 카루라랑 카린한테도 해야 할 말이야."

나는 미소를 지으며 말했다.

"그리고⋯⋯ 네 이상은 하찮은 허상 같은 게 아니야. 방식은 터무니없이 최악이었지만 근본적인 부분엔 공감할 수 있는 측면도 있어. 네 이야기를 듣고 그렇게 느꼈어. 그러니까 그렇게 침울해하지 않아도 괜찮아."

"침──."

후야오는 어째선지 귀를 연신 쫑긋거렸다.

"침울해한다니 그럴 리가 있겠냐. 착각이 대단하군."

"그러네. 미안."

"⋯⋯⋯⋯⋯."

나는 휴, 하고 가슴을 쓸어내렸다. 후야오가 두르고 있던 부정한 기운이 옅어진 게 보였다. 조금은 기운을 되찾은 걸지도 모르겠다.

우리 사이에 흐르던 살벌한 긴장감은 깨끗이 지워졌다.

역시 테러리스트와도 서로를 이해할 수 있었다.

다음은 모두 무사히 귀환하기만 하면 사건 해결인데——.

"응?"

갑자기 호수에서 강렬한 빛이 쏟아져 내렸다.

지저 호수 위, 수면 10센티 정도쯤 되는 위치에 무언가 떠올라 있었다.

눈을 가늘게 뜨고서 물끄러미 바라보았다.

그리고 나는 너무 놀라서 기절할 뻔했다.

저건—— 반짝반짝 빛나는 별 같은 구체?

"마핵이다……!"

후야오가 벌떡 일어섰다.

마핵. 성동 어딘가에 묻혀 있다던 저세상의 마핵.

이런 우연이—— 아니, 그게 아니야.

아직 무지갯빛 【고흥의 애도】가 발동 중이었다. 신선종의 피가 가져다주는 건 상식을 뛰어넘는 행운. 즉 세계가 우리를 편들어주고 있는 거다. 그러니 저건 진짜 마핵이 틀림없었다.

"회수하자. 성채에게 빼앗길 수는 없어."

"어, 어떻게?! 작년 여름에 수영 연습을 좀 하긴 했지만, 그 후로 한동안 바다에도, 수영장에도 간 적이 없으니, 물에 빠질 수도 있는데……."

"내가 간다."

"기다려! 옷 벗지 마! 너는 다쳤잖아!"

알몸이 되려고 하는 후야오를 황급히 말렸다.

어떻게 해야 할까. 긴 장대라도 있으면 좋을 텐데—— 그렇게 머리를 굴리고 있었을 때였다.

——디잉.

"그렇군요. 찾던 물건은 이런 곳에 있었던 거네요."

성동에 맹렬한 모래 폭풍이 불어닥쳤다.

나는 주저 없이 후야오를 감싸며 웅크렸다.

둥글게 뭉친 휴지 덩이처럼 바위가 날아왔다. 콰앙, 콰앙, 벽에 격돌하면서 뼈까지 울리는 듯한 충격이 주변 일대를 뒤흔들었다.

영문도 모른 채 고개를 들자, 그곳에는 칠흑의 부정한 기운을 두른 트레몰로가 서 있었다.

등에는 문어의 다리 같은 촉수들이 꿈틀거린다.

나찰의 힘을 이어받은 걸까. 그저 마주 보는 것만으로도 몸이 떨려올 정도로 불길했다.

성동의 벽을 파헤치면서 빠르게 여기까지 온 모양이다.

"네프티 씨가 폭파해 준 덕분이군요. 그리고 당신들이 여기로 도망쳐 준 덕분이기도 합니다. 이걸로 우리는 비원 성취에 한 걸음 더 가까이 다가갈 수 있습니다."

"어이! 무슨 짓을."

트레몰로는 촉수를 호수 위로 뻗었다.

부정한 기운이 넘실거리는 촉수가 마핵을 붙잡아, 트레몰로의 손바닥 위로 확 끌어당겼다. 비파 법사는 입꼬리를 말아 올리는 꺼림칙한 미소와 함께 손바닥 위에 놓인 반짝반짝 빛나는 마력의 보물을 내려다보았다.

"아아…… 이걸로 유세이도 기뻐해 주겠죠."

"비, 비겁하다! 너도 헤엄쳐서 잡으라고?!"

"후후후. 운동은 잘 못하는 편이라서요."

그러면서 마핵을 자기 주머니 속에 넣었다.

무슨 일이람. 모처럼 찾아낸 건데——.

그런데 후야오는 "신경 쓰지 마"라면서 냉정한 목소리로 말했다.

"마핵은 여섯 개가 모이지 않으면 효과를 발휘하지 않는다고 들었어. 저걸 손에 넣었다고 해도 기껏해야 녀석의 마력이 강화되는 정도야."

"그렇게 말해도! 마핵은 엄청 중요한 아이템이잖아?!"

"여기서 죽이고 빼앗으면 문제없겠지."

트레몰로가 씨익 웃었다.

모든 걸 바보 취급하는 듯한 심술궂은 시선.

"무리겠죠. 당신의 마음은 꺾이고 말았어요."

"뭐라고."

"사실은 말이죠. 르나르 마을 따위 멸망시킬 필요도 없었답니다."

후야오의 움직임이 멎었다.

악마와도 같은 말이 내 마음까지 같이 도려낸다.

"이 땅에는 마핵이 잠들어 있고, 우리는 그걸 캐내고 싶었습니다. 여우 녀석들이 방해됐던 건 맞지만 그렇다면 강제로 이주시켜 버리면 그만. 그런데 어째서 그런 참극을 일으켰냐고 물으신다면, 슬픔의 의지력── 부정한 기운을 수확하고 싶었기 때문입니다. 부정한 기운은 이 비파에 거두어져 유세이를 성장시킬 에너지가 되죠."

"뭐……?"

"저는 저세상의 여러 마을에서 살육을 되풀이해 왔습니다. 뤼미에르 마을과 마찬가지입니다. 하지만 모든 사람을 죽이는 건 아니에요. 반드시 생존자를 마련해 두거든요."

검은 촉수가 꿈틀꿈틀 움직였다.

언제 공격해 들어올지 알 수 없었다.

나는 후야오의 옷을 붙잡고서 몸을 굳히고 있었다.

"어떤 자는 복수심에 사로잡히고, 어떤 자는 분노의 불길에 가슴을 태우고, 어떤 자는 실의의 늪에 빠져 울부짖죠. 이러한 감정의 격류는 부정적인 의지력이 되어 체외로 방출되고, 세계를 검게 더럽혀 가는 겁니다."

"무슨 소리를 하는 거야, 너……."

"여우 씨는 최고의 걸작이네요. 당신에게서 나오는 부정한 기운 덕에 유세이도 기뻐하고 있어요. 8년 전에 르나르 마을을 부순 건 정답이었습니다."

"큭……!"

후야오는 증오가 담긴 시선으로 노려봤다.

"역시…… 너는 모든 것의 원흉…… 죽여야만 해……."

"원흉과는 조금 다르네요. 이 세상의 모든 사건은 인과를 통해 이루어집니다. 르나르 마을이 멸망하는 건 오랜 옛날부터 정해져 있던 일이겠죠. 그런데 축제니 뭐니 난리를 치고 있었으니── 인간이란 불쌍하고 귀여운 생물입니다."

후야오가 외쳤다. 그건 분노의 절규였다.

"기, 기다려 후야오── 으왓."

나는 억지로 뿌리치는 손길에 엉덩방아를 찧었다.

후야오가 힘주어 《막야도》를 움켜쥐고는 엄청난 투지를 내보이며 트레몰로를 향해 돌격했다. 막아서는 여러 촉수를 잘라내고, 비파 법사의 가슴에 그 칼날이 닿겠다는 생각이 든 순간──.

"으윽."

상처가 고통을 호소했는지, 몸이 휘청, 하고 균형을 잃었다.

그 틈을 노린 촉수가 복부로 돌격했다.

후야오는 짧은 비명을 지르며 날아갔다.

딱딱한 지면 위를 몇 번이나 튕기면서 다시 내 옆까지 돌아오고 말았다.

"가엾네요. 그래도 기뻐하세요── 당신에겐 행복이 약속되어 있습니다."

검은 촉수가 일렁이며 떠올랐다.

촉수의 끝이 낫처럼 예리한 형태로 변화한다.

우리의 숨통을 끊기 위한 준비를 갖추는 것처럼 보였다.

"유세이의 제물이 된 자들은 극락정토로 갈 수 있습니다. 그곳에는 괴로움도 슬픔도 존재하지 않죠. 다시 엄마 아빠와 만날 수 있다고요. 후 짱."

"_____."

후야오의 몸이 움찔, 떨렸다.

일어나려고 해도 일어날 수 없는 모양이었다.

부상 탓에 몸이 말을 듣지 않는 것 같다.

분노, 억울함, 슬픔―― 온갖 부정적인 감정에 짓눌려, 후야오는 눈에 눈물을 매단 채 떨고 있었다. 그녀의 꼬리가 시들어 버린 것처럼 지면에 축 늘어지는 모습을 보고, 나는 심장이 시끄러울 정도로 빠르게 뛰기 시작하는 걸 느꼈다.

너무 지독했다.

이 소녀는 트레몰로에게 모든 것을 빼앗겼다.

저 비파 법사만 없었더라면, 지금도 르나르 마을에서 여우 수인들과 함께 평화롭게 살고 있었을 텐데.

네르잔피도 그랬지만―― 성채의 방식은 사악하기 그지없다.

이대로 가만 놔둘 수는 없었다.

"……괜찮아, 후야오."

"!"

나는 후야오의 어깨에 가만히 손을 올렸다.

"너는 최선을 다했어. 이제 아무것도 걱정하지 않아도 돼."

"뭐…… 뭐야 그 눈은……! 나를 걱정하지 마!"

"걱정돼! 왜냐면 너는 내 동료니까."

"윽…… 도, 동."

후야오는 눈이 휘둥그레져서 몸을 떨었다.

"동료가 아니야! 나는 너 같은 사람과는 달라! 죽어 마땅한 살인자야!"

"아니! 전부 트레몰로의 잘못이야!"

"그래, 그러니까 저 녀석을 죽이려는 거야!! 이젠 멈출 수 없어!! 가족과 르나르 마을의 모두에게…… 적어도 속죄하는 의미에서…… 저 녀석을 여기서 해치워 버리겠어!!"

"하지만 후야오, 넌 다쳤다고."

"아프지도 않아! 이 정도쯤이야 긁힌 상처———."

"내가 대신 할게. 그러니까 힘을 빌려줘."

나는 후야오의 상처 부위에 얼굴을 가져다 댔다.

트레몰로가 그걸 가만히 내버려둘 리가 없었다. 수많은 촉수가 폭풍과도 같은 기세로 몰려들었다.

후야오가 "도망쳐, 테라코마리!"라며 절규했다.

그런데——— 콰아앙!! 하는 폭발음과 함께 트레몰로의 몸이 휘청였다.

발밑이 부자연스럽게 무너졌기 때문이다.

비파 법사는 "어라" 하고 서둘러 자세를 바로잡았다.

그 탓에 궤도가 크게 어긋난 촉수가 슉슉, 허공만 찢는 소리가 고막을 울렸다.

동시에 린즈의 피를 마셔서 얻은 행운이 바닥나 무지갯빛 마력이 폭발했고———.

할짝.

그 틈에 나는 피를 핥았다.

후야오가 "윽" 하고 내키지 않아 하는 표정을 짓는다.

그렇게 반응할 것까진 없잖아. 이제부터 찾아올 건 누구나가 꿈을 이룰 수 있는 해피 엔딩. 트레몰로의 악행을 깨부수고, 성채가 반성하게 만드는 거다.

두근.

막대한 마력이 마음 안쪽에서 넘쳐 흘러나온다── 세계가 단숨에 밝아졌다.

☆

"커헉──?! 뭐……?!"

트레몰로는 빛이 퍼져나가는 걸 보았다.

동시에 무언가가 복부에 꽂히는 감촉.

눈앞에는 태양처럼 눈부신 빛을 가로로 길게 뻗치고 있는 소녀── 테라코마리 건데스블러드가 있었다.

저 작은 주먹이 복부를 강타했다는 걸 이해한 순간, 트레몰로는 온갖 물리 법칙을 무시하고서 뒤로 튕겨 날아갔다.

촉수들이 쫙쫙 찢겨나가는 소리가 들렸다.

진흙처럼 질척한 의지력을 혜성처럼 흩뿌리면서 트레몰로는 성동 벽에 등을 세게 부딪쳤다. 충격이 어찌나 큰지 잠시 의식이 날아갔다. 긁어모은 부정한 기운이 안개처럼 흩어져버린 탓에 나찰에게 이어받은 힘이 점점 녹아내리듯 사려져 간다──.

문득 깨달았다.

주변이 대낮처럼 밝다는 사실을.

성동의 천장이 무너진 건가 싶었지만 그건 불가능한 일이었다.

이곳은 지하 깊은 곳이고, 설령 하늘이 보인다고 해도 지금은 저녁일 텐데.

"──트레몰로."

그리고 트레몰로는 가공할 만한 광경을 목도했다.

태양이 바로 눈앞에 있다.

엉망으로 망가진 공간 한가운데── 다친 후야오 메테오라이트를 지키듯이 서 있는 사람은 태양처럼 찬란하게 빛나는 흡혈귀였다.

머리에는 여우 귀처럼 보이는 귀가 자라나 있었다.

그리고 엉덩이 부근에는 커다란 꼬리.

그렇군── 이게 수인종의 피를 마셨을 때 나타나는 【고홍의 애도】인가.

상당히 보기 드문 모습을 하고 있잖아, 싶어서 트레몰로는 웃었다.

"재미있네요. 그래서 대체 뭘 할 수 있다는 거죠? ──."

테라코마리의 모습이 순식간에 사라졌다.

트레몰로는 깜짝 놀라 주변을 둘러보았다.

오른쪽에 나타난 거대한 열 덩어리.

"너를, 용서할 수 없어."

Illustrations copyright © niichu

"?!"

가냘파 보이는 주먹이 눈앞에 있었다.

그야말로 빛의 속도였다.

트레몰로는 즉시 촉수를 조종해 방어하려고 했다. 하지만 헛수고였다.

부정한 기운은 테라코마리의 빛을 쬐자, 얼음이 녹아내리듯이 치익, 소리를 내며 사라져 간다. 마이너스에 맞서는 플러스의 의지력── 모든 것이 중화되어 버린다.

아니, 중화가 아니다. 삼켜지고 있었다.

직후, 주먹이 얼굴에 틀어박혔다.

"꺄아아아아아아아아아아악────?!"

허공에 비명을 뿌리며 트레몰로는 또다시 날아갔다.

머리가 아프다. 피가 나오고 있다.

하지만 맥없이 쓰러질 수는 없다. 디잉디잉, 비파 소리를 울리며 촉수에 의지력을 불어넣어, 새까만 부정한 기운을 매트 형태로 바꿔 충격을 받아내려고 했는데──.

"소용없어."

날아온 착지점에서 테라코마리의 목소리가 들렸다.

이번엔 돌려차기가 배에 박혔다.

"커흑."

트레몰로의 몸은 그대로 호수에 추락── 힘을 흘리지 못하고 급강하한 몸이 호수 바닥에 처박혔다.

충격. 뼈가 몇 대쯤 부러졌을지도 모른다.

너무 빠르다.

눈으로 따라잡을 수 없는 스피드였다.

뽀글뽀글 거품을 토하면서 트레몰로는 고개를 들어 위를 쳐다봤다.

호수 위 천장에 달라붙어 있는 것처럼, 짐승 귀를 단 태양이 하늘에 뜬 채 이쪽을 노려보고 있었다.

무슨 이런 녀석이. 깜깜한 물속을 믿기 힘들 정도로 환하게 비추고 있었다.

진짜 태양이라도 된 것처럼 강력한 힘.

호수 속에 있어 봤자 강렬한 빛에 구워질 뿐이겠지.

트레몰로는 촉수로 탄력을 받아 위로 올라갔다.

촤악!! ──분수처럼 물보라를 뿌리면서 땅을 향해 솟구쳤다.

몸이 무겁다. 옷과 머리카락에서 물방울이 뚝뚝 떨어진다.

어처구니가 없다. 대체 뭘 어떻게 해야 그런 힘을 발휘할 수 있는 거지── 트레몰로는 격통을 참으면서 허세 어린 웃음을 지었다.

"후, 후후…… 과연 테라코마리 건데스블러드. 보통 수단으로는 안 되는군요."

"……모두에게 사과해."

파앙!! ──흡혈귀는 지면에 내리꽂힐 기세로 착지했다.

트레몰로는 절망적인 기분으로 그 위용을 바라보았다.

거룩한 모습.

그야말로 자연을 지배하는 왕의 풍모였다.

살아 있는 모든 생물의 근원인 태양── 그것은 수인들이 신으로 섬기는 생명의 상징이다.

천 년에 한 번이라 일컬어지는 천하무적의 열핵해방【고홍의 애도】. 수인의 피에 의해 실현된 기적의 이능은, 부정한 기운을 멸하고 종횡무진으로 세계를 질주하는 승천의 궁극 오의였다.

"좋습니다. 상대해 드리겠습니다."

녀석의 능력은 단순하다.

압도적인 신체 능력── 그리고 마를 불사르는 강대한 빛.

상성은 말 그대로 최악이었다.

주특기인《명호현》은 미리 걸어둘 틈이 없었기 때문에 사용할 수 없다.

대신 트레몰로는 긁어모을 수 있는 최대한의 부정한 기운을 모았다.

나찰 안에 차곡차곡 담아 뒀던, 훼방꾼을 살해하기 위한 힘.

눈부신 동굴 안, 트레몰로 주변에 꾸물꾸물 칠흑의 의지력이 집결한다.

분명 상성은 최악이지만, 반드시 승리해서 돌아가야 한다.

그게 성채의 멤버로서 해야 할 일이었다.

"자, 테라코마리 건데스블러드. 마지막 싸움을 시작──."

사륵.

부정한 기운은 단숨에 사라져 버렸다.

트레몰로는 당혹스러워하며 주변을 둘러보았다. 이제부터 촉수를 조종해서 테라코마리를 꼬치처럼 꿰어버릴 작정이었는데── 그림자조차 남지 않았다.

테라코마리의 빛을 쬔 것만으로.

"이, 이건⋯⋯."

식은땀이 뺨을 타고 흘러내리는 걸 느낀── 그 순간.

"죽어."

눈앞에 작디작은 주먹이 다가오는 게 보였다.

☆

태양이 마음을 감싸안는다.

조금 전까지 울적했던 마음은 씻은 듯이 사라지고, 테라코마리가 뿜어내는 빛을 바라보는 것만으로도 무한한 희망이 용솟음치는 걸 참을 수가 없었다.

후야오는 상처의 고통도 잊고서 눈앞에 펼쳐지는 전투에 눈길을 빼앗겼다.

트레몰로의 꺼림칙한 촉수는 단숨에 증발해 버렸다.

테라코마리는 당황하는 비파 법사에게 자비 없이 주먹과 발차기를 연이어 퍼부었다.

그야말로 일방적인 학살이었다.

현도, 촉수도 쓰지 못하는 트레몰로는 속수무책이었다.

빛과 같은 속도로 날아다니는 여우 귀의 흡혈귀. 이 얼마나 신비로운 광경인지.

"진정하세요. 이래선 성채의 비원이── 으켁."

다시 한번 트레몰로의 얼굴에 주먹이 박혔다.

뼈가 으스러지는 소리가 들렸다.

"안 돼. ――너는 용서할 수 없어."

테라코마리의 눈동자는 빛나는 살의로 물들어 있었다.

과연 그렇구나, 싶었다. 사람들이 흠모하며 따르는 것도 이해가 갔다.

악을 용서치 않고, 곤란해하는 사람에겐 자비롭고, 진심으로 평화를 바라고 있는 살의의 눈빛.

저 녀석은…… 틀림없다, 스피카 라 제미니를 뛰어넘는 걸물이었다.

"건방진. 까불지 말라고."

트레몰로의 표정에서 점차 여유로움이 사라졌다.

디잉, 디잉―― 또다시 어디선가 비파 소리가 들려왔다.

비파 법사의 발밑에서 대량의 촉수가 쑤욱쑤욱 솟아났다. 하나하나가 의사를 지닌 것처럼 꿈틀대며 테라코마리를 향해 맹렬한 기세로 돌진한다.

하지만 광속에 이른 흡혈귀에게 공격이 닿을 리가 없었다.

동물적인 움직임으로 테라코마리가 몸을 날릴 때마다, 채찍처럼 휜 촉수는 성동의 벽을 때리고 붕괴에 말려들었다. 테라코마리는 떨어지는 바위를 오히려 발판으로 삼아 트레몰로에게 육박해, 아무렇지 않은 듯이 손을 치켜올렸다.

사륵.

또 촉수가 증발해 버렸다.

트레몰로가 품에서 나이프를 꺼내며 비명처럼 외쳤다.

"멈춰! 테라코마리!"

테라코마리가 땅을 박차며 가속했다.

그건 이제는 '가속'이라고 형용하기에도 부족했다. 【전이】를 발동해 순간이동한 것처럼 보일 정도다.

"성채의 비원을 방해하면 반드시 신벌이 내릴 거라고요! 제 동료인 네프티 스트로베리와 유세이가 잠자코 있을 리가 없습니다!"

"그래서 뭐?"

"그래서——."

팅! ——트레몰로의 나이프가 새끼손가락에 막혀 튕겨 나갔다.

비파 법사의 안색이 새파랗게 물든다.

디잉, 디잉.

하지만 끝까지 추하게 발버둥 친다. 트레몰로는 품에서 마법석을 꺼내 테라코마리를 향해 투척하려고 했고——.

"성가셔."

곡예와도 같은 돌려차기가 마법석을 차 날렸다.

그대로 호수에 떨어진 마법석은 안에 담긴 마법을 방출하며 대폭발을 일으켰다.

테라코마리는 조금도 개의치 않는 기색이었다. 빗방울처럼 떨어져 내리는 호숫물을 맞으며 눈부신 광휘를 내뿜고 있었다. 그리고 만악의 근원을 차가운 시선으로 노려본다.

"아, 아아……."

풀썩, 트레몰로가 엉덩방아를 찧었다.

이제 손에 든 패가 다 떨어진 모양이다.

후야오는 만감이 교차하는 걸 느끼며 그 광경을 바라보았다.

자기 손으로 원수를 갚고 싶었다── 하지만 그런 사소한 점이야 아무래도 좋을 정도로 테라코마리는 눈부셨다. 저 흡혈귀라면 예전 자신이 마음속에 그리던 세계를 현실로 만들어 주지 않을까, 하는 생각이 들었다.

어쩜 저렇게 아름다울까. 나와는 천지 차이다.

더 일찍 이 녀석의 인품을 깨달았더라면. 혹은 아예 다른 상황에서 이 녀석과 만날 수 있었더라면── 아니, 그런 가정은 의미가 없었다.

테라코마리의 입술이 작게 움직였다.

"트레몰로. 각오는 되어 있겠지."

"!! ──그, 그럴 각오는 없습니다. 저는 죽는 게 두려워요."

"그런가. 죽어라."

찬란하게 빛나는 주먹이 내리꽂혔다.

트레몰로는 멍하니 그 모습을 바라보다가,

얼굴 한가운데에 주먹이 작렬했다.

무언가가 터져나가는 소리가 들렸다.

뼈가 으스러지고, 법의가 펄럭거리고, 무시무시한 충격파가 터지면서── 깨달았을 땐 등부터 지면에 깊숙이 박혔다. 그걸 끝으로 트레몰로 파르코스텔라는 시체처럼 조용해졌다.

☆

빛의 마력은 조금씩 사라졌다.

열핵해방이 끝났음을 알리는 거겠지. 귀와 꼬리도 마력의 입자로 변해 희미해져 갔다(물리적으로 돌아난 건 아니었나 보다). 나는 평소 같은 상태로 돌아와 있었다.

완전히 돌아온 순간, 그 자리에 풀썩 쓰러지고 말았다.

피로감이 엄청나다. 그리고 온몸이 욱신욱신 쑤신다.

평소 사용하지 않는 근육을 과도하게 혹사한 걸지도 모르겠네…….

"어이, 테라코마리……."

갈라진 목소리가 들렸다.

후야오가 벽에 기대어 일어서 있었다.

역시 부상이 심각한 모양이다. 어서 의사한테 가지 않으면 큰일이 나겠지.

"괜찮아? 어서 같이 탈출하자고."

"……너야말로."

어째선지 후야오는 울 것 같은 표정이었다.

이를 악물고서 크게 심호흡하더니 말을 잇는다.

"너야말로 상처투성이 아니냐. 많이 아플 텐데……."

깜짝 놀라고 말았다.

설마 이 녀석이 걱정해 줄 거라고는 생각하지 못했으니까.

'고통은 사람을 성장시킨다'── 득의양양하게 주장하던 모습을 떠올려 보면 상상도 못 할 일이다.

나는 웃음을 참을 수가 없었다.

"아픔 같은 건 상관없어. 아니 당연히 아픈 건 싫지만…… 그래도 후야오가 무사해서 다행이야."

"웃……."

그건 진심에서 우러나온 말이었다.

이 녀석이 나를 괴롭혔던 테러리스트라는 건 사실이다.

하지만 네오플러스에선 함께 성채와 맞서 싸운 동료다.

"……너는 정말로 이상한 녀석이군. 그렇게 물러터져선 언젠가 허를 찔리게 될 거다."

"그러게…… 그래도……."

후야오는 무언가를 뉘우치는 것처럼 시선을 내리깔았다.

"나는 구제할 길 없는 살인귀였어. 지금까지 르나르 마을을 위해…… 르나르 마을 같은 일을 겪는 사람들이 없었으면 좋겠다는 생각으로 활동해 왔어…… 하지만 처음부터 톱니바퀴가 어긋났던 거야. 덕분에 목숨을 건져 놓고 이런 말 하긴 미안하지만, 나에겐 살아갈 자격 따위 없어."

"그렇지 않아!"

나는 다급하게 소리쳤다. 여우 귀가 움찔, 떨린다.

이대로 놔뒀다간 후야오가 어디론가 사라져버릴 것 같은 느낌이 들었다.

"내가 뭐라고 말할 만한 입장은 아니지만…… 그래도 살아갈 자격이 없는 사람 따윈 없어. 너는 사람을 죽이기만 한 게 아니야. 내 목숨을 구해줬잖아. 그야 너는 터무니없는 살인귀……
라는 면도 있을지 모르지만, 좋은 점도 있다는 건 내가 잘 알고
있으니까."

"……다 아는 것처럼 말하네."

"아니까 하는 말이라고. 그러니까…… 네가 바라는 대로 살아
가면 돼. 물론 살인 같은 건 그만두는 편이 좋다고 생각하지만.
나도 뭔가 도울 수 있는 게 있다면 도와줄 테니까."

"하지만……."

"게다가 스피카가 있잖아. 걔라면 너를 받아들여 줄 거야."

"…………."

후야오는 잠깐이지만 입을 다물었다.

그러더니 나한테서 시선을 돌리며 혼잣말처럼 말했다.

"나는 아가씨보다도……."

"뭐?"

"……아무것도 아니야. 너는 정말로 별난 녀석이다. 언젠간
죽여 주겠어."

"왜 죽이는데?!"

"그냥 표현이 그런 거다. 언젠가는 결판을 내주겠다는 의미야."

"그, 그러냐……."

듣고 보니 밀리센트랑 프레테도 툭하면 '죽인다 죽인다' 그러
긴 하지.

테러리스트 기질이 있는 녀석에겐 "죽인다"가 인사말 같은 걸
지도 모른다.

아무튼——.

이걸로 싸움은 일단락되었다.

부정한 기운은 정화되었고, 성동에는 조용한 공기가 맴돌았다.

후야오는 아직 마음의 정리가 다 되진 않은 것 같지만, 그건 시간이 해결해 주겠지. 르나르 마을 사람들도 그녀가 평온하게 살아가기를 바라고 있을 게 틀림없다—— 나는 조금쯤 개운해진 기분을 느끼면서 느긋하게 손을 내밀었다.

"자, 가자. 린즈랑 스피카도 찾아야 하니까."

"그래…… 아니, 그 전에 마핵을 회수해야지."

후야오도 내가 내민 손을 잡으려고 했지만——.

결국 우리의 손이 맞닿는 일은 없었다.

디잉.

세계를 반전시키는 비파 소리가 울렸다.

후야오가 무언가를 외치는 소리가 멀게 들렸다.

나는 기묘한 기분으로 그녀의 얼굴을 바라보았다.

어째서 그렇게 놀란 표정을 짓고 있는 거야?

어째서 그렇게 비통하게 외치고 있는 거야?

"윽."

배 안쪽에서 무언가가 치밀어오르는 걸 느꼈다.

나는 울컥울컥, 입에서 피를 흘리고 있었다.

버티지 못하고 쓰러졌다.

정신을 차려보니 검은 촉수 같은 게 내 배를 꿰뚫고 있었다.

"트레몰로오!!"

후야오가 분노의 포효를 지르며 돌아보았다.

내 배를 꿰뚫은 촉수가 꿈틀꿈틀 자기 주인을 향해 되돌아간다.

되돌아간 곳은—— 지면에 처박힌 채로 움직이지 않는 트레몰로 파르코스텔라의 법의 안쪽이었다.

이상하다. 어째서.

녀석은 완전히 의식을 잃었을 텐데.

문득 깨달았다.

그녀의 눈을 덮고 있던 띠가 찢어져 있었다.

그곳엔 만월처럼 부릅뜬, 새빨간 눈동자가 드러나 있었다.

"열핵해방【반혼주살만다라(反魂呪殺曼荼羅)】."

트레몰로의 입술이 움직인 순간,

그녀의 몸에 있는 모든 구멍에서 무시무시한 양의 부정한 기운이 흘러나왔다.

이어서 그 부정한 기운은 뱀 같은 형태로 변해 우리에게 달려들었다.

말도 안 돼. 뭐야 이게.

분명 완벽하게 승리했을 텐데——.

아마츠의 말이 뇌리를 스쳤다.

——그 녀석에겐 숨겨진 능력이 있어.

그렇구나. 트레몰로의 '숨겨진 능력'은 바로 열핵해방이었어.

"으윽."

나는 결국 힘이 바닥나고 말았다.

고통과 출혈 탓에 머리가 돌아가지 않는다. 깨달았을 땐 땅에 널브러져 있었다.

이젠 일어설 수조차 없었다. 후야오가 무어라 외치고 있었지만 이젠 청각마저 기능을 잃었는지 웅웅거리는 잡음으로밖에 들리지 않았다.

그저, 어째서인지 '디잉' 하는 비파 소리만이 명료하게 울리고 있었다.

"자아, 이걸로 모든 걸 다 쏟아냈습니다. 테라코마리 건데스블러드, 당신을 지옥으로 인도해 드리죠."

황천으로 이끄는 듯한 목소리.

트레몰로의 원망과 집념으로 인해 실현된 기적의 이능── 그건 동귀어진의 저주였다.

☆

디잉, 디잉.

트레몰로 파르코스텔라의 육신이 바람에 날려 사라져 간다.

마치 바람에 풍화된 시체가 형태를 잃는 것처럼.

그 자리에 남은 건── 땅에 떨어진 비파, 찢어진 안대와 법의, 그리고 그녀의 몸에서 흘러나온 저주의 덩어리, 꿈틀대고 있는 무수히 많은 촉수였다.

후야오 메테오라이트는 꼬리 털이 바짝 서는 걸 느꼈다.

사람의 감정이 이렇게까지 흉측한 형태를 이룰 수 있을 거라곤 생각도 못 했다.

목숨과 맞바꾸어 혼신의 일격을 날리는 열핵해방── 트레몰로 파르코스텔라는 야망을 이루기 위해 몸을 내던질 각오가 되어 있었다는 뜻이었다.

테라코마리의 빛으로 인해 정화되었던 세계가 또다시 칠흑으로 물들기 시작했다.

너무나도 강대한 의지력.

이런 걸 어떻게 소멸시켜야 하는 걸까.

"젠장…… 테라코마리! 정신 차려라!"

조그만 흡혈귀는 힘없이 쓰러져 있었다.

대답이 없다. 숨은 쉬고 있다. 하지만 출혈이 심각하다. 심장 소리가 점점 약해지고 있다. 이대로 두면 10분도 지나지 않아 죽는다. 쌓아온 경험을 통해 알 수 있었다──.

촉수가 일제히 달려들었다.

후야오는 《막야도》를 겨누고서 맞섰다. 너무 단단해서 칼날이 튕겨 나갔다. 마치 칼로 바위를 내려친 듯한 감촉. 손이 저릿저릿 울리는 걸 느끼면서 자세가 무너졌고, 그 자리에 내동댕이쳐졌다.

"크헉──."

하지만 촉수들은 처음부터 후야오 따위 안중에도 없었던 모양이다.

녀석들은 불길한 궤도를 그리며 테라코마리를 노렸다.

움직일 수 없는 상대를 왜? ──그런 의문을 가질 여유는 없었다.

후야오는 남은 힘을 쥐어 짜내 일어서서, 테라코마리를 안고 죽을힘을 다해 뛰었다.

이미 뼈가 몇 군데쯤 부러진 상태일지도 모른다.

그럼에도 후야오는 힘껏 뛰었다.

"대체 뭐야—— 이 녀석은?!"

바로 뒤까지 다가온 촉수 한 가닥을 몸을 돌려 칼로 내려쳤다.

하지만 베어낼 수 없었다.

방향이 빗겨나간 촉수가 벽에 부딪히자, 굉음을 내며 흔들린다.

무게 중심이 앞으로 쏠린다. 그 상황에서도 테라코마리를 떨어트리지 않으려고 온 신경을 곤두세우며, 후야오는 오로지 땅을 박찼다.

촉수들이 커다란 뱀처럼 날뛰며 성동 안을 휩쓸었다.

녀석들의 목표는 누가 봐도 테라코마리였다.

테라코마리가 너무나도 눈부셨기 때문에 음험한 녀석이 질투심을 불태운 것이다.

죽을 거면 혼자 죽으면 될 텐데. 미래로 이어지는 희망으로 넘치는 녀석까지 지옥으로 끌고 가려고 하다니, 이보다 지독할 수가 없다.

"테라코마리!! 죽지 마!!"

겨드랑이에 안긴 테라코마리는 아무런 대답도 없었다.

이 바보 같은 흡혈귀에게 더 이상 고통을 주고 싶지 않았다.

이 녀석은 살아야 한다. 이 녀석은 모든 사람의 마음을 바꿀 수 있는, 그런 상냥한 기질을 갖고 있다. 이런 곳에서 죽어도 될 흡혈귀가 아니다.

"윽."

그때 후야오의 뇌리에 누군가의 목소리가 울렸다.

그건 부정한 기운이 가져온 살인귀의 목소리였다.

──죽어. 죽어. 죽어. 별의 야망을 깨부수는 건 용납 못 해.

"시끄러워! 너나 죽어!!"

──유세이에게 영광 있으라. 영광 있으라. 영광있으라영광있으라영광있으라. 이 세상을 손에 넣을 사람은 유세이다. 그렇게 되면 세계는 영구적인 평화에 감싸 안기겠지.

"말도 안 돼! 너희들의 방식은 잘못됐어!"

──테라코마리 건데스블러드는 별의 장애물. 여기서 죽어. 죽어. 죽어죽어죽어죽어죽어죽어죽어죽어죽어죽어죽어죽어죽어죽어──.

"시끄럽다고…… 말했잖아아아아아아아아아아아아!!"

달려드는 촉수를 《막야도》로 쳐냈다.

역시 효과는 그다지 없었다. 오히려 후야오가 튕겨 날아가 그대로 보랏빛 벽에 부딪히고 말았다.

마음을 깎아내는 듯한 죽음의 기척에 노출되자, 의지가 꺾일 것 같았다.

하지만 테라코마리를 품에서 놓을 수는 없었다.

이 녀석을 저버리는 건 후야오 메테오라이트의 긍지에 반하는 짓. 아니, 긍지 이전의 문제다. 이 조그만 흡혈귀를 죽게 놔두고 싶지 않다는 단순한 열망이 불길처럼 솟아올랐다.

검은 촉수가 사방팔방에서 달려든다.

후야오는 날카로운 기합을 내지르며 칼을 휘둘렀다.

칼이 격돌한 순간, 촉수는 흐늘흐늘 무너져 칠흑의 의지력을 흩뿌렸다.

촉수에는 단단한 부분과 부드러운 부분이 있는 것 같았다.

약한 부분만 찾을 수 있다면——.

충격. 이어지는 격통.

다른 촉수가 후야오의 옆구리에 꽂혀 있었다. 그딴 건 상관없다. 후야오는 절규하면서 칼을 휘둘렀다. 피가 흐르고, 여우 귀가 찢어지고, 그럼에도 테라코마리를 살리기 위해 죽을힘을 다해 분전했다.

하지만 헛된 노력이었을지도 모른다.

죽음을 각오한 트레몰로의 의지력은 후야오의 저항을 아득히 상회하고 있었다.

손목을 얻어맞은 충격에 놓친 《막야도》가 공중을 회전하며 저 멀리 날아갔다.

칼을 다시 주울 틈이 있을 리가 없었다. 정신을 차렸을 땐 예리한 촉수들이 자신을 향해 일직선으로 다가오고 있었다.

죽는다.

그렇게 생각한 순간.

성동의 벽이 큰 소리와 함께 무너졌다.

정확히 말하면 폭발했다.

돌무더기의 폭풍이 몰아치자, 촉수들은 튕겨 날아갔다.

후야오는 테라코마리를 몸으로 감싸 보호하면서 필사적으로 주변 상황을 살폈다.

무슨 일이 일어났는지 몰라도 간신히 궁지에서 빠져나왔다는 사실은 알 수 있었다.

설마 테라코마리의 무지갯빛 마력이 아직 남아 있었던 걸까?

——하지만 그렇게 생각하자마자 급박한 상황에 어울리지 않는 새된 목소리가 울려 퍼졌다.

"으와아앗?! 뭐야 저건?! 비수인가……?!"

무너진 벽 쪽에 로네 코르네리우스가 서 있었다.

이어서 그 뒤쪽엔 마법석을 손에 쥔 기모노 차림의 남자가 나타났다.

"——저건 트레몰로 파르코스텔라의 최종 오의겠지. 이 정도 폭발로는 해치울 수 없어."

삭월, 아마츠 카쿠메이.

그는 여전히 무슨 생각을 하고 있는지 잘 알 수 없는 눈빛으로 주변을 둘러보고 있었다.

눈이 마주쳤다. 아마츠는 "그렇군" 하고서 모든 걸 꿰뚫어 본 듯한 표정을 지었다.

"의외로 건강해 보이는군."

"네 눈은 옹이구멍이냐……?"

"하지만 테라코마리는 위급해. 어서 빠져나가지—— 코르네리우스!"

"그래, 알겠어!"

촉수는 반대편 벽에 처박혀 꿈틀거리는 중이었다.

폭발에 얻어맞아 일시적으로 움직임이 둔해진 것 같지만, 그다지 큰 대미지는 주지 못했다는 걸 직감적으로 느꼈다.

코르네리우스가 황급히 부축해 줬다.

아마츠가 빈사 상태의 테라코마리를 안아 들면서 말했다.

"서두르자. 녀석은 일반적인 방법으론 쓰러트릴 수 없어."

"너, 저걸 아는 거야?"

"뭐, 그렇지."

아마츠가 폭발로 뚫린 구멍으로 들어갔다.

후야오는 코르네리우스의 부축을 받으며 그의 뒤를 쫓았다.

흘긋 뒤를 돌아보았다. 촉수들이 사냥감을 찾는 것처럼 꿈틀댄다.

아마츠가 재차 마법석을 던지자, 무시무시한 폭발이 일어나며 마침 운 좋게도 천장이 무너졌다.

덕분에 촉수들을 가로막는 벽이 생겼다.

"아무튼 돌아가자. 출구까지 이어지는 루트는 확보했다."

☆

아마츠, 코르네리우스, 트리폰, 세 사람은 샌드베리 지사를 추적하는 일을 맡았을 터였다.

하지만 성동에서 일어난 대폭발을 보고 서둘러 달려왔다고 한다.

덧붙여 트리폰은 스피카를 수색 중이라 따로 행동 중이라는 모양이다.

"위험한걸, 저 녀석…… 슬슬 벽이 무너지는 거 아니야?"

등 뒤에서 시꺼먼 의지력의 기척이 느껴진다.

쿠웅, 쿠웅, 하고 돌을 때리는 소리도 같이 들렸다.

뒤쫓아 오는 건 시간문제일지도 모른다.

후야오는 문득 아마츠의 팔에 안겨 있는 테라코마리를 보았다.

고통스러운지 가쁜 숨을 내쉬는 모습을 보고 있는 것만으로도 가슴이 아팠다.

'가슴이 아파'——?

역시 나는 이상해지고 만 모양이다.

다른 사람을 걱정하다니, 후야오 메테오라이트답지 않다.

테라코마리는 냉혹하고 무자비한 살인귀의 마음마저 변하게 만드는 신비한 힘을 갖고 있다.

"——간단히 설명하지."

아마츠가 달리면서 담담히 말했다.

"트레몰로 파르코스텔라의 저 능력은 대상을 죽일 때까지 절대로 멈추지 않아. 게다가 시간이 지날수록 의지력이 증폭되어 공격도 점점 격렬해지지."

코르네리우스가 "야야" 하고 어처구니없다는 듯이 한숨을 내쉬었다.

"어떻게 아는 거야? 애초에 저건 트레몰로의 능력 맞아? 내 눈으로 보기엔 비수처럼 특정 목적을 부여받은 의지력의 집합

체로 보이는데——."

"아니, 아마츠 카쿠메이의 말이 맞아."

후야오는 숨을 헐떡이며 끼어들었다.

"엥? 그래?"

"저건 트레몰로 파르코스텔라의 열핵해방. 내가 두 눈으로 봤으니 틀림없어. ——하지만 어떻게 네가 그걸 알고 있지?"

고통을 견디며 아마츠를 노려봤다.

하지만 기모노 차림의 남자는 뭔가를 숨기는 것처럼 시선을 피했다.

"그걸 일일이 설명하고 있을 여유는 없잖아. 아무튼 저 상태가 된 트레몰로는 손 쓸 도리가 없어. 오로지 표적을 죽이기 위해서 이 세상에 존재하는 거니까."

"무슨 뜻이야."

"어떤 공격을 가해도 절대로 사라지지 않는 칠흑의 의지력이라는 거다. 아마도 세계의 물리 법칙을 고쳐 쓰는 힘이겠지—— 들은 이야기로는 황급 마법을 때려 박아도 없앨 수 없었다는 모양이다."

"황급 마법으로도?! 그래선 속수무책이잖아."

아마츠는 "아니" 하고 대답하며 고개를 저었다.

"방법은 있어. 저건 한 가지 목적만을 달성하기 위해 극한까지 강화된 괴물이다. 즉, 목적을 달성하면 사라져."

"목적이라고……?"

"녀석의 목적은 아마 테라코마리 건데스블러드겠지. 테라코마리를 여기 두고 가면 더 이상 희생자를 내는 일 없이 끝난다는 뜻이다."

"…………."

입안이 바싹 말랐다.

이 남자는 신용할 수 없지만 그렇다고 허튼 말을 하는 기색도 아니었다.

트레몰로는 분명 테라코마리를 노리고 있었다.

촉수들은 끝까지 집요하게 테라코마리를 쫓았다. 실제로도 후야오는 촉수에서 자신을 향한 살기나 적의를 느끼지 못했다. 처음부터 테라코마리 말고는 안중에도 없었던 거겠지.

"뭐야 쉬운 일이었잖아! 좋아, 테라코마링은 버리고 가자!"

"——그건 용납 못 해."

후야오는 스스로도 깜짝 놀랄 정도로 으르렁대듯 말했다.

코르네리우스가 "히익" 하고 몸을 뻣뻣하게 굳혔다.

의외라는 표정을 지으며 아마츠가 돌아본다.

"어쩐 일이지. 너는 테라코마리가 죽길 바라는 거 아니었나."

"그 녀석은 아직 어린애야. 죽을 각오조차 안 되어 있어."

"하지만 테라코마리 한 명만 버리면 모두가 살 수 있어. 트레몰로의 저주를 내버려 뒀다간 아무런 죄도 없는 일반인들이 슬픈 일을 겪게 돼."

"그런 짓은 안 해. 어느 쪽도 용납할 수 없어."

테라코마리를 죽게 놔둘 수는 없었다.

이성이나 논리가 아니다.

후야오가 스스로 바란 것이다── 이 녀석은 살았으면 좋겠다고.

그리고 후아오는 모든 문제를 해결할 계책을 갖고 있었다.

모 아니면 도인 도박이지만, 후야오만이 가능한 비장의 계책이──.

더 이상 도망칠 필요는 없었다.

후야오는 그 자리에 멈춰서 혼잣말처럼 말했다.

"……신기한 일이야. 아까 전까지만 해도 그 녀석이 참을 수 없을 정도로 미웠는데, 지금은 조금도 그런 마음이 없어."

바위에 쩌적쩌적 금이 가는 소리가 들렸다.

괴물이 포효한다.

"나 같은 살인귀보다는 그 녀석이 살아남는 게 세상, 그리고 사람을 위한 일이야. 그 녀석에게 목숨을 구원받고 확신했어."

후야오는 빙글 발걸음을 돌렸다.

테라코마리는 앞으로 많은 사람을 구원하겠지.

많은 사람의 마음을 밝게 이끌어 주겠지.

그건 테라코마리 말고는 누구도 할 수 없는 일이다.

그렇다면 자신은 여기서 죽을힘까지 짜낼 수밖에.

"괜찮겠나."

"그래."

후야오는 힘주어 고개를 끄덕였다.

바리케이드가 돌파당했다. 촉수들이 사냥감을 노리고 쫓아온다.

몸이 떨리기 시작했다. 그 떨림을 의지의 힘으로 억누르면서 조그맣게 읊조렸다.

──열핵해방【수경 이나리 권화】

포옹!!

후야오의 모습이 눈 깜짝할 사이에 달라져 있었다.

여우 소녀의 모습에서, 바로 저기 잠들어 있는 조그만 흡혈귀의 모습으로.

"테라코마리에게 안부 전해줘."

후야오는 고개만 돌려 아마츠와 코르네리우스를 향해 말했다.

그건 틀림없는 작별의 말이었다.

"짧은 시간이었지만, 신세 졌다."

☆

아마츠는 상처투성이인 테라코마리를 안고서 출구로 향했다.

등 뒤에선 처절한 싸움이 시작되었다.

트레몰로는 후야오를 표적으로 오인한 모양이다. 이걸로 진짜 테라코마리에게 위험이 미칠 가능성은 한없이 낮아졌다. 이제 남은 문제는 이 소녀의 부상을 치료할 수 있는가인데──.

"…………."

어쩔 수 없는 일이었다.

저건 후야오만이 할 수 있는 일이다.

대를 위해 소를 희생하는 행동── 지금까지 몇 번이나 반복해 왔던 짓.

본인이 스스로 결심하고 나선 일이니, 이쪽이 속으로 이런저런 걱정을 해봤자 소용없는 일이다. 그렇게라도 생각하지 않으면 발걸음이 무거워서 달릴 수 없게 된다.

"——지독하네. 정말 너무 지독해."

움찔했다.

하지만 코르네리우스의 중얼거림은 아마츠를 향한 말이 아니었다.

"이런 지독한 상처, 쿠야 선생이라 해도 치료할 수 있을까 의문이라고. 어쩔 거야."

"네 열핵해방으로 어떻게든 할 수 없나."

"치료용 신구를 만들라는 뜻이야? 말해두겠는데, 내 열핵해방은 만능의 비밀 도구를 만들어 낼 수 있는 게 아니야. 일단 시도는 해보겠지만……."

"부탁한다."

코르네리우스가 미심쩍은 표정으로 올려다보았다.

"너는 이 애를 그렇게 높이 평가하는 거야?"

"그렇지도 않아. 사람이 죽는 건 슬픈 일이잖아."

"……흐응."

새빨간 거짓말이었다.

카루라가 평화로운 미래를 맞이하기 위해선 이 소녀의 힘이 반드시 필요했다.

사악하고 부정한 기운에 침식당한 세계를 뒤집을 수 있는 사람은, 사람의 마음에 변혁을 일으키는 테라코마리 건데스블러드뿐이니까.

한참 달리자, 성동 출구가 보이기 시작했다.

먼저 병원으로 직행해야겠군── 그렇게 생각하며 빛을 향해
뛰쳐나간 순간.

"오, 오오, 오라오오라, 오라버니이이?!"

"!"

익숙한 목소리가 고막을 때렸다.

그리고 아마츠는 자신이 기묘한 운명의 소용돌이 속에 있다는
사실을 알았다.

거기서 마주친 사람은── 아마츠 카쿠메이의 사촌 여동생이
자 천조낙토의 오오미카미, 아마츠 카루라.

손끝을 덜덜 떨면서, 얼굴은 빨개진 채 환각이라도 보는 듯한
눈으로 이쪽을 응시하고 있었다.

게다가 이제 보니 카루라 말고도 낯익은 얼굴이 보였다.

귀도중 미네나가 코하루, 칠홍천 사쿠나 메모아. 그 밖에도
여러 정부 요인── 그리고 아마츠의 동료인 키르티 블랑.

수색대가 저세상으로 전이해 왔다는 소식은 들었지만 벌써 네
오플러스에 도착했을 줄은 생각도 못 했다.

"──어떻게 하죠, 코하루?! 오라버니가 있는데요?! 이거 꿈
은 아니죠?! 저 지금 깨어 있는 거 맞겠죠?! 제 뺨을 꼬집어 줄
수 있나요?! ──아야야야야아파아파아팟?! 그렇다면 꿈이 아
니야?! 역시 진짜 오라버니에요정말이에요."

"조용히 해. 나는 진짜다."

"하윽?! 죄, 죄송합니다…….."

카루라는 귀까지 빨개져서는 움츠러들었다.

코하루가 "이럴 때가 아니야"라면서 주인의 옷자락을 잡아당겼다.

"큰일이 벌어졌다고."

"화, 확실히 큰일이에요! 오라버니한테 꾸중을 들었어요…… 방정맞은 애라고 생각하셨을까?! 어떻게 해야 만회할 수 있다고 생각하나요?!"

"이미 무리인 데다 아무래도 좋아. 저거 봐."

"네? ――."

사쿠나 메모아가 비명을 지르며 달려왔다.

카루라도 깨달은 모양이다. 아마츠가 안고 있는 상처투성이 흡혈귀가 누구인지――.

"코마리 씨?!"

"그래. 테라코마리는 트레몰로의 공격을 받아 혼수 상태에 빠졌어."

"코마리 씨…… 눈을 떠 주세요, 코마리 씨……! 어쩌다 피가 이렇게나…… 그 트레몰로라는 사람을 죽이면 되나요……? 용서 못 해 용서 못 해 용서 못 해…….."

사쿠나가 눈물을 글썽거리며 이를 갈았다.

다른 사람들도 비슷한 반응이었다.

당연하겠지―― 섬뜩할 정도로 피를 철철 흘리고 있으니까.

마핵이 없다면 일반적으론 이미 늦은 부상이다.

Illustrations copyright © riichu

아마츠는 사쿠나를 밀어내면서 한 발짝 앞으로 나섰다.

"비켜. 바로 병원으로 가서 테라코마리를 치료한다."

"기다려 주세요."

카루라가 앞을 가로막고 섰다.

진지한 표정. 결의가 서린 커다란 눈으로 똑바로 응시한다.

"제가 치료하겠어요. 열핵해방을 쓰면 순식간이에요."

"관둬. 그건 영혼을 깎아내는 힘이야. 선대가 어떻게 됐는지는 알고 있겠지."

"설령 그렇다 해도요! 혼이 깎여나가는 게 뭐가 어떻다는 건가요! 소중한 사람이 아픔에 괴로워하고 있는데 묵묵히 지켜보기만 한다니 저는 그럴 수 없어요!"

"하지만——."

"오라버니야말로 비켜주세요. 이건 저만이 할 수 있는 일이에요."

말려도 소용없었다.

카루라의 눈동자가 붉은색으로 반짝였다. 그 즉시 테라코마리의 몸이 투명한 마력에 감싸였고—— 이윽고 상처가 점점 사라져갔다.

☆

"어라? 여긴……."

정신을 차려보니 저녁 하늘을 바라보며 누워 있었다.

아무래도 간이침대 위에서 자던 중이었나 보다.

천천히 일어났다. 어째서인지 몸 어디도 아픈 곳이 없었다.

이상하다.

나는 트레몰로의 열핵해방에 당해 너덜너덜해졌을 텐데.

옷에 피가 묻어 있긴 했지만, 몸에는 아무런 상처가 없다.

대체 무슨 일이—— 이상하다는 생각에 주변을 둘러본 순간,

"코마리 씨!"

"끄엑."

갑자기 백은의 초절정 미소녀가 와락 안겨들었다.

서늘한 피부의 온기.

내 동료이자 친구, 사쿠나 메모아가 내 가슴팍에 얼굴을 묻고
서 울고 있었다.

"……어? 사쿠나 맞지? 어떻게 여기 있어……?"

"정말 다행이에요…… 아아…… 코마리 씨…… 좋은 냄새……
계속 끌어안고 싶어요…….”

"정말로 사쿠나 맞는 거지?!"

순간 왠지 변태 메이드스러운 분위기가 느껴졌지만, 기분 탓
이었겠지.

일단은 상황 파악이 먼저다.

대체 무슨 일이 일어났던 걸까——.

"네 상처는 카루라가 치료했어. 혼을 깎아서 말이지."

불편한 심기가 담긴 목소리가 들렸다.

나는 깜짝 놀라 기겁하며 올려다보았다.

그곳에는 무슨 영문인지 카루라의 오빠—— 아마츠 카쿠메이가 서 있었다.

아니, 그보다 옆에는 카루라도 있었다. 카루라뿐만이 아니다. 카루라의 종자 코하루, 뒤집힌 달의 코르네리우스, 그 밖에도 어디선가 본 적 있는 듯한 군인들이——.

뭐야 이거.

아직도 꿈을 꾸고 있는 건가 싶은 상황이다.

카루라가 부루퉁하게 뺨을 부풀리며 "오라버니" 하고 불렀다.

"혼 같은 건 아무래도 좋다고 말했잖아요. 쓸데없는 걱정을 끼치게 되니까—— 코마리 씨, 몸 상태는 어떤가요? 어디 아픈 곳은 없으세요?"

"아니, 없긴 한데……."

"다행이다. 【역류의 찰나】는 정상적으로 발동된 모양이네요."

그렇구나, 나는 이해했다.

카루라가 열핵해방으로 내 몸을 고쳐줬구나.

고맙다는 말만으론 부족했다. 그 상태라면 확실하게 죽었을 테니까. 울면서 품에 매달리는 사쿠나의 머리를 쓰다듬으면서, 고개를 들어 카루라를 향해 "그건 그렇고" 하고 입을 열었다.

"왜 카루라랑 사쿠나가 여기 있는 거야? 저세상에 와 있었어……?"

"코마리 씨랑 네리아 씨를 찾기 위해 전이해 왔어요. 자세한 사정은 나중에 설명드리도록 할게요. 이런 곳에선 차분히 대화할 수 없잖아요?"

"뭐, 듣고 보니……."

"이걸로 한 건 해결이에요. 코마리 씨는 아무 생각도 하지 말고 푹 쉬세요."

"…………."

한 건 해결.

그래. 상처도 나았으니 한 건 해결——.

두근.

심장이 갑자기 빠르게 뛰었다.

……잠깐만.

아직 다 해결됐다고 확정된 게 아니야.

왜 깨닫지 못했던 걸까—— 지금 있어야 할 사람이 보이지 않잖아.

성동에서 함께 싸웠던 여우 귀 소녀의 모습이 보이지를 않는다고.

나쁜 예감이 엄습해 왔다.

나도 모르게 외쳤다.

"후야오는?! 후야오는 어떻게 됐어……?!"

다들 어안이 벙벙한 기색으로 눈을 깜빡였다.

"후, 후야오 씨 말인가요? 그 여우 소녀……?"

"그 녀석이 지금 위험할지도 몰라!"

나는 사쿠나를 밀어내면서 일어섰다.

두리번두리번 주변을 둘러보았다. 딱 한 명, 나랑 눈을 마주치지 않으려는 사람이 있었다. 나풀거리는 기모노를 입은 화혼—— 아마츠 카쿠메이.

"아마츠! 너 뭔가 알고 있는 거 아니야?!"

"……몰라. 후야오는 찾지 못했어."

"그런 말도 안 되는……."

"코마리 씨, 이 사람 거짓말을 하고 있어요."

사쿠나가 진지한 표정으로 말했다.

"저는 알 수 있어요. 지금 별자리가 살짝 흔들렸거든요."

"그렇다는데! 역시 뭔가 알고 있는 거지?!"

"…………."

침묵을 고수한다는 점이 수상하다. 무슨 일이 있었던 게 틀림없었다.

불안해서 도저히 가만있을 수 없었다. 이성과 본능, 양쪽에서 "빨리 가"라고 명령을 내리는 중이다. 나는 다급하게 침대 위에서 튕기듯 내려와 그대로 성동을 향해 전속력으로 달려갔다.

"기다려."

아마츠에게 팔을 붙잡혔다.

"지금 가면 그 녀석의 노력이 허사가 돼. 얌전히 쉬면서——."

"쉬고 있을 수 있겠냐!"

나는 아마츠를 뿌리치고서 달려갔다.

카루라와 사쿠나도 황급히 나를 따라온다.

후야오에게 위험이 닥친 게 명백했다.

반드시 구해내야 한다.

왜냐하면…… 그 녀석은 나를 구해줬으니까.

겉보기와는 다르게, 따뜻한 마음의 소유자니까.

지금까지 많은 사람을 슬픔의 구렁텅이로 밀어 넣었다.

대표적인 예시가 르나르 마을 사람들이다.

후야오가 테러리스트로서 활약하고, 더군다나 "죽을 각오가 없는 사람은 죽이지 않는다" 같은 멍청한 신조를 떠들고 있는 걸 알았다면, 그들은 대체 어떤 반응을 보였을까.

원망받는 것도 당연한 일이다. 살해당하는 것도 당연한 일이었다.

자신은 이날을 위해 살아왔던 걸지도 모른다고 자조했다.

트레몰로를 통해 피도 눈물도 없는 진실이 밝혀지고, 절망의 나락에 빠져 가슴속 가득 후회를 품은 채 사지에서 검을 휘두른다. 사악한 살인귀에겐 딱 어울리는 결말 아닌가.

"죽어라."

후야오는 촉수를 향해 끊임없이 《막야도》를 휘둘렀다.

──후야오! 생일 선물로 칼을 줄게! 너를 방해하는 녀석을 전부 다 베어버리는 거야!

──《막야도》? 이상한 이름이군.

──무슨 소릴 하는 거야! 후야오의 삶의 방식에 딱 어울리잖아!

아가씨가 선물해 준 신구.

촉수 한 가닥이 부정한 기운을 흩뿌리며 갈가리 찢어졌다.

고작 한 가닥이었다.

트레몰로의 원념은 기세가 꺾이는 일 없이 계속해서 무한히 증식해 간다.

오히려 시간이 지나면 지날수록 점점 꺼림칙한 느낌만 부풀어 올랐다.

어디서 솟아나는지도 알 수 없다.

마치 이 세상 자체를 적으로 돌리고 있는 것 같았다.

칠흑의 칼날이 어깻죽지를 스쳤다.

죽기 살기로 견뎠다.

후야오의 역할은 '테라코마리인 척하고서 죽는 것'. 물론 쉽게 죽어줄 생각은 없었다. 죽어주긴커녕 이 괴물의 피를 《막야도》로 빨아들여 줄 작정이었다.

후야오는 몸을 날려 성동 안쪽을 향해 달려갔다.

갱도는 낙석으로 가득해서 움직이기 불편했다.

더 넓은 곳에서 실컷 죽고 죽이는 싸움을 해보자고——.

"윽."

등 뒤에서 촉수의 태클이 날아왔다.

간신히 《막야도》의 칼등으로 막아냈지만 충격을 다 죽이진 못해 날아가고 말았다.

튕겨 날아간 곳은 어느새 성동 바깥이었다.

말라버린 논밭과 을씨년스러운 집들이 늘어선 황폐한 마을——

르나르 마을 터.

칙칙한 저녁놀이 분지를 비추고 있었다.

이렇게나 가슴을 깊이 도려내는 광경이 또 있을까.

이 마을이 이렇게 된 건 자신 때문이기도 했다.

그래서 더더욱 성채를 용서할 수 없었다. 사람의 목숨을 빼앗아 놓고선, 그걸 반성하는 기색조차 없이 질리지도 않고 또다시 불행의 씨앗을 뿌리고 다닌다.

게다가 저 비파 법사는 이미 스스로 목숨을 끊고는 말도 통하지 않는 짐승으로 전락했다.

'중요한 역할을 완수해서 만족스럽다'── 그런 기색마저 엿보였다.

그런 짓을 저질러 놓고, 자기는 바라던 죽음을 선택하다니, 이만큼 속이 뒤집히는 일이 또 있을까.

너무나도 화가 나서 견딜 수가 없다.

반드시 해치워야 한다.

촉수들이 성동 출구를 도려내며 마구 달려들었다.

칼을 쥐고서 맞섰다.

한 가닥을 튕겨내자, 한 가닥이 파고들어 벤 자국을 냈고, 한 가닥이 어깨에 난 상처를 헤집었다.

눈앞에 하얀 불똥이 튀자 【수경 이나리 권화】로 변신해 있던 테라코마리 건데스블러드의 환영이 흔들렸다.

이를 악물고 버텼다.

여기서 열핵해방을 풀었다간 죽도 밥도 안 된다.

자신은 테라코마리 건데스블러드로서 싸우고, 테라코마리 건데스블러드로서 죽어야 한다── 아니, 승리해야 한다.

트레몰로였던 괴물이 귀에 거슬리는 포효를 내질렀다.

촉수가 마구 날뛰며 르나르 마을의 집들을 차례로 파괴했다.

후야오가 펄쩍 몸을 날려 촉수의 공격을 이리저리 피했다.

어떻게든 적의 약점을 찾아내야 한다.

비수처럼 코어를 파괴하면 죽일 수 있을까? ──그런 생각에 촉수의 움직임을 가만히 관찰해 봤다. 아무리 뚫어져라 바라봐도 만다라 광석의 빛은 찾을 수 없었다. 저건 슬픔의 의지력으로 구성되어 있지만, 비수와는 근본적으로 구조가 다른 모양이다.

즉, 약점 같은 건 없다.

베어도 베어도 새로운 촉수가 돋아나고, 적을 죽일 때까지 절대 멈추지 않는다.

아마츠가 말했던 대로다── 저건 트레몰로 파르코스텔라의 절대적인 의지력으로 만들어진 무적의 괴물임이 분명했다.

하지만.

그렇다 해도.

호락호락 죽어줄 생각은 추호도 없었다.

약점이 없다면 적이 죽을 때까지 칼을 휘두르면 그만이다.

──당신은 변신 능력을 가졌으면서 공격이 너무 직접적입니다. 좀 더 고식적인 수법을 써보는 것도 좋을 거라 생각합니다만.

언젠가 들었던 트리폰의 말이 떠올랐다.

그 말대로 너무 직접적인 방식이다. 하지만 후야오는 이것 말곤 싸울 방법을 몰랐다.

우직하게 검을 휘둘러, 죽어야 하는 사람만을 죽여왔다.

그것이 자신이 해야 할 일이라고 생각했다.

르나르 마을의 원수를 해치우기 위해서, 모든 사람이 자기가 죽을 자리를 선택할 수 있는 세계를 만들기 위해서, 가족들——오빠와 아빠, 엄마한테 '잘했구나'라고 인정받기 위해서, 그저 오로지 앞만 보며 온 힘을 다해 싸워왔다. 그게 후야오 메테오라이트의 삶의 방식이었다.

"윽……."

촌장의 집 지붕 위로 뛰어올랐을 때, 어질, 현기증이 나는 걸 느꼈다.

피를 너무 흘렸을지도 모른다—— 그런 위기감을 느낀 순간, 촉수가 유연한 채찍이 되어 후야오의 몸을 날려버렸다.

충격.

지면에 내동댕이쳐져, 연달아 충격.

이걸 기회로 본 촉수들이 음식물 쓰레기에 모이는 파리처럼 몰려들었다.

후야오는 서둘러 일어나려고 했다.

하지만 떠밀려 균형을 잃고 쓰러지고 말았다.

숨을 삼킬 여유조차 없었다.

촉수들이 후야오의 머리 위에서 날뛰고, 오망성을 그리며 회전했다.

　디잉. 디잉. 디잉.

　불길하기 그지없는 저녁 하늘의 별——.

　정신을 잃기 직전, 녀석들은 사냥감의 숨통을 끊기 위해 달려들었다.

☆

　달린다.

　후야오가 있는 곳을 향해 오로지 달린다.

　성동은 새까만 부정한 기운으로 넘쳐났다. 내 열핵해방으로 꽤 많이 정화됐을 텐데도 어느새 지옥 같은 풍경으로 되돌아와 있었다.

　어째서 기절이나 하고 있었던 걸까.

　복부 좀 꿰뚫렸다고 해서 그게 뭐 어떻다는 거야.

　뭔 짓을 당하더라도 버텨서 후야오와 함께 싸워야 했다.

　나는 중요한 순간에 무력했다. 설령 열핵해방을 발동했다 해도 모든 게 해결되는 게 아니다. 그런 것쯤 흡혈 소동과 화촉 전쟁을 통해 이미 배웠을 텐데, 후야오의 피를 핥아 태양의 빛에 감싸였던 순간부터 유치한 전능감에 휩싸여 들떠 있었다.

　그렇지 않아, 네 잘못이 아니야, 후야오라면 그렇게 말할지도 모른다.

　혼자 자책해 봤자 문제가 해결되지 않는다는 것도 알고 있다.

이건 도피다. 저 무뚝뚝한 여우 소녀가 위험에 처했을지도 모른다는── 그런 떨쳐낼 수 없는 불안을 지우기 위한 임시방편에 지나지 않는다.

넘어졌다.

뒤에서 카루라와 사쿠나가 뭐라 외치고 있다.

그때 나는 바닥의 만다라 광석에 엄청난 피가 묻어 있는 걸 보았다.

금빛 털도 같이 떨어져 있다.

폭신폭신했던 그 녀석의 꼬리에서 본 털.

의외로 감촉이 좋고, 나중에 '만져봐도 돼?'라고 정식으로 부탁할 생각이었던 그 폭신폭신한 꼬리.

절망이 뇌리를 스친다. 그럼에도 나는 이를 악물고 일어섰다. 무릎이 까진 것쯤이야 신경 쓰이지도 않는다. 내 머릿속을 채운 건 오로지 후야오에 대한 생각뿐이었다.

후야오. 겨우 친해졌다고 생각했는데.

이런 전개는 너무 심한 거 아닌가.

제발 무사히 있어 줘.

너는 최선을 다했어.

더 이상 괴로워하지 않아도 돼.

그러니까──.

아직 의식을 잃지 않은 게 기적이라는 생각이 든다.

아니, 이미 삼도천을 건너는 중일지도 모르겠다.

"커흑."

입에서 피를 토했다.

그 상황에서도 아직 《막야도》를 꽉 쥐고 있는 자기 자신에게 놀랐다.

【수경 이나리 권화】도 아직 풀리지 않았는지, 간신히 테라코마리 건데스블러드의 모습을 유지하고 있었다. 나지만 참 대단한 의지력이다.

하지만 일어설 만한 힘은 없었다.

하늘에는 사악한 촉수들이 낌새를 살피는 것처럼 꿈틀대는 중이었다.

——아아, 나는 여기까지인가.

체력도, 정신력도 다 쏟아부은 후야오는 천천히 눈을 감았다.

돌이켜 보면 지금까지 험난한 길을 걸어왔다.

고향이 멸망하고, 복수를 결의하고, 강해지기 위해 수련에 매진했다. 스피카 라 제미니와 만나 뒤집힌 달의 일원으로서 잔학무도한 테러리스트 조직에 가입했고, 세계를 바꾸기 위해 살육의 투쟁에 몸을 던졌다.

누구나 죽을 자리를 선택할 수 있는 세계를 위해서.

불합리하게 살해당하는 사람이 없어질 수 있도록.

하지만 결국 후야오 메테오라이트의 신조는 모래 위에 쌓은 집에 지나지 않았다.

르나르 마을 사람들이 지금 후야오를 본다면 어이가 없어서 말조차 나오지 않을 게 분명했다. 헛발질만 계속해 온 살인귀. 그들은 천국에서 후야오를 멸시하며 원망하고 있겠지.

(오빠…… 엄마…… 아빠…….)

가족들은 언제나 상냥했다. 그런 가족들을 내 손으로 죽인 것이다.

또 만나고 싶어. 그때로 돌아가고 싶어.

하지만 그건 이뤄질 수 없는 바람. 후야오는 계속 살인귀의 길을 걸어왔다. 가족과 얼굴을 마주할 수 있을 만한 사람이 아니니까──.

디잉.

뭔가가 바뀌는 기척이 났다.

('이면'……이제쯤 나오는 건가…….)

네오플러스에 도착했을 때쯤부터 부쩍 등장이 드물어진 후야오의 다른 인격.

이제 와서 그 녀석이 나와봤자 상황은 아무것도 변하지 않겠지만.

(……?)

그런데 평소와는 느낌이 달랐다.

인격이 바뀌면 몸의 주도권이 자동으로 이양되어야 할 텐데.

주도권이 그대로였다.

이상하다는 생각에 눈을 뜬 순간, 후야오는 신기한 광경을 보았다.

그리운 마을의 풍경이 펼쳐져 있었다.

푸릇푸릇한 땅, 팔랑팔랑 흩날리는 벚꽃잎.

망가진 흔적을 찾아볼 수 없는 초가집들 여기저기서 밥을 짓는 연기가 모락모락 피어오른다. 하늘은 맑고 푸르렀고, 별 같은 건 한 개도 떠 있지 않았다.

(──어디지, 여긴.)

환각일지도 모른다.

그렇지 않고서야 그날의 르나르 마을이 이렇게나 선명하게 나타날 리가 없었다.

슬슬 자신은 반쯤 제정신이 아닌 모양이다──.

"안녕하세요! 이렇게 만나는 건 처음이군요!"

바로 옆에 누군가가 서 있다는 걸 깨달았다.

여우 귀와 여우 꼬리를 달고 있는 수인, 후야오 메테오라이트.

하지만 저건 '표면'이 아니었다.

재앙의 날 이후, 언젠가부터 후야오의 내면에 자리 잡은 '이면'이다.

처음에는 훨씬 많은 '이면'이 있었지만, 시간이 지나면서 차차 다른 인격을 잡아먹듯 이 인격 하나로 통일되어 갔다.

"'이면' ……이건 어떻게 된 일이야."

"떠올린 겁니다."

'이면'은 드물게도 진지한 표정을 짓고서 말했다.

"'이면'인 저는 '표면'의 내면에서 탄생한 인격이 아닙니다. 당연히 【수경 이나리 권화】의 부작용 때문에 인격이 분열된 것도 아니에요. 르나르 마을이 멸망했던 그날 이후로 저는—— 아니 우리는 당신 곁에 항상 붙어 있었어요."

"무슨 소릴 하는 거야⋯⋯."

"한 몸에 수많은 인격이 들어가 있으면 몸에 가해지는 부담이 너무 커서 잠시 하나로 뭉쳐 있었습니다. 다시 말해 저는 당신이 아니었던 거예요. 제가 겉으로 나올 때 '디잉' 하는 소리가 울렸던 건, 그때의 비극을 잊지 않기 위한 되새김⋯⋯."

"그러니까 무슨 소리를 하는 거야. 너는 내 분신이 아니었던 건가."

"네, 분신입니다. ⋯⋯하지만 후 짱의 분신이 아니야."

가슴이 철렁했다.

그 목소리, 몸짓, 자세가 기억 속의 인물과 일치하고 있었으니까.

'이면'이었던 후야오가 벚꽃잎이 되어 확 하고 흩어졌다.

상쾌한 바람이 산들산들 불어온다.

놀라운 사실에 굳어 있었더니, 불현듯 "후 짱" 하고 부르는 다정한 목소리가 들렸다.

그곳에 서 있는 사람은 죽었을 터였던 오빠였다.

"후 짱, 열심히 했구나."

"오, 오빠⋯⋯?"

후야오는 공포를 느끼고 두, 세 걸음 뒷걸음질 쳤다.

이유는 모르겠다. 하지만 눈앞에 서 있는 사람은 죽은 오빠가 틀림없었다.

따뜻한 미소, 상냥한 눈빛—— 모든 게 후야오가 자기 손으로 망가뜨리고 만 것들이었다.

오빠는 그때와 달라지지 않은 목소리로 "무서워하지 마"라고 속삭였다.

"나는 네 편이야. 네 오빠니까."

"하, 하지만."

"쭉 곁에서 보고 있었어. '이면'은 바로 우리였어. 르나르 마을이 파괴당한 그날부터 홀로 살아남은 너를 위해서 한시도 떨어지지 않고 지켜봤어……."

그런 일이.

그런 일이 가능한 걸까.

확실히 오빠였다.

목소리도, 냄새도, 저 상냥한 의지력도——.

"후 짱은 죄책감에 사로잡혀 있을지도 몰라. 하지만 그건 커다란 착각이야."

"차, 착각이라니 그 말은…… 그치만, 나는, 오빠를 죽였는데……?!"

"테라코마리 씨도 말했잖아. 후 짱은 잘못이 없어."

"그치만, 나는, 나는……"

열핵해방은 마음의 힘.

이제야 그런 생각이 든다—— 변신 능력 【수경 이나리 권화】는 후야오 메테오라이트의 마음속에 묻혀 있던 죄책감에서 탄생한 이능이겠지. 마을을 멸망시킨 사람은 내가 아니야, 가족을 죽인 사람은 내가 아니야── 마음 깊은 곳에선 자신의 죄를 깨닫고 있으면서, 그러면서도 그걸 인정하고 싶지 않아서, 『다른 사람이 되고 싶다』는 소원으로 발전했다.

하지만 죄책감에서 눈을 돌릴 필요가 없었던 걸까?

르나르 마을 사람들은 나를 용서해 주는 걸까?

"자, 저걸 보렴."

오빠의 말에 따라 후야오는 주변을 둘러보았다.

어느새 많은 사람들이 모여 있었다. 한 사람도 빠짐없이 그리운 얼굴들. 바로 어렸던 후야오를 따뜻하게 대해주었던, 지금은 세상을 떠난 르나르 마을 사람들이었다.

그들은 쭉 후야오 안에 잠들어 있었다.

최후의 생존자를 보이지 않는 그늘에서 지탱해 주며, 비원을 이룰 순간을 기다렸다. 트레몰로 파르코스텔라에게, 평화로운 일상을 망가뜨린 괘씸한 파괴자에게 앙갚음할 순간을 손꼽아 기다리며 후야오 곁에 있었다──.

네오플러스에서 나왔던 제2, 제3의 인격은 이 중에 있는 누군가였겠지.

정말이지, 무슨 이런 사람들이 다 있담.

죽어서도 이만한 의지력을 현세에 남기다니.

"후 짱, 무리하지 않아도 괜찮아."

어머니가 불안한 눈빛으로 바라보고 있었다.

그립다. 언제나 엄마는 후야오를 염려해 주셨다.

"엄마는 복수 같은 건 중요하지 않아. 후 짱이 행복하게 살아가 준다면 그걸로 충분해. 마을 사람들도 다 같은 마음이야."

"어, 어째서……? 트레몰로를 쓰러트리길 바라는 거 아니야……?"

"그런 건 나중 문제야."

누군가가 웃었다. 아빠였다.

마당에서 자주 군인 놀이를 하며 놀아주셨던 게 기억난다.

"부모의 마음으로는 네가 살아있기만 하면 그걸로 족해. 복수 같은 건 마침 손이 빌 때 해주면 되는 거야. 괴롭다면 도망쳐도 괜찮아."

"그래도……."

"지금 너는 상처투성이야. 이제 곧 너도 이쪽으로 오게 돼. 하지만 말이다, 여기 있는 녀석들은 네가 정말로 손 쓸 수 없게 될 때 아픔을 대신 짊어질 거야. 그걸 위해 쭉 네 곁에 있었어. 싸움을 그만두고 도망치면 아직 살아남을 길은 남아 있어."

그들 한 명 한 명이 빛의 입자──의지력으로 바뀌어 몸에 스며들어 온다.

후야오는 저도 모르게 눈물을 흘리고 있었다.

계속 고독하게 검을 휘두르며 살아왔다.

자신에게 다가오는 사람은 어디에도 없을 거라 생각했다.

하지만 그건 착각이었던 모양이다.

세상에는 상냥한 사람들이 잔뜩 있었다.

그런 사람들이 무참히 사라져 버리는 건 이제 지긋지긋했다.

그러니까── 그러니까 더더욱.

후야오가 제자리에 멈춰 서 있을 수는 없었다.

"미안. 나는 싸워야만 해. 그 상냥한 마음에 보답해야 해."

"후 짱······!"

마을 사람들은 조금 놀라는 기색이었다.

후야오가 안심시키려는 것처럼 미소를 지었다.

"걱정마. 죽지는 않을 거야. 힘이 솟아올라—— 여기 있는 모두가 나눠준 힘이야. 이 힘이 있으면 비파 법사도 쓰러트릴 수 있겠지."

오빠는 "그렇구나"라고 말하며 체념한 듯이 한숨을 쉬었다.

"알겠어. 테라코마리 씨도 있으니까 괜찮겠지."

"테라코마리······?"

"우리가 나올 수 있었던 건 테라코마리 씨 덕분이야."

아빠와 엄마가 빛이 되어 후야오 안으로 빨려 들어갔다.

이제 남은 사람은 오빠뿐이었다.

"너무나 눈부신 빛이었어. 마음을 뒤덮고 있던 안개가 깨끗하게 걷혔어. 그 사람처럼 한다면 아무런 걱정도 필요 없을 거야."

눈부신 태양의 빛이 주변을 가득 메웠다.

테라코마리와 똑같은, 부드럽고, 따뜻하고, 시꺼먼 부정한 기운을 단숨에 걷어내는 에너지.

그 빛이 자신의 몸에서 나오고 있다는 사실을 깨달았다.

《——열핵해방【수경 이나리 권화】욱일승천——》

빛의 마력이 흘러나왔다.

그건 진홍의 흡혈귀가 내뿜던 빛과 완전히 똑같은 힘이었다.

그렇다── 자신은 그 소녀처럼 되고 싶었다.

【수경 이나리 권화】는 거울에 비치는 모습을 재현하는 기적. 죄책감이 아닌 적을 향한 살의에서 진화를 이뤄낸 궁극의 변신 능력.

이 힘만 있으면 잃어버린 태양을 되찾을 수 있어.

테라코마리처럼 세계를 밝게 비춰나갈 수 있어.

"자, 후 짱. 모두의 꿈을 이뤄줘."

오빠가 부드럽게 웃으며 말했다.

후야오는 고개를 끄덕였다.

그 모습을 지켜본 오빠는 잠시 미소를 짓고 있었지만, 머지않아 다른 마을 사람들과 마찬가지로 빛이 되어 사라졌다.

세계가 다채로운 색으로 물들어 간다.

여태까지 잃어버렸던 '색'을 되찾고 있었다.

강함을 추구하는 건 예술과도 비슷하다고 생각했다.

맞는 말이었다. 진정한 강함이란 다른 사람을 생각할 줄 아는 따뜻한 마음이었다. 화합의 마음을 가질 때 비로소 흑백의 세계는 아름다운 색으로 물든다.

여기까지 여행해 온 끝에 이제야 깨달을 수 있었다.

정말이지 르나르 마을 사람들에게는 면목이 없다.

그들의 의지는, 남긴 뜻은, 전부 후야오 메테오라이트가 이어받았다.

이제 아무것도 걱정할 필요 없었다.

갑자기 시야가 새하얗게 변한다.

그리운 르나르 마을의 풍경이 희미하게 사라져 가더니——.

——그리고 후야오는 지옥으로 돌아왔다.

구정물을 마구 뿌려 놓은 듯한 색으로 물든 저녁 하늘이 펼쳐져 있었다.

별들이 반짝이고, 쌀쌀한 바람이 을씨년스럽게 불었다. 슬슬 땅거미가 내릴 시간인 모양이다.

머리 위에는 기분 나쁜 촉수가 꿈틀거렸다.

토레몰로 파르코스텔라가 전락한 몰골.

비극의 원흉, 그리고 르나르 마을의 원수.

후야오는 칼을 지팡이 삼아 짚고서 천천히 일어났다.

그 순간, 몸속 깊은 곳에서 엄청난 빛의 마력이 뿜어져 나왔다.

머리 위의 촉수들은 단숨에 증발했다. 더러워진 하늘이 표백되어 간다.

그건 그야말로 태양의 위업이었다. 테라코마리 건데스블러드의 【고홍의 애도】—— 그걸 그대로 완벽하게 카피하는 파격적인 열핵해방.

촉수들이 한순간이지만 겁을 먹었다.

한낮처럼 정화되어 가는 세계 속에서 후야오는 《막야도》를 들어 올리며 적을 노려보았다.

이제 후환 따위 없다. 눈앞의 어리석은 적을 격멸하기만 하면 된다.

피가 흘렀다. 온몸의 감각이 둔해지고 있다.

르나르 마을 사람들의 의지력을 가지고도 완전히 회복하는 건 불가능했던 모양이다.

그럼에도, 후야오의 마음은 맑았다.

"……기다리게 했군."

사악한 별은 밤하늘에 떠오르는 것.

이 일검으로 밤이 저무는 세계를 실현해 주지.

"자아―― 트레몰로 파르코스텔라. 죽을 각오는 되어 있나?"

말로 하는 대답은 없었다.

대신 촉수가 바다처럼 몰려들었다.

후야오는 《막야도》를 겨누며 맞섰다. 대부분은 태양빛을 쬔 것만으로도 녹아버렸지만, 끈질긴 몇몇은 부모의 원수를 향해 돌격하는 것마냥 집요하게 빛의 장막을 헤집으며 덮쳐들었다.

칼을 휘두른다. 촉수가 튕겨 나간다. 또 칼을 휘두른다――.

비수처럼 만다라 광석으로 된 코어 따위는 없다.

그렇다면 적이 움직일 수 없게 될 때까지 베어버리면 그만이다.

"윽."

사각에서 달려든 온 촉수가 등을 그었다.

신음으로 고통을 얼버무리며 도약, 망가진 초가집을 발판 삼아 공중으로 떠올라 촉수를 베어 넘겼다.

그 탓에 어깨의 상처가 벌어졌다.

공포는 없었다. 테라코마리에게서 이어받은 빛이 마음을 따뜻하게 해주었으니까.

──네가 바라는 대로 살아가면 돼.

물론이다. 이것이 후야오 메테오라이트가 바라는 삶의 모습이다.

그 흡혈귀를 위해서 죽을힘을 다해 싸우면 된다.

그것이 르나르 마을을 위한 일. 세계를 위한 일──.

촉수는 베어도 베어도 끝이 없었다. 빛을 내뿜어 불살랐지만 바퀴벌레처럼 온갖 틈새에서 꿈틀거리며 기어 나왔다.

뺨이 찢어졌다. 온몸이 땅바닥에 내동댕이쳐졌다. 열핵해방을 카피한다 해도 테라코마리처럼 다룰 수 있는 건 아닐지도 모른다.

그런 건 아무래도 상관없었다.

무슨 일이 있어도 여기서 해치워야만 했다.

"끝장을 내주지."

후야오는 칼자루를 꽉 쥐고서 높이 뛰어올랐다.

벤다. 벤다. 베였다. 피가 터져 나온다. 그런 공격은 통하지 않는다. 아픔은 이미 잊었다. 하지만 아프다. 아파해선 안 된다. 모든 건 평화로운 세계를 위해서. 다정한 르나르 마을 사람들을 위해서. 테라코마리를 위해서. 약자도 죽을 자리를 선택할 수 있는 세계를 위해서, 베고, 베고, 베고, 베고 베고──.

깨닫고 보니 밤이 되어 있었다.

얼마 지나지 않아, 후야오는 모든 것이 부서지는 소리를 들었다.

☆

조용한 달빛이 쏟아진다.

살아 있는 모든 생물들이 숨을 거둔 듯한 적막한 공기.

나는 그 고요한 공기를 찢어발기는 것처럼 그녀의 이름을 부르며 마침내 그곳에 도착했다.

르나르 마을.

무자비한 별에 유린당한 비극의 마을.

이미 트레몰로의 의지력이 사라진 지금, 그곳에 남은 건 낙석으로 망가진 폐허의 풍경이었다. 그때 문득, 마을 모퉁이에 있는 벚나무 그루터기가 희미하게 빛나는 게 보였다. 마치 바람 앞의 등불처럼 가냘프게 빛나는 빛은 분명 나를 기다리고 있었던 것처럼 느껴졌다.

벚나무에 기대듯, 후야오 메테오라이트가 앉아 있었다.

나는 반쯤 고꾸라질 듯한 기세로 그녀를 향해 달려갔다.

무사했구나! 후야오가 트레몰로를 쓰러트렸어! ──그런 실낱 같은 희망이 박살 나기까지는 오랜 시간이 걸리지 않았다.

그녀의 상태가 이상하다는 걸 깨달았다.

당연하다는 듯이 피투성이. 어깨도, 배도, 허벅지도, 도저히 가망이 없을 정도로 뜯겨나갔다.

《막야도》는 가운데가 뚝 부러진 채 벚나무 둥치에 박혀 있었다.

단숨에 머릿속이 얼어붙어 움직일 수가 없었다.

후야오의 몸을 감싸주던 빛이 사라지고, 의외로 편안한 표정을 짓고 있는 얼굴이 드러난 순간, 비틀린 비명이 뱃속에서 튀어나왔다.

"──후야오?! 괜찮아?!"

자기가 말해놓고 봐도 멍청한 소리였다. 누가 봐도 괜찮지 않았다.

이런 상처는 어떤 의사가 와도 치료할 수 없다.

"테라코마리…… 무사했던 건가."

후야오가 정신을 차렸다. 공허한 시선은 나를 바라보는 것 같으면서도 미묘하게 초점이 어긋나 있었다.

"후야오! 대체 무슨 일이……."

"……걱정하지 마. 트레몰로는 내가 해치워 뒀어. 너와 르나르 마을 사람들 덕분이야."

그 말대로 트레몰로의 기척은 완전히 사라졌다.

성동을 덮고 있던 사악한 독기가 희미해진 게 느껴졌다.

후야오는 시선을 비스듬히 내리면서 갈라진 목소리로 말했다.

"그걸 받아 줘. 어떻게든 빼앗았어. 너라면 잘 쓸 수 있겠지."

나무뿌리 부근.

그곳에는 반짝반짝 빛나는 별 같은 보석이── 저세상의 마핵이 떨어져 있었다.

그녀는 성채의 야망에 찬물을 끼얹어 준 것이다.

하지만 마핵 같은 건 아무래도 좋았다.

"후, 후야오, 그 상처는."

"됐어. 이제 무슨 수를 써도 치료할 수 없어."

"할 수 있어! 그렇지, 카루라가 와 있어! 카루라한테 부탁하면——."

"상처를 치료해도 낫지 않아. 나는 이미 해야 할 일들을 다 마쳤어."

무슨 말을 하는 건지 이해가 가지 않았다.

갑자기 끝 모를 공포에 마음을 붙들렸다. 후야오의 묘하게 평온한 표정은 마치 '이제 여한은 없어'라고 말하는 것 같았다.

"나는 자신이 구제할 길 없는 인간이라고 여겼어. 하지만 의외로 그렇지 않았을지도 몰라. 마을 사람들의 힘을 빌려, 마지막의 마지막에 녀석을 해치울 수 있었어. 복수를 이루는 데 성공했어. 그리고…… 네가 목숨을 잃는 걸 막을 수 있었어."

"맞아, 후야오는 대단한 녀석이야. 나 같은 건 발끝에도 미치지 못할 정도로……."

"아니, 나보다도 네가 살아야 해."

"그렇지 않아!"

나는 저도 모르게 후야오의 오른손을 붙잡았다.

저절로 손에 힘이 들어갔다. 붙잡은 손이 너무나도 차가웠기 때문에.

이 차게 식은 손이 무엇을 의미하는지 모를 정도로 멍청하지 않았다.

"그렇지 않아…… 너도 계속 살아야 해…… 이제 원수는 갚았어. 앞으로는 평화롭게 살아가면 되잖아. 그렇지, 유부초밥을 사줄게. 또 같이 먹자……."

"너는 상냥하구나."

후야오가 어이없다는 듯이 웃었다.

"그게 네 무기야. 그 상냥함에 나는 구원받았어. 너라면 인류 멸망을 떠들어 대는 사악한 바보와도 맞설 수 있을 거야."

"하지만……."

"부탁이 있어. 들어줄 수 있을까."

또렷한 시선이 내 눈을 바라본다.

그 박력에 눌려, 나는 "으, 응" 하고 고개를 끄덕였다.

"트레몰로는 쓰러트렸어. 하지만 바보는 아직도 있어. 각오가 없는 사람에게 아픔을 주고, 멋대로 활개 치고 다니는 사악한 녀석이 여전히 살아 있어. 그 녀석들을 막아낼 수 있는 건 내가 아니야, 바로 너야. 싸움을 싫어하는 너에게 고생을 떠넘기는 것 같아서 미안하지만, 녀석들을 막아 줄 수 없을까. 그 따스한 빛으로 잿빛 세상에 색을 칠해줄 수 없을까."

"무, 물론이지. 내가 할 수 있는 일이라면 뭐든 하겠지만……."

"고마워."

후야오의 입에서 피가 울컥 나왔다.

당황해서 양손으로 흘러나오는 피를 막았다.

그런 나를 바라보며, 후야오 메테오라이트는 지금까지 한 번도 본 적 없는 것 같은, 그러면서도 정말 그녀다운 만족스러운 미소를 띠며 말했다.

"네가 내 꿈을 이어받아 준다면, 그걸로 충분해. ……뒤는 맡길게, 테라코마리."

Illustrations copyright © riichu

"······!"

후야오의 의지력이 사라졌다. 직감적으로 깨닫고 말았다.

나는 몇 번이고 그녀의 이름을 부르며 너덜너덜해진 몸을 흔들었다.

그럼에도 여우 소녀가 눈을 뜨는 일은 없었다.

옛날 르나르 마을이 있었던 곳에서, 벚나무에 감싸안긴 채, 잠이 든 것처럼——.

오열이 목구멍 깊은 곳에서 솟아 나왔다.

이건 너무 심하잖아. 어떻게 이럴 수가.

후야오는 노력해 왔다. 내가 후야오와 제대로 대화를 나눌 수 있게 된 건 극히 최근이었고, 그녀의 사람됨과 취향을 깊이 아는 건 아니지만, 이 녀석이 노력해 왔다는 사실은 잘 안다. 나를 위해 목숨을 걸어 줬다는 것도 알고 있다.

그런 마음씨 착한 소녀가 이렇게 덧없이 목숨을 잃어도 될 리가 없었다.

성채. 무슨 이런 사악한 녀석들이 다 있을까.

평범한 소녀에게 무거운 죄책감을 짊어지게 만들고, 싸움의 나날로 내몰았다.

그녀의 고통은, 괴로움은, 전부 그 녀석들 때문이다.

절대로 용서 못 해.

절대로——.

"——코마리 씨!"

거기서 나는 희망의 빛을 보았다.

카루라가, 시간을 되돌릴 수 있는 아마츠 카루라가 바로 저기까지 와 있었다.

나는 울면서 카루라에게 매달렸다. "후야오의 시간을 되감아 줘"라고 몇 번이고 애원했다. 처음에는 조금 당혹스러워하는 기색이었지만 그녀는 결국 내 부탁을 들어주었다.

열핵해방【역류의 찰나】──.

무색투명한 마력이 천천히 후야오의 몸을 감쌌다.

시간이 되돌아가기 시작한다.

상처가 아물고, 옷에 묻은 피가 깨끗이 지워지고, 여기저기 더러워진 부분들이 단숨에 사라져 간다.

잠자는 것처럼 앉아 있는, 평소의 후야오 메테오라이트로 돌아왔다.

나는 필사적으로 그녀의 이름을 불렀다.

이걸로 살아날 거야── 그런 희망을 가슴에 품고서, 믿어 의심치 않으며, 몇 번이고 몇 번이고 몇 번이고 몇 번이고 그녀의 이름을 불렀다.

하지만 점차 낌새가 이상하다는 걸 깨달았다.

후야오는 아무런 반응을 보이지 않았다.

눈을 뜨지도 않았다. 말을 하는 일도 없었다. 몸도 차갑다── 심장도 뛰지 않는다.

왜. 어째서.

차오르는 절망감에 굳어 있었을 때, 카루라가 몹시 말하기 힘든 기색으로 이렇게 말했다.

"틀렸어요, 코마리 씨. ……이미, 이 사람의 마음은 이곳에 없어요."

"_____."

사쿠나와 아마츠, 코르네리우스도 달려왔다.

그리고 나는 이해하고 말았다.

사람의 근본은 마음이다.

마음은 얼마든지 세계를 변화시킬 힘을 갖고 있다.

이 소녀는, 나를 지키고, 원수를 쓰러트리고, 자신의 꿈을 누군가에게 맡기고── 해야 할 일을 모두 마친 것이다.

마음을 잃어버렸다면 후야오는 영원히 돌아오지 않는다.

나는 울었다.

언제까지고, 언제까지고, 눈물을 흘렸다.

──나는 모든 사람이 죽을 자리를 선택할 수 있는 세계를 지향하고 있어.

──그냥 표현이 그런 거다. 언젠가는 결판을 내주겠다는 의미야.

──네 주변에 사람들이 많이 모여드는 이유를 왠지 모르게 알 것 같아.

──네가 내 꿈을 이어받아 준다면, 그걸로 충분해.

"……………, …………."

밤하늘에는 불길한 별이 빛나고 있었다.

눈물을 흘리고 있을 때가 아닐지도 모른다. 이 세상에는 후야오를 이런 꼴로 만든 살인귀들이 여전히 태연한 얼굴로 활보하고 있으니까.

　그럼에도 나는 한참 동안 후야오의 몸에 매달려 엉엉 울었다.

　카루라도, 사쿠나도, 그 외 다른 사람들도 누구 하나 입을 열지 않았다.

　문득 바람이 불었다.

　벗나무가 쏴아아 흔들리면서 후야오의 뺨에 꽃잎 한 장을 떨어트렸다.

　달빛이 비춰주는 소녀의 표정은 한없이 평온했다.

시체가 연주하는 음률이 들려온다.

영음(靈音)종은 죽음을 맞이할 때, 친한 사람에게 음악을 전달해서 슬픈 소식을 알린다.

디잉. 디잉.

네프티 스트로베리의 고막을 울리는 소리는 그 기분 나쁜 참견쟁이 비파 법사, 트레몰로 파르코스텔라가 남긴 선율이었다. 생자필멸의 법칙을 나타내는 음색은 곧 성채의 미래에 암운이 드리우기 시작했음을 가리켰다.

처음 만났을 때부터 잘 안 맞는 녀석이라고 느꼈다.

하지만 그렇다 해도, 그녀는 분명 네프티의 동지였다.

"무리하긴……."

성동 내부. 지저 호수의 물가에 떨어진 비파를 내려다보면서 네프티는 가슴의 욱신거림을 꾹 참았다.

테라코마리와 그 동료들을 얕보았던 자신에게 화가 치민다.

네프티가 도착했을 때 이미 트레몰로는 숨을 거둔 상태였다.

더 빨리 달려올 수 있었으면 좋았을걸.

네프티가 트레몰로와 함께 싸웠다면, 적어도 【반혼주살만다라】를 발동시키는 일은 없지 않았을까.

"유세이. 트레몰로가 죽었어."

네프티는 옆구리에 끼고 있는 토끼 인형에게 말을 걸었다.

그녀가 외부 세계와 접촉하는 수단은 오직 하나, 자신의 의지력을 다른 물체에 깃들게 해서 매개로 삼는 것이다. 그리고 현재, 육체 대용으로 이용 중인 게 바로 이 인형이다.

『──울지 않아도 돼. 네프티.』

유세이가 말을 건넸다.

의지력을 이용한 텔레파시였다.

『죽어도 다시 만날 수 있어. 성채는 그걸 위해서 있는 거니까.』

"그치만."

『괜찮아. 걱정할 필요 없어.』

"그치만! 트레몰로도, 네르잔피도 이젠 없다구. 우리는 정말로 바라는 걸 이룰 수 있는 걸까…….'"

성채의 세 사람은 모두, 세상에서 배척받은 배교자다.

유세이를 따르면 진정한 행복을 얻을 수 있을 거라고 생각했다.

하지만 이 가슴의 아픔은 뭘까?

이런 싸움을 계속한다면 자신은 언젠가 마음이 망가지고 마는 게 아닐까──.

유세이는 『그러네』하고 상냥하게 웃었다.

『고난을 극복한 끝에는 행복이 있어. 창업은 언제나 괴로운 일이야. 하지만 이 괴로움을 견뎌내면 분명 구원받을 수 있을 거야. ──자, 비파를.』

"……──."

유세이가 그렇게 말한다면 그런 거겠지.

네프티는 지시대로 트레몰로의 비파를 등에 멨다.

이 악기는 《성채현(星彩弦)》이라는 이름의 신구다.

내부에 의지력을 모아둘 수 있게 만들어져서, 트레몰로는 이 걸 이용해 유세이에게 바치기 위한 부정한 기운을 모으러 돌아 다녔다.

"무거워! 뭐야 이거…… 그 녀석은 부정한 기운을 얼마나 모 아둔 거야."

『이게 있으면 유린도 쓰러트릴 수 있을지도.』

"유린……?"

『들켜 버린 모양이야, 내가 있는 곳을.』

"뭐?"

『대규모 탐지 마법을 썼더라고. 세계의 벽을 넘어설 정도의 황급 탐지마법—— 아마, 저세상의 마핵에 담긴 마력을 이용한 거네.』

유린 건데스블러드.

녀석은 성채의 야망을 깨부수기 위해 저세상에서 싸우고 있다.

지금까지는 유세이의 꼬리를 붙잡는 것조차 불가능했던 모양 인데——.

『하루빨리 돌아와 주면 기쁠 거야. 이번엔 풀문과 싸우게 될지 도 모르니까.』

"적, 너무 많은 거 아냐? 풀문에 테라코마리, 천문대…… 고 생길이 훤하네."

『거기에 뒤집힌 달. 아까 스피카 짱이랑도 만났는데 아슬아슬하게 죽이는 데 실패했어. 역시 그 아이는 강해.』

"정말로 고생길이 훤하네. 넌 더리가 나려고 그래."

『맞아. 그러니까 네프티, 나를 버리지 말아줘?』

"……그쪽으로 가는 건 좋은데 네오플러스는 어쩔 거야."

『버릴 거야. 쓸모가 없어졌다면 빠르게 처분하는 게 현명해.』

"칫…… 기껏 지사가 됐는데……."

네프티는 비파를 등에 메고 걸어갔다.

별이 가는 길을 가로막는 자들이 잇따라 나타난다.

하지만 여기서 굴할 수는 없었다.

스러져 간 동료들을 위해서도.

그리고── 네프티 자신이 행복해지기 위해서도.

☆

그로부터 며칠이라는 시간이 흘렀다.

세계의 혼란은 극에 달해, 수많은 나라가 수많은 나라에 선전 포고하기 시작했다. 저세상 곳곳에서 피도 눈물도 없는 전쟁이 전개되어 수많은 사람이 고통에 신음하고 있었다.

성채가 놓고 간 선물이라고 아마츠와 키르티가 말했다.

녀석들은 트레몰로가 패배한 후, 어디론가 모습을 감췄다고 한다.

그리고 떠나는 동시에, 트레몰로가 만들어 뒀던 '긴장의 실'을 뚝 끊어 버림으로써 새로운 분쟁을 촉발한 것이다. 아마도 녀석들은 언제든지 저세상을 한층 더 깊은 혼란 속으로 밀어 넣을 수 있었겠지. 결국 우리는 마지막까지 그 비파 법사의 손바닥 위에서 놀아났던 걸지도 모르겠다.

그리고—— 그 비파 법사를 쓰러트린 여우 소녀는,

후야오 메테오라이트는,

해야 할 일들을 전부 마치고서 조용히 숨을 거뒀다.

이미 장례식은 끝났고, 그녀의 시신은 옛 르나르 마을에 안장되었다.

카루라의 힘으로도 그녀는 돌아오지 못했다.

이런 식으로 이별할 줄이야, 슬프고 슬퍼서 견딜 수가 없었다.

내가 더 빠릿하게 행동했더라면 다른 결말이 되었을지도 모른다. 그런 후회와 절망이 자꾸만 마음을 좀먹어서 머리가 어지러웠다.

하지만 언제까지고 어린애처럼 울고만 있는 건 잘못된 행동이다.

후야오는 뒷일을 나에게 맡겼으니까.

아무리 괴로워도, 슬퍼도, 확고한 의지를 품고서 일어서야만 한다.

그것이 칠홍천 대장군으로서 해야 할 일.

방에 틀어박혀 있을 때가 아니었다.

"……고마워. 네 몫까지 노력할게."

밤.

나는 여관의 창문으로 별을 올려다보고 있었다.

저세상의 공기는 몹시도 탁했다.

오랫동안 물을 갈아주지 않은 수조처럼 탁하고 흐리멍덩한 세계.

온갖 장소에서 분별없는 싸움이 계속되고 있기 때문이겠지.

"——테라코마리. 뭘 그렇게 풀이 죽어 있는 거야."

누군가가 등 뒤에 서 있었다.

기묘한 모자를 쓰고 있는 흡혈귀, 스피카 라 제미니.

"스피카? 다친 데는 이제 괜찮아?"

"다치거나 한 적 없어. 잠깐 자다 일어났을 뿐이야."

스피카는 주머니에서 사탕을 꺼내 입에 물었다.

내 옆에 놓인 의자에 앉더니, 거만하게 다리를 꼬면서 밤하늘을 올려다본다.

이 녀석은 성동 깊숙한 곳에서 유세이에게 기습을 당했다고 한다.

린즈와 트리폰의 도움으로 간신히 지상으로 이송되었지만, 상당히 깊은 대미지를 입었는지 한동안 혼수상태에 빠져 침대에 누워 있었다.

그런데 본인 말로는 '별것 아니다'라나.

아무리 생각해도 허세였다.

이 소녀한테도 인간다운 면이 있구나, 싶어서 감탄했다.

그리고—— 스피카 라 제미니마저 전투 불능으로 만든 유세이의 무서움.

"정말이지! 아아, 정말이지!"

스피카가 눈살이 찌푸려질 정도로 크게 외쳤다.

"정말 이래선 한심 천만이야! 녀석들은 저세상을 엉망진창으로 만들어 놓고는 어디론가 도망쳐 버렸어! 트레몰로 한 명 가지고는 수지가 안 맞아!"

"그러네……."

"그도 그렇게 후야오가 죽어버렸는걸! 그 아이는 내 사상에 공감해 주는 귀중한 인재였는데! 무척이나 힘이 센 내 소중한 경호원이었는데! 그래도 뭐, 잘된 걸지도 모르겠네!"

나는 그 말에 깜짝 놀라 스피카의 얼굴을 보았다.

"그 아이는 이상적인 죽음을 맞이할 수 있었는걸! '죽음이야말로 산 자의 숙원' ──뒤집힌 달의 이념을 이룰 수 있어서 기뻐하고 있을 거야! 맞아, 내가 바라던 세계는 모두가 후야오처럼 아름답게 죽을 수 있는 세계였던 거야!"

"스피카……."

"역시 내가 장래가 유망하다고 본 인재인걸! 역대 다른 삭월들도 마찬가지로 자신의 인생에 만족하면서 죽어갔어…… 잘됐네, 잘됐어. 정말로 잘됐어. 후야오라면 깔끔하게 복수를 마친 다음 무사히 돌아오지 않을까, 싶었지만 의외로 그렇지는 않았네. 그렇지 않았어…… 내 계획은 어긋난 걸지도 몰라…… 후야오……."

똑, 눈물이 떨어졌다.

놀랍게도 스피카는 눈물을 흘리고 있었다.

놀랄 만한 일은 아닐지도 모른다.

이 녀석에게 후야오는 소중한 동료였다. 그리고 이 소녀에게
도 동료의 죽음을 슬퍼할 수 있는 '평범한 마음'이 있었다──
그저 그것뿐이다.

어떤 말을 건네야 할지 알 수 없었다.

그래서 나는 그저 사실만을 말하기로 했다.

"후야오는 좋은 녀석이었지."

"그러게."

"자신의 꿈을 위해서 최선을 다했어……."

"그러게!!"

콰앙!! ──갑자기 옆에 있던 테이블이 두 쪽으로 갈라졌다.

스피카가 주먹으로 내리친 거였다.

나는 "으와아아아앗?!" 하고 비명을 지르며 일어났다.

"뭐, 뭐 하는 거야?! 누코로 배상해야 한다고?!"

"녀석들은 세계를 망가뜨리고 있어! 테이블 따위로 호들갑 떨
상황이 아니잖아!"

"진정해! 날뛰지 마!"

"알고 있어! 여기서 날뛰어 봤자 해결되지 않는걸."

사탕을 콰득콰득 이로 부수면서, 살기 넘치는 눈동자로 밤하
늘의 별을 올려다본다.

"이번엔 한 방씩 주고받은 꼴인가. 하지만 다음번엔 반드시
죽여주겠어── 그게 후야오를 위한 일이기도 한걸. 그때가 오
면 당신도 힘을 빌려주기야."

"……있잖아."

나는 쭉 의문이었던 점을 솔직하게 물었다.

"너는 좋은 녀석이야? 나쁜 녀석이야? 어느 쪽이야……?"

"그런 건 물어봤자 헛수고야! 저세상의 혼란을 가라앉히기 위해 노력하고 있는 평화주의자라는 점은 틀림없지만."

"그렇구나……."

신기한 흡혈귀였다.

아마츠 말로는 나는 미래에 스피카에게 살해당한다고 한다.

또 이 녀석과 맞붙게 되는 날이 올지도 모른다.

하지만── 지금은 아직 힘을 합쳐야 할 때다. 솔직히 말해서 무서운 면도 있지만, 이 소녀가 진심으로 저세상을 바꾸고 싶어 한다는 건 알았으니까.

스피카는 화가 치민다는 듯이 팔짱을 끼면서 말했다.

"유세이는 일단 내버려 두기로 하자. 지금 최우선으로 해야 할 일은 저세상을 어떻게든 하는 거야."

"뭘로 어떻게든 할 건데."

"'신을 죽이는 탑'."

"뭐?"

"저세상의 중앙, 옛날에 내가 근거지로 삼고 있던 뤼미에르 마을 바로 근처에 하얗고 커다란 탑이 세워져 있어."

알고 있다. 네리아와 함께 직접 눈으로 본 기억이 난다.

분명 저세상의 세계유산이었지?

그런데 그게 어쨌다는 건데……?

"탑에는 봉인이 가해져 있어서 아무도 들어가지 못해. 하지만 저세상의 마핵을 모으면 그 봉인을 깨트릴 수 있어."

"마핵으로 봉인되어 있다는 뜻……?"

"바로 그거야. 저세상의 마핵의 '역할'은 신을 죽이는 탑을 봉인하는 일이야."

마핵은 여섯 개가 모이면 엄청난 힘을 발휘한다.

현세의 마핵이 '국가의 기초'로서 기능하도록 역할을 부여받았듯이, 이쪽 마핵은 저 새하얀 탑을 봉인하는 역할을 부여받았다고 한다.

"……그 봉인을 깨트리면 어떻게 되는데?"

"친구와 다시 만날 수 있어."

스피카는 그리운 듯이 눈이 가늘어지며 말했다.

"걔는 우자와의 싸움에 패배해서 탑 안에 숨었어. 마핵으로 봉인을 해둔 건 그 아이의 안전을 지키기 위해서야. 그리고 『622년 후에 다시 만나자』라고 약속을 나눈 뒤 헤어졌어. 그 아이는 미래를 볼 수 있는 무녀였기 때문에 그 약속은 무조건 이뤄질 거야."

"허어……."

"그리고── 내가 잘못 센 게 아니라면 올해가 약속한 622년째. 그 아이가 가진 미래시의 힘을 빌릴 수 있다면 세계 평화로 이어지는 청사진을 그릴 수 있어. 그러니 나는 저세상의 마핵을 모아 그 '역할'을 해제하고, 탑의 봉인을 풀어서 그 아이와 다시 만나야만 해."

"잠깐 기다려 봐…… 그거 먼 옛날에 헤어지고 말았다던 친구를 말하는 거야?"

"맞아. 봉인되어 있으니까, 시간의 흐름에서 비껴가 있어. 다시 말해 아직 살아있어."

──이 세계를 만든 건 600년 전에 존재한 최강의 흡혈귀── 통칭 '현자'야. 그녀는 능력을 써서 혼돈의 세계에 질서를 가져왔어. 지금도 세계 중앙에 있는 '신을 죽이는 탑'에 살고 있다는데…… 뭐, 이건 미신이야. 사람이 600년이나 살 수 있을 리가 없으니까.

"엥? 어라……? 저세상을 만든 현자님 얘기야……?"

"그건 나야! 그 아이는 현자가 아니라 무녀 공주. 탑에 봉인된 건 내가 아닌 무녀 공주 쪽. 저세상에 전해져 온 전승에는 거짓과 진실이 섞여 있는 모양이지만."

"……무녀 공주? 무녀 공주라면 뤼미에르 마을의 무녀 공주를 말하는 건가?"

"무녀 공주라고 하면 그거 말고는 없잖아. 그 아이는 저세상의 초대 무녀 공주이자 뤼미에르 마을의 시조."

"그럼…… 코레트의 조상님이라는 뜻??"

"죽는다?"

"어째서?!"

"그 아이한테 자식 같은 건 없었어! 어디까지나 '시조 일족의 딸'일 뿐이야."

이젠 뭐가 뭔지 알 수 없어서 비명을 지르고 싶어졌다.

머릿속이 정리되려면 좀 더 시간이 필요했다.

차근차근 얘기를 듣고서 메모를 해두지 않으면 전모를 파악할 수 없을 것 같다.

그래도── 한 가지 알게 된 사실이 있다.

저세상을 평화롭게 만들 방법은 아직 남아 있다는 사실이다.

나는 지금까지 여행을 통해 많은 사람이 슬퍼하는 모습을 보았다. 그들이 평화롭고 무탈한 일상을 보낼 수 있도록 만들기 위해서는 나와 스피카가 젖 먹던 힘까지 짜내서 노력할 수밖에 없다.

그리고 그건, 후야오가 내가 맡긴 부탁이기도 했다.

"탑의 봉인을 풀면 모든 게 해결된다── 믿어도 되는 거지?"

"거짓말을 해 봤자 소용없잖아! 지금 우리는 동맹을 맺고 있으니까!"

별처럼 푸른 눈동자가 반짝반짝 빛나고 있었다.

눈물을 흘린 직후라서 그런 걸지도 모른다.

지금의 이 녀석이라면 조금은 믿을 수 있을 것 같았다.

"……알겠어. 너에게 협력할게."

"그렇게 나와야지!"

스피카는 씨익 웃었다.

나와 이 녀석은 닮은 부분이 있다는 생각이 든다.

방식은 다르다. 성격도 다르다.

하지만 지향하는 곳은 일치하고 있는 것처럼 느껴졌다.

그렇다면 마음껏 협력해 보도록 할까── 나는 결심을 가슴에 품으며 스피카와 악수를 나눴다.

☆

같은 시각──.

포와포와 왕국은 무시무시한 열기에 휩싸여 있었다.

포와포와 왕국이 어딘데, 라고 생각할지도 모르지만, 저세상에는 이런 나라도 존재한다. 200년 전쯤 라페리코에서 분리 독립한 수인들의 낙원이다.

왕궁 앞 광장에는 많은 군중이 모였다.

누구 하나 빠짐없이 흥분해서 소리를 지르고 있다.

오늘 밤, 혁명이 일어난 것이다.

바나나와 포도를 혼자 독차지하고 있던 악랄한 왕이 쓰러지고, 호화찬란한 왕성은 한 명의 창옥에게 빼앗겼다── 아니, '정화'되었다.

"──포와포와 왕국 제군! 이걸로 계급 투쟁은 완수되었다! 불법으로 부를 독점한 특권 계층은 이제 존재하지 않는다! 이제부터는 공평한 사회가 실현되겠지!"

왕궁 발코니.

그곳에 당당하게 서 있는 소녀── 프로헤리야 즈타즈타스키.

수인들은 동경과 존경, 흥분이 서린 눈빛으로 그녀를 우러러보았다. 용감하고 씩씩한 목소리가 광장에 울려 퍼질 때마다 "즈타즈타 왕! 즈타즈타 왕!"이라는 외침이 파문처럼 퍼져 나갔다.

"안심하도록! 즉시 과일부터 평등하게 분배해 보도록 하지! 잔뜩 있으니까 싸우지 말라고!"

""""즈타즈타 왕! 즈타즈타 왕! 즈타즈타 왕!""""

"왕이 아니라 서기장이라고 불러── 라고 말하고 싶은 참이지만, 갑자기 체제가 바뀌어선 제군들도 혼란스럽겠지! 그러니 나는 오늘부터 '포와포와 국왕'에 즉위하겠다!"

와─하핫핫핫핫핫핫핫핫핫──!!

우오오오오오오오오오오오──!! 즈타즈타 왕!! 즈타즈타 왕!! 즈타즈타 왕!!

군중의 열광은 멈출 줄을 몰랐다.

어떤 자는 기뻐서 뛰어오르고, 어떤 자는 물구나무서고, 어떤 자는 환호하며 광장을 뛰어다니고──.

그 모습을 내려다보면서 프로헤리야는 씨익 미소를 지었다.

세계 정복을 향한 준비는 착착 진행되고 있었다.

태양이 두 개 있는 이상한 세계에 흘러들어온 지 약 몇 주.

돌아갈 방법은 아직 모르겠다. 할 수만 있다면 바로 고향으로 개선하고 싶다. 하지만 눈앞에서 벌어진 무익한 싸움을 그냥 못 본 척할 수도 없었다. 이 썩어빠진 세계는 내가 변혁해 주마── 프로헤리야는 그렇게 결심하고서 총을 손에 쥔 것이다.

저세상에는 총 42개의 국가가 존재한다.

그중 세 나라가 이미 프로헤리야의 손에 떨어졌다.

"이것이 왕의 증거입니다! 부디 써 주십시오!"

"음."

호랑이꼬리여우원숭이 수인이 왕관을 내밀었다.

그걸 어떻게든 모자 위에 올리려고 악전고투하고 있었더니 등 뒤에서 "저기 프로헤리야~" 하고 부르는 얼빠진 목소리가 들렸다.

"앞으로 39번이나 더 이런 짓을 하는 거야~? 이제 지쳤는데……."

고양이 귀 소녀── 리오나 플랫.

프로헤리야와 같은 곳에 떨어져, 지금까지 함께 싸워왔다.

"그런 소리 말라고. 언젠가 통일 정부를 수립하는 날에는 중요한 지위를 수여하도록 하겠어. '생선 대신(大臣)' 같은 건 어때?"

"필요 없는데, 그런 거…… 아니, 그보다 정말로 세계 정복을 할 거야?"

"물론! 이런 세계는 잘못됐어!"

프로헤리야는 주먹을 쥐며 역설했다.

"듣자 하니 대국들은 전쟁을 더욱 확대하려고 한다지 않나! 이래선 무고한 백성들이 피를 흘리게 돼! 내가 직접 막아야만 해!"

"테라코마리도 비슷한 말을 할 것 같네. 그러고 보니 신문에 적혀 있었지, 알카 왕국이 테라코마리를 추적하고 있다고…… 무사하려나?"

"그 녀석이니까 당연히 무사하겠지. 지금쯤 나처럼 어딘가의 나라에서 왕이라도 되어 있는 거 아닐까? 그렇게 되면 39개나 지배할 필요는 없겠는걸."

"아무래도 좋지만, 프로헤리야한테 왕관은 어울리지 않네."

"그야 당연하지. 나는 왕후 귀족이 아닌 인민의 대표니까."

"그런 뜻으로 한 말은 아니지만……."

프로헤리야가 커다랗게 하품했다.

슬슬 밤도 늦었으니 자는 게 좋겠다. 오늘은 쿠데타를 일으키느라 지쳤다. 포와포와 왕국의 국정 운영을 생각하는 건 내일로 미루자── 그렇게 생각하며 한 발짝 내디뎠을 때,

문득, 리오나의 손바닥이 빛나는 게 보였다.

"너, 그건 뭐야?"

"이거? 포와포와 임금님이 갖고 있었는데 예뻐서 가져와 버렸어."

"멋대로 보물을 독점하는 건 좋지 않다고. 그것도 언젠가는 인민에게 배분하자── 응?"

그때 프로헤리야는 이상하다는 걸 느꼈다.

리오나의 손에 있는 건 '반짝반짝 빛나는 별 같은 구체'.

거기서 마력이 새어 나오고 있었다. 게다가 이 마력은 낯익은 것이었다.

프로헤리야의 부하, 피토리나가 갖고 있는 오르골──《빙화쟁(氷花箏)》과 닮은 마력이었다.

☆

"이렇게 가만히 있을 수는 없어! 코마리가 있는 곳으로 가자!"

뤼미에르 마을.

정부의 원조를 받아 빠르게 복구가 진행되는 와중에, 네리아 커닝엄은 동료들을 돌아보며 선언했다.

빌헤이즈. 에스텔 클레르.

그들이 입었던 부상은 오늘로 완치됐다── 아니, 정확히는 의사 선생님에게서 "뭐, 걸어 다녀도 괜찮겠지"라는 허락이 떨어졌다. 그렇다면 지금 즉시 출발해야 한다. 왜냐하면 코마리가 테러리스트에게 납치당했으니까.

"저기…… 각하는 어디에 계신 걸까요……?"

에스텔이 쭈뼛거리며 말을 꺼냈다.

"그건 아직 몰라. 이제부터 샅샅이 뒤지며 찾을 예정이야."

"맞아요. 한시라도 빨리 뒤집힌 달을 쳐부수고 분뇨 구덩이에 던져서 거름으로 만들어 버려야 합니다. 녀석들은 코마리 님께 지독한 짓을 할 작정이겠죠…… 용서 못 해…… 용서 못 해 용서 못 해……."

에스텔이 "히익" 하고 비명을 질렀다.

빌헤이즈의 얼굴이 사쿠나(폭주 모드)처럼 변한 상태였다.

"용서 못 해 용서 못 해 용서 못 해 용서 못 해 용서 못 해 용서 못 해 용서 못 해 용서 못 해 용서 못 해……."

"하, 하지만 빌헤이즈 씨도 말씀하셨잖아요? 그 사람은…… '신을 죽이는 사악'은 각하를 이용하기 위해 데려갔다고요."

──내려주면 죽는데? 그래도 좋아?

──테라코마리는 내가 잘 이용해 줄 테니까.

"그러니까 각하는 무사하실 거예요. 서두르다 행동을 그르치는 것도 삼가야 하지 않을까요…….”

"……에스텔. 지금까지 뒤집힌 달이 저지른 짓을 모르는 건 아니겠죠.”

"그, 그게, 그치만 떨어지는 돌에 깔릴 뻔했던 저를 구해준 것도 뒤집힌 달 멤버였어요. 여우 수인이었죠.”

"후야오 메테오라이트 말인가요?”

"아, 맞아요! 나중에 감사 인사를 해야…….”

꽈악.

빌헤이즈가 에스텔의 정면에 서서 멱살을 쥐었다.

"──히약?! 왜, 왜, 왜 그러세요, 빌 씨?!”

"테러리스트에게 감사라니 가소로운 소리로군요. 당신은 지나치게 성실해요…… 그 지나치게 청초한 근성은 제가 더럽혀드리죠…….”

"저, 저는 청초하지 않다고 해야 하나, 저기, 표정이 무서워요, 빌 씨……!”

"잊은 건가요, 에스텔…… 우리 제7부대의 전통은 앞뒤 가리지 않고 돌격해서 죽어 나가는 것……『신중한 행동』이나『치밀한 계획』따위 필요 없습니다…… 한시라도 빨리 코마리 님 곁으로 달려가 코마리 님의 허벅지를 핥지 않으면 제가 죽고 말아요…….”

"언제나 쿨하던 빌 씨는 대체 어디로 간 건가요?! 정신 좀 차려주세요! 그리고 이 손 좀 놔주시면 정말 감사하겠는데요……!”

왁자지껄 소란을 피우는 두 사람을 무시하면서 네리아는 생각에 잠겼다.

에스텔의 말은 정론이다.

서두르다 행동을 그르치는 건 좋지 않다. 하지만 앉아만 있다가 기회를 놓치는 것도 어리석다.

뒤집힌 달이 어디 있는지 알 수 있다면 좋을 텐데——.

그렇게 고민을 거듭하고 있었을 때.

"찾았다! 빌, 네리아! 손님이 왔어—!"

생기발랄한 목소리가 울려 퍼졌다.

멀리서 하늘색 소녀—— 코레트 뤼미에르가 다가왔다.

오른팔을 잃은 탓에 비틀거리고 있었지만, 목숨에는 지장이 없는 탓에 일단은 안심.

그녀는 옆에 '손님'으로 보이는 사람을 데리고 있었다.

키가 큰 여성. 긴 머리카락이 바람에 나부꼈다.

누굴까? 일부러 우리를 찾아올 만한 사람이라니 짐작 가는 데가 없는데.

"어……."

순간 네리아는 너무 놀라서 말을 잃었다.

——왜. 어째서. 아니, 이상한 일은 아니야.

왜냐하면 '그 사람'은 저세상에 있으니까——.

코레트가 뽐내듯이 가슴을 펴면서 말했다.

"듣고 놀라지 마! 무려 '초저녁의 영웅'이야! 테라코마리가 없는 건 아쉽지만…… 굉장하지 않아?! 그 최강의 용병이 와 준 거라고?!"

아웅다웅하던 에스텔과 빌헤이즈까지 고개를 돌렸다.

붉은색 눈동자, 금빛 머리카락, 그리고 옛날 그대로인 상냥한 표정.

네리아는 얼어붙은 듯이 정지했다.

만나고 싶다고 셀 수 없이 생각해 왔는데, 정작 그 순간이 진짜로 찾아오자 준비해 뒀던 말은 전부 다른 차원으로 저 멀리 날아가 버리고 말았다.

그런 네리아의 반응에도 그녀는 살포시 미소를 지었다.

마음이 따뜻해져 가는 걸 느꼈다.

그래. 이 사람이 있다면 아무런 문제 없어.

코마리 클럽의 앞날이 환하게 펼쳐진다.

※

600년 만의 세계는 뒤틀려 있었다.

모든 질서가 무너지고 있는 것이다.

마핵은 '현자'를 봉인하기 위한, 저세상의 세력을 깎아내기 위한, 그리고 마력에 의한 영원한 번영을 현세에 가져오기 위한 장치였다.

이 600년간, 제1세계는 마핵을 통해 균형을 이루고 있었을 터였다.

그런데 최근 몇 년은 어땠는가?

뒤집힌 달의 활발한 움직임. 성채의 침식.

그리고── 테라코마리 건데스블러드라는 건방진 녀석으로 인한 '마음의 변화'.

이쪽이 잠들어 있는 동안 어처구니없는 혁명이 일어나고 있었다.

이들은 결코 간과할 수 없는 사악한 존재들이다.

실제로 요선향의 마핵은 망가져 버리지 않았나.

"배제해야 해."

한 신선이 저세상의 길거리를 걸었다.

엉망으로 파괴된 거리가 펼쳐져 있었다.

저세상의 곳곳에서 엄청난 규모의 전투가 펼쳐지고 있었으니까.

소동의 원흉인 성채는 이미 기척을 감춘 모양이다.

하지만 테라코마리와 스피카는 아직 저세상에 머무르고 있다.

특히 스피카 라 제미니는 위험하다.

녀석을 가만히 내버려 두면 제1세계의 질서가 무너지고 만다.

마핵은 반드시 지켜내야 한다──.

신선은 주먹을 쥐고서 정면을 향해 뻗었다.

그건 질서를 흐트러뜨리는 적을 향한 선전포고였다.

"──600년 전의 연장이다. 우리 '천문대'가 질서를 바로잡으리라."

저세상의 밤은 깊어만 간다.

세계를 바꾸려고 들면, 반드시 '원래대로 돌아가려는 힘'이 움직이는 법이다.

이 신선은 마핵의 수호자, '천문대'의 일원.

스피카와 테라코마리를 죽이기 위해 눈을 뜬 고대의 우자(愚者)였다.

작가 후기

안녕하세요. 코바야시 코테이입니다.

이번엔 뒤집힌 달의 이야기, 인 척하면서 반쯤은 후야오의 이야기였습니다.

후야오의 첫 등장은 4권입니다만, 그 시절부터 생각해 보면 예상 밖의 활약을 보여주는 것처럼 느껴집니다. 이 여우, 코마리의 배를 갈라버리기도 했으니까 말이죠. 이건 권 수가 늘어가면서 캐릭터의 설정과 관계성이 갱신된 결과── 라는 점도 당연히 있습니다만, '어떤 과거가 있었다 한들, 서로 대화나 다툼을 통해 화해할 수 있다.' 그것이 작품의 테마 중 하나이기 때문에 이렇게 되는 건 필연적이었다고 생각합니다. 역시 두 사람은 손을 마주 잡고, 마지막엔 자신의 바람을 맡기고 맡을 수 있는 관계가 되어야 하는 거겠죠. 적을 용서하는 것도 중요한 일이라고 생각하고 싶습니다. 코마링은 종종 "죽어"라든가 "용서 못 해" 같은 말을 합니다만, 아마 그건 분위기를 탄 거겠죠. 그러니까 코마링이 트레몰로와도 친한 사이가 되는 미래 역시 아마 있었을…… 거라는 생각이 듭니다만…… 아니지, 트레몰로는 좀 무리라는 느낌이…… (테마 부정).

덧붙이자면, 이야기가 진행됨에 따라 처음에 생각했던 설정에서 어긋나게 된 캐릭터는 후야오뿐만이 아닙니다. 사쿠나도, 아마츠도, 프로헤리야도, 키르티도 그런 느낌이네요. 앞으로 그들이 어떤 식으로 발전해 나갈지 기대가 되기도 합니다. 부디 함께 해주신다면 기쁘겠습니다.

9권은 조금 어둡고 잔혹한 분위기가 되고 말았습니다만, 다음은 밝은 분위기로 가고 싶습니다. 10권도 잘 부탁드립니다!

늦게나마 감사 인사를.

세련되고 멋진 일러스트를 그려주신 일러스트 담당 리이츄 님. 이번에도 훌륭한 디자인으로 완성해 주신 디자인 담당 히이라기 료 님. 이런저런 어드바이스를 해주신 편집 담당 스기우라 요텐 님. 기타, 간행 & 판매에 도움을 주신 많은 분. 그리고 이 책을 손에 쥐어 주신 독자 여러분. 모든 분께 깊은 감사를 올립니다── 감사합니다!

다음 이야기에서 다시 만나죠.

코바야시 코테이

HIKIKOMARI KYUKETSUKI NO MONMON 9
Copyright © 2022 Kotei Kobayashi
Illustrations copyright © 2022 riichu
Original Japanese edition published in 2022 by SB Creative Corp.
Korean translation rights arranged with SB Creative Corp.
through Japan UNI Agency, Inc., Tokyo

외톨이 흡혈 공주의 고뇌 9

2024년 12월 15일 1판 1쇄 발행

저 자 코바야시 코테이
일 러 스 트 리이츄
옮 긴 이 정백송
발 행 인 유재옥
담 당 편 집 박치우
이 사 조병권
출판본부장 박광운
편 집 1 팀 박광운
편 집 2 팀 정영길 박치우 조찬희
편 집 3 팀 오준영 권진영 이소의 정지원
디자인랩팀 김보라 이민서
디지털사업팀 김경태 김지연 윤희진
콘텐츠기획팀 박상섭 강선화
라이츠사업팀 김정미 이윤서
영업마케팅팀 최원석 박수진 이다은
물 류 팀 허석용 백철기
경영지원팀 최정연
인쇄제작처 ㈜코리아피엔피
발 행 처 ㈜소미미디어
등 록 제2015-000008호
주 소 서울시 마포구 토정로222, 502호 (신수동, 한국출판콘텐츠센터)
판매 및 마케팅 (070) 8822-2301

ISBN 979-11-384-8516-6
ISBN 979-11-384-1037-3 (세트)